배따라기

배따라기

김동인 지음

차례

배따라기 • 7

감자 • 31

붉은 산 • 45

광염 소나타 • 57

발가락이 닮았다 • 89

광화사 • 107

무지개 • 135

신앙으로 • 149

K박사의 연구 • 187

배회 • 213

벗기운 대금업자 • 257

시골 황서방 • 273

작품 해설 및 작가 연보 • 283

배따라기

좋은 일기이다.

좋은 일기라도, 하늘에 구름 한 점 없는—우리 '사람'으로서는 감히 접근 못할 위엄을 가지고, 높이서 우리 조그만 '사람'을 비웃는 듯이 내려다보는 그런 교만한 하늘은 아니고, 가장 우리 '사람'의 이해자인 듯이 낮추 뭉글뭉글 엉기는 분홍빛 구름으로서 우리와 서로 손목을 잡자는 그런 하늘이다. 사랑의 하늘이다.

나는 잠시도 멎지 않고, 푸른 물을 황해로 부어 내리는 대동강을 향한, 모란봉 기슭 새파랗게 돋아나는 풀 위에 뒹굴고 있었다.

이날은 삼월 삼질, 대동강에 첫 뱃놀이 하는 날이다. 까맣게 내려다보이는 물 위에는, 결결이 반짝이는 물결을 푸른 놀잇배들이 타고 넘으며, 거기서는 봄 향기에 취한 형형색색의 선율이 우단보다도 부드러운 봄 공기를 흔들면서 날아온다. 그리고 거기서 기생들의 노래와 함께 날아오는 조선 아악은 느리게, 길게, 유창하게, 부드럽게, 그리고 또 애처롭게―모든 봄의 정다움과 끝까지 조화하지 않고는 안 두겠다는 듯이 대동강에 흐르는 시꺼먼 봄물, 청류벽에 돋아나는 푸르른 풀 어음, 심지어 사람의 가슴속에 봄에 뛰노는 불붙는 핏줄기까지라도, 습기 많은 봄 공기를 다리 놓고 떨리지 않고는 두지 않는다.

  봄이다. 봄이 왔다.

  부드럽게 부는 조그만 바람이, 시꺼먼 조선솔을 꿰며, 또는 돋아나는 풀을 스치고 지나갈 때의 그 음악은, 다른 데서는 듣지 못할 아름다운 음악이다.

  아아, 사람을 취하게 하는 푸르른 봄의 아름다움이여! 열다섯 살부터의 동경 생활에, 마음껏 이런 봄을 보지 못하였던 나는, 늘 이것을 보는 사람보다 곱 이상의 감명을 여기서 받지 않을 수 없다.

  평양성 내에는, 겨우 툭툭 터진 땅을 헤치면 파릇파릇 돋아나는 나무새기와 돋아나려는 버들의 어음으로 봄이 온 줄 알 뿐, 아직 완전히 봄에 안 이르렀지만, 이 모란봉 일대와 대동강을 넘어 보이는 가나안 옥토를 연상시키는 장림(長林)에는 마음껏 봄의 정다움이 이르렀다.

  그리고 또 꽤 자란 밀 보리 들로 새파랗게 장식한 장림의 그 푸른빛, 만족한 웃음을 띠고 그 벌에 서서 내다보는 농부의 모양은, 보지 않아도 생각할 수가 있다.

구름은 자꾸 하늘을 날아다니는 모양이다. 그 밀 위에 비치었던 구름의 그림자는 그 구름과 함께 저편으로 물러가며, 거기는 세계를 아까 만들어 놓은 것 같은 새로운 녹빛이 퍼져 나간다. 바람이나 조금 부는 때는 그 잘 자란 밀들은 물결같이 누웠다 일어났다, 일록일청으로 춤을 춘다. 그리고 봄의 한가함을 찬송하는 솔개들은 높은 하늘에서 동그라미를 그리면서 더욱더 아름다운 봄에 향그러운 정취를 더한다.

"다스한 봄정에 솟아나리다. 다스한 봄정에 솟아나리다."

나는 두어 번 소리나게 읊은 뒤에 담배를 붙여 물었다. 담뱃내는 무럭무럭 하늘로 올라간다.

하늘에도 봄이 왔다.

하늘은 낮았다. 모란봉 꼭대기에 올라가면 넉넉히 만질 수가 있으리 만큼 하늘은 낮다. 그리고 그 낮은 하늘보다는 오히려 더 높이 있는 듯한 분홍빛 구름은, 뭉글뭉글 엉기면서 이리저리 날아다닌다.

나는 이러한 아름다운 봄 경치에 이렇게 마음껏 봄의 속삭임을 들을 때는, 언제든 유토피아를 아니 생각할 수 없다. 우리가 시시각각으로 애쓰며 수고하는 것은—그 목적은 무엇인가? 역시 유토피아 건설에 있지 않을까? 유토피아를 생각할 때는 언제든 그 '위대한 인격의 소유자'이며 '사람의 위대함을 끝까지 즐긴' 진나라 시황을 생각하지 않을 수 없다.

우리는 어찌하면 죽지를 아니할까 하여, 소년 삼백을 배를 태워 불사약을 구하러 떠나보내며, 예술의 사치를 다하여 아방궁을 지으며 매일 신하 몇천 명과 잔치로써 즐기며, 이리하여 여기 한 유토피아를 세우려던 시황은, 몇만의 역사가가 어떻다고 욕을 하든, 그는 정말로 인생의 향락자며 역사 이후의 제일 큰 위인이라고 할 수가 있다. 그만한 순진한 용기 있는 사람이 있고야 우리 인류의 역사는 끝이 날지라도 한 '사람'을 가졌다고 할 수 있다.

"큰사람이었었다."

하면서 나는 머리를 들었다.

이때다. 기자묘 근처에서 무슨 슬픈 음률이 봄 공기를 진동시키며 날아오는 것이 들렸다.

나는 무심코 귀를 기울였다.

'영유 배따라기'다. 그것도 웬만한 광대나 기생은 발꿈치에도 미치지 못하리 만큼—그만큼 그 배따라기의 주인은 잘 부르는 사람이었다.

비나이다, 비나이다.
산천후토 일월성신 하나님전 비나이다.
실낱 같은 우리 목숨 살려 달라 비나이다.
에―야 어그여지야.

여기까지 이르렀을 때에 저편 아래 물에서 장구 소리와 함께 기생의 노래가 울려오며 배따라기는 그만 안 들리게 되었다. 나는 이 년 전 한여름을 영유서 지내 본 일이 있다. 배따라기의 본고장인 영유를 몇 달 있어 본 사람은 그 배따라기에 대하여 언제든 한 속절없는 애처로움을 깨달을 것이다.

영유, 이름은 모르지만 ×산에 올라가서 내려다보면 앞은 망망한 황해이니, 그곳 저녁때의 경치는 한 번 본 사람은 영구히 잊을 수가 없으리라. 불덩이 같은 커다란 시뻘건 해가 남실남실 넘치는 바다에 도로 빠질 듯, 도로 솟아오를 듯 춤을 추며, 거기서 때때로 보이지 않는 배에서 배따라기만 슬프게 날아오는 것을 들을 때엔 눈물 많은 나는 때때로 눈물을 흘렸다. 이로 보아서 어떤 원의 아내가 자기의 모든 영화를 낡은 신같이 내던지고 뱃사람과 정처 없는 물길을 떠났다 함도 믿지 못할 말이랄 수가 없다.

영유서 돌아온 뒤에도 그 배따라기는 내 마음속에 깊이 새겨져 잊을 수가 없었고, 언제 한 번 다시 영유를 가서 그 노래를 한 번 더 들어 보고 그 경치를 다시 한 번 보고 싶은 생각이 늘 떠나지를 않았다.

장구 소리와 기생의 노래는 멎고 배따라기만 구슬프게 날아온다. 결결이 부는 바람으로 말미암아 때때로는 들을 수가 없으되, 나의 기억과 곡조를 종합하여 들은 배따라기는 이 대목이다.

강변에 나왔다가
나를 보더니만,
혼비백산하여
꿈인지 생시인지
와르륵 달려들어
섬섬옥수로 부쳐잡고

호천망극 하는 말이
'하늘로서 떨어지며
땅으로서 솟아났나.
바람결에 묻어 오고
구름길에 싸여 왔나.'
이리 서로 붙들고 울음 울 제,
인리 제인이며
일가 친척이 모두 모여

  여기까지 들은 나는 마침내 참지 못하고 벌떡 일어서서 소나무 가지에 걸었던 모자를 내려 쓰고, 그곳을 찾으러 모란봉 꼭대기에 올라섰다. 꼭대기는 좀더 노랫소리가 잘 들린다. 그는 '배따라기'의 맨 마지막, 여기를 부른다.

밥을 빌어서
죽을 쑬지라도
제발 덕분에
뱃놈 노릇은 하지 말아.
에―야 어그여지야…….

  그의 소리로 방향을 찾으려던 나는, 그만 그 자리에 섰다.
  "어딘가? 기자묘? 혹은 을밀대?"
  그러나 나는 오래 서 있을 수가 없었다. 어떻든 찾아보자 하고, 현무문으로 가서 문 밖에 썩 나섰다. 기자묘의 깊은 솔밭은 눈앞에 쫙 퍼진다.

"어딘가?"

나는 또 물어 보았다.

이때에 그는 또다시 배따라기를 시초부터 부른다. 그 소리는 왼편에서 온다.

왼편이구나 하면서, 소리나는 곳을 더듬어서 소나무 틈으로 한참 돌다가, 겨우 기자묘치고는 그중 하늘이 넓고 밝은 곳에, 혼자서 뒹굴고 있는 그를 찾아내었다. 나의 생각한 바와 같은 얼굴이다. 얼굴, 코, 입, 눈, 몸집이 모두 네모나고—그의 이마의 굵은 주름살과 시꺼먼 눈썹은 고생 많이 함과 순진한 성격을 나타낸다.

그는 어떤 신사가 자기를 들여다보는 것을 보고, 노래를 그치고 일어나 앉는다.

"왜? 그냥 하지요."

하면서 나는 그의 곁에 가 앉았다.

"머……."

할 뿐 그는 눈을 들어서 터진 하늘을 쳐다본다.

좋은 눈이었다. 바다의 넓고 큼이 유감 없이 그의 눈에 나타나 있다. 그는 뱃사람이라 나는 짐작하였다.

"고향이 영유요?"

"예. 머, 영유서 나기는 했디만, 한 이십 년 영윤 가 보디두 않았이요."

"왜, 이십 년씩 고향엘 안 가요?"

"사람의 일이라니, 마음대로 됩데까?"

그는 왜 그러는지 한숨을 짓는다.

"거저, 운명이 데일 힘셉디다."

운명의 힘이 제일 세다는 그의 소리는 삭이지 못할 원한과 뉘우침이 섞여 있다.

"그래요?"

나는 다만 그를 건너다볼 뿐이다.

한참 잠잠하니 있다가 나는 다시 말하였다.

"자, 노형의 경험담이나 한번 들어 봅시다. 감출 일이 아니면 한번 이야기해 보소."

"머, 감출 일은……."

"그럼, 어디 들어 봅시다그려."

그는 다시 하늘을 쳐다보았다. 그러나 좀 있다가,

"하디요."

하면서 내가 담배를 붙이는 것을 보고 자기도 담배를 붙여 물고 이야기를 꺼낸다.

"잊히디두 않는 십구 년 전 팔월 열하룻날 일인데요."

하면서 그가 이야기한 바는 대략 이와 같은 것이다.

그의 살던 마을은 영유 고을서 한 이십 리 떠나 있는 바다를 향한 조그만 어촌이다. 그의 살던 조그만 마을(서른 집쯤 되는)에서는 그는 꽤 유명한 사람이었다.

그의 부모는 모두 열대여섯에 돌아갔고, 남은 사람이라고는 곁집에 딴살림하는 그의 아우 부처와 그 자기 부처뿐이었다. 그들 형제가 그 마을에서 제일 부자이고 또 제일 고기잡

이를 잘하였고, 그 중 글이 있었고, '배따라기'도 그 마을에서 빼나게 그 형제가 잘 불렀다. 말하자면 그 형제가 그 동네의 대표적인 사람이었다.

팔월 보름은 추석 명절이다. 팔월 열하룻날 그는 명절에 쓸 장도 볼 겸, 그의 아내가 늘 부러워하는 거울도 하나 사 올 겸, 장으로 향하였다.

"당손네 집에 있는 것보다 큰 거이요, 잊디 말구요."

그의 아내는 길까지 따라나오면서 잊지 않도록 부탁하였다.

"안 잊어."

하면서 그는 떠오르는 새빨간 햇빛을 앞으로 받으면서 자기 마을을 나섰다.

그는 아내를 (이렇게 말하기는 우습지만) 고와했다. 그의 아내는 촌에서는 드물도록 연연하고도 예쁘게 생겼다(그는 나에게 이렇게 말하였다).

"성내(평양) 덴줏골(갈보촌)을 가두 그만한 거 쉽디 않갔이요."

그러니까 촌에서는, 그리고 그 당시에는 남에게 우습게 보이도록 그 내외의 사이는 좋았다. 늙은이들은 계집에게 혹하지 말라고 흔히 그에게 권고하였다.

부처의 사이는 좋았지만—아니, 오히려 좋으므로 그는 아내에게 샘을 많이 하였다. 그리고 그의 아내는 시기를 받을 일을 많이 하였다. 품행이 나쁘다는 것이 아니라, 그의 아내는 대단히 천진스럽고 쾌활한 성질로서 아무에게나 말 잘하고 애교를 잘 부렸다.

 그 동네에서는 무슨 명절이나 되면, 집이 그 중 정결함을 핑계삼아 젊은이들은 모두 그의 집에 모이곤 하였다. 그 젊은이들은 모두 그의 아내에게 '아즈마니'라 부르고, 그의 아내는 아내대로 '아즈바니 아즈바니' 하며 그들과 지껄이고 즐기며, 그 웃기 잘하는 입에는 늘 웃음을 흘리고 있었다. 그럴 때마다 그는 한편 구석에서 눈만 할금거리며 있다가 젊은이들이 돌아간 뒤에는 불문곡직하고 아내에게 덤벼들어, 발길로 차고 때리며, 이전에 사다 주었던 것을 모두 걷어올린다. 싸움을 할 때에는 언제든 곁집에 있는 아우 부처가 말리러 오며, 그렇게 되면 언제든 그는 아우 부처까지 때려 주었다.

 그가 아우에게 그렇게 구는 데는 이유가 있었다. 그의 아우는 시골 사람에게는 쉽지 않도록 늠름한 위엄이 있었고, 매일 바닷바람을 쏘였지만 얼굴이 희었다. 이것뿐으로도 시기가 된다 하면 되지만, 특별히 아내가 그의 아우에게 친절히 하는 데는, 그는 속이 끓어 못 견디었다.

 그가 영유를 떠나기 반년 전쯤—다시 말하자면 그가 거울을 사러 장에 갈 때부터 반년 전쯤, 그의 생일날이었다. 그의 집에서는 음식을 차려서 잘 먹었는데, 그에게는 괴상한 버릇이 있었으니, 맛있는 음식은 남겨 두었다가 좀 있다 먹고 하는 것이 습관이었다. 그의 아내도 이 버릇은 잘 알 터인데 그의 아우가 점심때쯤 오니까, 아까 그가 아껴서 남겨 두었던 그 음식을 아우에게 주려 하였다. 그는 눈을 부릅뜨고 '못 주리라'고 암호하였지만 아내는 그것을 보았는지 못 보았는지 그의 아우에게 주어 버렸다. 그는 마음속이 자못 편치 못하였다. '트집만 있으면 이년을······.' 그는 마음먹었다.

그의 아내는 시아우에게 상을 준 뒤에 물러오다가 그만 그의 발을 조금 밟았다.

"이년!"

그는 힘껏 발을 들어서 아내를 냅다 찼다. 그의 아내는 상 위에 거꾸러졌다가 일어난다.

"이년, 사나이 발을 짓밟는 년이 어디 있어!"

"거 좀 밟아서 발이 부러뎄쉐까?"

아내는 낯이 새빨개져서 울음 섞인 소리로 고함친다.

"이년! 말대답이······."

그는 일어서서 아내의 머리채를 휘어잡았다.

"형님! 왜 이러십니까?"

아우가 일어서면서 그를 붙잡았다.

"가만있거라, 이놈의 자식."

하며, 그는 아우를 밀친 뒤에 아내를 되는 대로 내리찧었다.

"죽일 년, 이년! 나가거라!"

"죽여라, 죽여라! 난, 죽어도 이 집에선 못 나가!"

"못 나가?"

"못 나가디 않구, 뉘 집이게······."

이때다. 그의 마음에는 그 '못 나가겠다'는 아내의 마음이 푹 들이박혔다. 그 이상 때리기가 싫었다. 우두커니 눈만 흘기고 있다가 그는,

"망할 년, 그럼 내가 나갈라."

하고 그만 문 밖으로 뛰어나와서,

"형님, 어디 갑니까?"

하는 아우의 말에는 대답도 안하고, 곁동네 탁줏집으로 뒤도 안 돌아보고 가서, 거기 있는 술 파는 계집과 술상 앞에 마주 앉았다.

그날 저녁, 얼근히 취한 그는 아내를 위하여 떡을 한 돈어치 사 가지고 집으로 돌아왔다. 이리하여 또 서너 달은 평화가 이르렀다. 그러나 이 평화가 언제까지든 계속될 수가 없었다. 그의 아우로 말미암아 또 평화는 쪼개져 나갔다.

오월 초승부터 영유 고을 출입이 잦던 그의 아우는 오월 그믐께부터는 고을서 며칠씩 묵어 오는 일이 많았다. 함께, 고을에 첩을 얻어 두었다는 소문이 퍼졌다. 이 소문이 있은 뒤는 아내는 그의 아우가 고을 들어가는 것을 벌레보다도 더 싫어하고, 며칠 묵어서 오는 때면 곧 아우의 집으로 가서 그와 담판을 하며 심지어 동서 되는 아우의 처에까지 못 가게 하지 않는다고 싸우는 일이 있었다. 칠월 초승께 그의 아우는 고을에 들어가서 열흘쯤 묵어 온 일이 있었다. 이때도 전과 같이 그의 아내는 그의 아우며 계수와 싸우다 못하여, 마침내 그에게까지 와서 아우가 그런 못된 데를 다니는 것을 그냥 둔다고, 해 보자 한다. 그 꼴을 곱게 보지 않았던 그는 첫마디로 고함을 쳤다.

"네게 상관이 무에가? 듣기 싫다."

"못난둥이. 아우가 그런 델 댕기는 걸 말리디두 못하고!"

분김에 이렇게 그의 아내는 고함쳤다.

"이년, 무얼?"

그는 벌떡 일어섰다.

"못난둥이!"

그 말이 채 끝나기 전에 그의 아내는 악 소리와 함께 그 자리에 거꾸러졌다.

"이년! 사나이에게 그 따윗 말버릇 어디서 배완!"

"에미네 때리는 건 어디서 배왔노? 못난둥이!"

그의 아내는 울음소리로 부르짖었다.

"상년, 그냥? 나갈! 우리 집에 있디 말구 나갈!"

그는 내리찧으면서 부르짖었다. 그리고 아내를 문을 열고 밀쳤다.

"나가디 않으리."

하고 그의 아내는 울면서 뛰어나갔다.

"망할 년!"

토하는 듯이 중얼거리고 그는 그 자리에 주저앉았다.

그의 아내는 해가 져서 어두워져도 돌아오지 않았다. 일단 내쫓기는 하였지만, 그는 아내의 돌아옴을 기다리고 있었다. 어두워져도 그는 불도 안 켜고, 성이 나서 우들우들 떨면서 아내의 돌아오기를 기다렸다. 그러나 그의 아내의 참 기쁜 듯이 웃는 소리가 그의 아우의 집에서 밤새도록 울리었다. 그는 움쩍도 안하고 그 자리에 앉아서 밤을 새운 뒤에, 새벽 동터 올 때 아내와 아우를 죽이려고 부엌에 가서 식칼을 가지고 돌아와서 문을 벌컥 열었다.

그의 아내로서 만약 근심스러운 얼굴을 하고 그 문 밖에 우두커니 서서 문을 들여다보고 있지 않았다면, 그는 아내와 아우를 죽이고야 말았으리라.

그는 아내를 보는 순간, 마음에 가득 차는 사랑을 깨달으면서, 칼을 내던지고 뛰어나가서 아내의 머리채를 휘어잡고 이년 하면서 들어와서 뺨을 물어뜯으면서 함께 이리저리 자빠져서 뒹굴었다.

그런 이야기는 다 하려면 끝이 없으되 '그', '그의 아내', '그의 아우' 세 사람의 삼각 관계는 대략 이와 같았다.

〈각설〉

거울은 마침 장에 마음에 맞는 것이 있었다. 지금 것과 대보면, 어떤 때는 코도 크게 보이고 입이 작게도 보이는 것이지만, 그 당시에는, 그리고 그런 촌에서는 둘도 없는 귀물이었다. 거울을 사 가지고 장을 본 뒤에 그는 이 거울을 아내에게 주면 그 기뻐할 모양을 생각하며, 새빨간 저녁 햇빛을 받는, 넘치는 듯한 바다를 안고 자기 집으로, 늘 들러 오던 탁줏집에도 안 들러서 돌아왔다.

그러나 그가 그의 집 방 안에 들어설 때에는, 뜻도 안 하였던 광경이 그의 눈에 벌어져 있었다.

방 가운데는 떡상이 있고, 그의 아우는 수건이 벗어져서 목 뒤로 늘어지고, 저고리 고름이 모두 풀어져 가지고 한편 모퉁이에 서 있고, 아내도 머리채가 모두 뒤로 늘어지고, 치마가 배꼽 아래로 늘어지도록 되어 있으며, 그의 아내와 아우는 그를 보고 어찌할 줄을 모르는 듯, 움쩍도 안 하고 서 있었다.

세 사람은 한참 동안 어이가 없어서 서 있었다. 그러나 좀 있다가 마침내 그의 아우가 겨우 말했다.

"그놈의 쥐 어디 갔니?"

"흥! 쥐? 훌륭한 쥐 잡댔구나!"

그는 말을 끝내지도 않고, 짐을 벗어 던지고, 뛰어가서 아우의 멱살을 끌어잡았다.

"형님! 정말 쥐가……."

"쥐? 이놈! 형수하고 그런 쥐 잡는 놈이 어디 있니?"

그는 아우의 따귀를 몇 대 때린 뒤에 등을 밀어서 문 밖으로 내던졌다. 그런 뒤에 이제 자기에게 이를 매를 생각하고, 우들우들 떨면서 아랫목에 서 있는 아내에게 달려들었다.

"이년! 시아우와 그런 쥐 잡는 년이 어디 있어?"

그는 아내를 거꾸러뜨리고 함부로 내리찧었다.

"정말 쥐가…… 아이, 죽겠다."

"이년! 너두 쥐? 죽어라!"

그의 팔다리는 함부로 아내의 몸에 오르내렸다.

"아이, 죽갔다. 정말 아까 적은이(시아우) 왔기에 떡 자시라구 내놓았더니……."

"듣기 싫다! 시아우 붙은 년이, 무슨 잔소릴……."

"아이, 아이, 정말이야요. 쥐가 한 마리 나……."

"그냥 쥐?"

"쥐 잡을래다가……."

"상년! 죽어라! 물에래두 빠데 죽일!"

그는 실컷 때린 뒤에, 아내도 아우처럼 등을 밀어 쫓았다. 그 뒤에 그의 등으로,

"고기 배때기에 장사해라!"
고 토하였다.

분풀이는 실컷 하였지만 그래도 마음속이 자못 편치 못하였다. 그는 아랫목으로 가서, 바람벽을 의지하고 실신한 사람같이 우두커니 서서 떡상만 들여다보고 있었다.

한 시간…… 두 시간…….

서편으로 바다를 향한 마을이라, 다른 곳보다는 늦게 어둡지만, 그래도 술시쯤 되어서는 깜깜하니 어두웠다. 그는 불을 켜려고 바람벽에서 떠나 성냥을 찾으러 돌아갔다.

성냥은 늘 있던 자리에 있지 않았다. 그래서 여기저기 뒤적이노라니까, 어떤 낡은 옷뭉치를 들칠 때에 문득 쥐소리가 나면서 무엇이 후닥닥 뛰어나온다. 그리하여 저편으로 기어서 도망한다.

"역시 쥐댔구나!"

그는 조그만 소리로 부르짖었다. 그리고 그만 그 자리에 맥없이 털썩 주저앉았다.

아까 그가 보지 못한 때의 광경이, 활동 사진과 같이 그의 머리에 지나갔다.

아우가 집에를 온다. 아우에게 친절한 아내는 떡을 먹으라고 아우에게 떡상을 내놓는다. 그때에 어디선가 쥐가 한 마리 뛰어나온다. 둘(아우와 아내)이서는 쥐를 잡느라고 돌아간다. 한참 성화시키던 쥐는 어느 구석에 숨어 버린다. 그들은 쥐를 찾느라고 두릿거린다. 그럴 때에 그가 집에 들어선 것이다.

"상년, 좀 있으믄 안 들어오리……."

그는 억지로 마음먹고 그 자리에 드러누웠다.

그러나 아내는 밤이 가고 날이 밝기는커녕, 해가 중천에 올라도 돌아오지를 않았다. 그는 차차 걱정이 나서 찾아보러 나섰다.

아우의 집에도 없었다. 동네를 모두 찾아보아도 본 사람도 없다 한다.

그리하여, 낮쯤 한 삼사 리 내려가서 바닷가에서 겨우 아내를 찾기는 찾았지만, 그 아내는 이전 같은 생기로 찬 산 아내가 아니요, 몸은 물에 불어서 곱이나 크게 되고, 이전에 늘 웃음을 흘리던 예쁜 입에는 거품을 잔뜩 문, 죽은 아내였다.

그는 아내를 업고 집으로 돌아오기까지 정신이 없었다.

이튿날 간단하게 장사를 하였다. 뒤에 따라오는 아우의 얼굴에는,

'형님, 이게 웬일이오니까?'

하는 듯한 원망이 있었다.

장사를 지낸 이튿날부터 아우는 그 조그만 마을에서 없어졌다. 하루 이틀은 심상히 지냈지만, 닷새가 지나도 아우는 돌아오지 않았다. 그래서 알아보니까, 꼭 그의 아우같이 생긴 사람이 오륙 일 전에 멧산자 보따리를 하여 진 뒤에, 시뻘건 저녁해를 등으로 받고 터벅터벅 동쪽으로 가더라 한다. 그리하여 열흘이 지나고 스무 날이 지났지만, 한 번 떠난 그의 아우는 돌아올 길이 없고, 혼자 남은 아우의 아내는 매일 한숨으로 세월을 보내게 되었다.

그도 이것을 잠자코 보고 있을 수가 없었다. 그 불행의 모

든 죄는 죄다 그에게 있었다.

  그도 마침내 뱃사람이 되어, 적으나마 아내를 삼킨 바다와 늘 접근하며, 가는 곳마다 아우의 소식을 알아보려고, 어떤 배를 얻어타고 물길을 나섰다.

  그는 가는 곳마다 아우의 이름과 모습을 말하여 물었으나, 아우의 소식을 알 수가 없었다.

  이리하여 꿈결같이 십 년을 지내고 구 년 전 가을, 탁탁히 낀 안개를 꿰며 연안 바다를 지나가던 그의 배는, 몹시 부는 바람으로 말미암아 파선을 하여 벗 몇 사람은 죽고, 그는 정신을 잃고 물 위에 떠돌고 있었다.

  그가 정신을 차린 때는 밤이었다. 그리고 어느덧 그는 물 위에 올라와 있었고, 그를 말리느라고 새빨갛게 피워 놓은 불빛으로 자기를 간호하는 아우를 보았다.

  그는 이상히도 놀라지 않고, 천연하게 물었다.

  "너, 어딧개(어떻게) 여기 완?"

  아우는 잠자코 한참 있다가 겨우 대답하였다.

  "형님, 거저 다 운명이외다."

  따뜻한 불기운에 깜빡 잠이 들려다가 그는 화닥닥 깨면서 또 말했다.

  "십 년 동안에 되게 파리했구나."

  "형님, 나두 변했거니와 형님도 몹시 늙으셨쉐다."

  이 말을 꿈결같이 들으면서 그는 또 혼혼히 잠이 들었다. 그리하여 두어 시간, 꿀보다도 단 잠을 잔 뒤에 깨어 보니, 아까같이 빨간 불은 피어 있지만 아우는 어디로 갔는지 없어졌다. 곁의 사람에게 물어 보니까 아까 아우는 형의 얼굴을 물끄러미 한참 들여다보고 있다가, 새빨간 불빛을 등으로 받으면서, 터벅터벅 아무 말 없이 어둠 가운데로 사라졌다 한다.

 이튿날 아무리 알아보아야 그의 아우는 종적이 없어지고 알 수 없으므로, 그는 하릴없이 다른 배를 얻어타고 또 물길을 떠났다. 그리하여 그의 배가 해주에 이르렀을 때, 그는 해주장에 들어가서 무엇을 사려다가, 저편 맞은편 가게에 얼핏 그의 아우 같은 사람이 있으므로 뛰어가서 보니 그는 벌써 없어졌다. 배가 해주에는 오래 머물지 않으므로 그는 마음은 해주에 남겨 두고, 또다시 바닷길을 떠났다.

 그 뒤에 삼 년을 이리저리 돌아다녔어도 아우는 다시 볼 수가 없었다.

 그리하여 삼 년이 지나고 지금부터 육 년 전에, 그의 탄 배가 강화도를 지날 날에, 바다를 향한 가파로운 뫼켠에서 바다를 향하여 날아오르는 '배따라기'를 들었다. 그것도 어떤 구절과 곡조는 그의 아우 특식으로 변경된—그의 아우가 아니면 부를 사람이 없는 그 '배따라기'다.

 배가 강화도에는 머무르지 않아서 그저 지나갔으나, 인천서 열흘쯤 머무르게 되었으므로, 그는 곧 내려서 강화도로 건너가 보았다. 거기서 이리저리 찾아다니다가, 어떤 조그만 객줏집에서 물어 보니 이름도 그의 아우요, 생긴 모습도 그의 아우인 사람이 묵어 있기는 하였으나, 사나흘 전에 도로 인천으로 갔다 한다. 그는 곧 돌아서서 인천으로 건너와서 찾아보았지만, 그 조그만 인천서도 그의 아우를 찾을 바가 없었다.

그 뒤에 눈 오고 비 오며, 육 년이 지났지만, 그는 다시 아우를 만나 보지 못하고 아우의 생사까지도 알 수가 없다.

말을 끝낸 그의 눈에는 저녁해에 반사하여 몇 방울의 눈물이 반짝인다.

나는 한참 있다가 겨우 물었다.

"노형 계수는?"

"모르디요. 이십 년을 영유는 안 가 봤으니깐요."

"노형은 이제 어디루 갈 테요?"

"것두 모르디요. 덩처가 있나요? 바람 부는 대로 몰려댕기디요."

그는 다시 한 번 나를 위하여 '배따라기'를 불렀다. 아아, 그 속에 잠겨 있는 삭이지 못할 뉘우침, 바다에 대한 애처로운 그리움.

노래를 끝낸 다음에 그는 일어서서 시뻘건 저녁해를 잔뜩 등으로 받고, 을밀대를 향하여 터벅터벅 걸어간다. 나는 그를 말릴 힘이 없어서 멀거니 그의 등만 바라보고 앉아 있었다.

그날 밤, 집에 돌아와서도 그 배따라기와 그의 숙명적 경험담이 귀에 쟁쟁히 울려서 잠을 못 이루고, 이튿날 아침 깨어서 조반도 안 먹고 기자묘로 뛰어가서 또다시 그를 찾아보았다. 그가 어제 깔고 앉았던 풀은 모두 한편으로 누워서 그가 다녀감을 기념하되, 그는 그 근처에 보이지 않았다. 그러나— 그러나 배따라기는 어디선가 쟁쟁히 울리어서 모든 소나무들을 떨리지 않고는 안 두겠다는 듯이 날아온다.

"모란봉이다. 모란봉에 있다."

하고 나는 한숨에 모란봉으로 뛰어갔다. 모란봉에는 사람이 하나도 없다. 부벽루에도 없다.

"을밀대다."

하고 나는 다시 을밀대로 갔다. 을밀대에서 부벽루를 연한, 지옥까지 연한 듯한 골짜기에 물 한 방울을 안 새리라고 빽빽이 난 소나무의 그 모든 잎잎은 떨리는 배따라기를 부르고 있지만, 그는 여기도 있지 않다. 기자묘의, 하늘을 향하여 퍼져 나간 그 모든 소나무의 천만의 잎잎도, 그 아래쪽 퍼진 천만의 풀들도, 모두 그 '배따라기'를 슬프게 부르고 있지만, 그는 이 조그만 모란봉 일대에서 찾을 수가 없었다.

강가에 나가서 알아보니, 그의 배는 오늘 새벽에 떠났다 한다. 그 뒤에 여름과 가을이 가고 일 년이 지나서 다시 봄이 이르렀으되, 잠깐 평양을 다녀간 그는 그 숙명적 경험담과 슬픈 '배따라기'를 두었을 뿐, 다시 조그만 모란봉에 나타나지 않는다.

모란봉과 기자묘에 다시 봄이 이르러서, 작년에 그가 깔고 앉아서 부러졌던 풀들도 다시 곧게 대가 나서 자줏빛 꽃이 피려 하지만 끝없는 뉘우침을 다만 한낱 '배따라기'로 하소연하는 그는, 이 조그만 모란봉과 기자묘에서 다시 볼 수가 없었다. 다만 그가 남기고 간 '배따라기'만 추억하는 듯이 모든 잎잎이 속삭이고 있을 따름이다.

감 자

싸움, 간통, 살인, 도적, 구걸, 징역, 이 세상의 모든 비극과 활극의 근원지인 칠성문 밖 빈민굴로 오기 전까지는 복녀 부처는 (사농공상의 제 이 위에 드는) 농민이었었다.

 복녀는, 원래 가난은 하나마 정직한 농가에서 규칙 있게 자라난 처녀였다. 이전 선비의 엄한 규율은 농민으로 떨어지자부터 없어졌다 하나, 그러나 어딘지는 모르지만 딴 농민보다는 좀 똑똑하고 엄한 가율이 그의 집에 그냥 남아 있었다. 그 가운데서 자라난 복녀는 물론 다른 집 처녀들과 같이 여름에는 벌거벗고 개울에서 멱감고, 바짓바람으로 동네를 돌아다니는 것을 예사로 알기는 알았지만, 그러나 그의 마음속에는 막연하나마 도덕이라는 것에 대한 기품을 가지고 있었다.

 그는 열다섯 살 나는 해에 동리 홀아비에게 팔십 원에 팔려서 시집이라는 것을 갔다. 그의 새서방(영감이라는 편이 적당할까)이라는 사람은 그보다 이십 년이나 위로서, 원래 아버지의 시대에는 상당한 농민으로 밭도 몇 마지기가 있었으나, 그의 대로 내려오면서는 하나 둘 줄기 시작하여, 마지막에 복녀를 산 팔십 원이 그의 마지막 재산이었었다. 그는 극도로 게으른 사람이었다. 동리 노인의 주선으로 소작 밭깨나 얻어 주면, 종자만 뿌려 둔 뒤에는 후치질도 안 하고 김도 안 매고 그냥 내버려두었다가는, 가을에 가서는 되는대로 거두어서 '금년은 흉년입네' 하고 전줏집에는 가져도 안 가고 자기 혼자 먹어 버리곤 하였다. 그러니까 그는 한 밭을 이태를 연하여 부쳐 본 일이 없었다. 이리하여 몇 해를 지내는 동안 그는 그 동리에서는 밭을 못 얻을 만큼 인심과 신용을 잃고 말았다.

복녀가 시집을 간 뒤 한 삼, 사 년은 장인의 덕으로 이렁저렁 지내 갔으나, 이전 선비의 꼬리인 장인은 차차 사위를 밉게 보기 시작하였다. 그들은 처가에까지 신용을 잃게 되었다.

그들 부처는 여러 가지로 의논하다가 하릴없이 평양성 안으로 막벌이로 들어왔다. 그러나 게으른 그에게는 막벌이나마 역시 되지 않았다. 하루 종일 지게를 지고 연광정에 가서 대동강만 내려다보고 있으니, 어찌 막벌이인들 될까. 한 서너 달 막벌이를 하다가, 그들은 요행 어떤 집 막간살이로 들어가게 되었다.

그러나 그 집에서도 얼마 안 하여 쫓겨나왔다. 복녀는 부지런히 주인집 일을 보았지만, 남편의 게으름은 어찌할 수가 없었다. 매일 복녀는 눈에 칼을 세워 가지고 남편을 채근하였지만, 그의 게으른 버릇은 개를 줄 수는 없었다.

"벳섬 좀 치워 달라우요."
"남 졸음 오는데, 님자 치우시관."
"내가 치우나요?"
"이십 년이나 밥 처먹구 그걸 못 치워."
"에이구, 칵 죽구나 말디."
"이년, 뭘!"
이러한 싸움이 그치지 않다가, 마침내 그 집에서도 쫓겨나 왔다.

이젠 어디로 가나? 그들은 하릴없이 칠성문 밖 빈민굴로 밀리어 오게 되었다.

칠성문 밖을 한 부락으로 삼고 그곳에 모여 있는 모든 사람들의 정업은 거지요, 부업으로는 도적질과 (자기네끼리의) 매음, 그 밖에 이 세상의 모든 무섭고 더러운 죄악이었다. 복녀도 그 정업으로 나섰다.

그러나 열아홉 살 한창 좋은 나이의 여편네에게 누가 밥인들 잘 줄까.

"젊은 거이 거랑질은 왜?"

그런 소리를 들을 때마다 그는 여러 가지 말로, 남편이 병으로 죽어 가거니 어쩌거니 핑계는 댔지만, 그런 핑계에는 단련된 평양 시민의 동정은 역시 살 수가 없었다. 그들은 이 칠성문 밖에서도 가장 가난한 사람 가운데 드는 편이었다. 그 가운데서 잘 수입되는 사람은 하루에 오 리짜리 돈푼으로 일 원 칠팔십 전의 현금을 쥐고 돌아오는 사람까지 있었다. 극단으로 나가서 밤에 돈벌이 나갔던 사람은 그날 밤 사십여 원을 벌어 가지고 와서 그 근처에서 담배 장사를 시작한 사람까지 있었다.

복녀는 열아홉 살이었다. 얼굴도 그만하면 빤빤하였다. 그 동리 여인들의 보통 하는 일을 본받아서, 그도 돈벌이 좀 잘 하는 사람의 집에라도 간간 찾아가면 매일 오륙십 전은 벌 수가 있었지만, 선비 집안에서 자라난 그는 그런 일은 할 수가 없었다.

그들 부처는 역시 가난하게 지냈다. 굶는 일도 흔히 있었다.

기자묘 솔밭에 송충이가 끓었다. 그때, 평양 '부'에서는 그 송충이를 잡는 데 (은혜를 베푸는 뜻으로) 칠성문 밖 빈민굴 여인들을 인부로 쓰게 되었다.

빈민굴 여인들은 모두 다 지원을 하였다. 그러나 뽑힌 것은 겨우 오십 명쯤이었다. 복녀도 그 뽑힌 사람 가운데 한 사람이었다.

복녀는 열심으로 송충이를 잡았다. 소나무에 사다리를 놓고 올라가서는, 송충이를 집게로 집어서 약물에 잡아넣고 또 그렇게 하고, 그의 통은 잠깐 사이에 차곤 하였다. 하루에 삼십이 전씩의 품삯이 그의 손에 들어왔다.

그러나 대엿새 하는 동안에 그는 이상한 현상을 하나 발견하였다. 그것은 다른 것이 아니라, 젊은 여인부 한 여남은 사람은 언제나 송충이는 안 잡고, 아래서 지절거리며 웃고 날뛰기만 하고 있는 것이었다. 뿐만 아니라, 그 놀고 있는 인부의 품삯은, 일하는 사람의 삯전보다 팔 전이나 더 많이 내어주는 것이었다.

감독은 한 사람뿐이었는데 감독도 그들이 놀고 있는 것을 묵인할 뿐 아니라, 때때로는 자기까지 섞여서 놀고 있었다.

어떤 날 송충이를 잡다가 점심때가 되어서, 나무에서 내려와서 점심을 먹고 다시 올라가려 할 때 감독이 그를 찾았다.

"복네! 얘 복네!"

"왜 그릅네까?"

그는 약통과 집게를 놓고 뒤로 돌아섰다.

"좀 오너라."

그는 말없이 감독 앞에 갔다.

"얘, 너, 음…… 데 뒤 좀 가 보디 않갔니?"

"뭘 하레요?"

"글쎄, 가야……."

"가디요. ……형님!"

그는 돌아서면서 인부들 모여 있는 데로 고함쳤다.

"형님두 갑세다가레."

"싫다 얘, 둘이서 재미나게 가는데, 내가 무슨 맛에 가갔니?"

복녀는 얼굴이 새빨갛게 되면서 감독에게로 돌아섰다.

"가 보자."

감독은 저편으로 갔다. 복녀는 머리를 수그리고 따라갔다.

"복네 좋갔구나."

뒤에서 이러한 조롱 소리가 들렸다. 복녀의 숙인 얼굴은 더욱 발갛게 되었다.

그날부터 복녀도 '일 안하고 품삯 많이 받는 인부'의 한 사람으로 되었다.

복녀의 도덕관 내지 인생관은 그때부터 변하였다.

그는 아직껏 딴 사내와 관계를 한다는 것을 생각하여 본 일도 없었다. 그것은 사람의 일이 아니요, 짐승의 하는 짓쯤으로만 알고 있었다. 혹은 그런 일을 하면 탁 죽어지는지도 모를 일로 알았다.

그러나 이런 이상한 일이 어디 다시 있을까. 사람인 자기도 그런 일을 한 것을 보면, 그것은 결코 사람으로 못 할 일이 아니었다. 게다가 일 안 하고도 돈 더 받고, 긴장된 유쾌가 있고, 빌어먹는 것보다 점잖고…… 일본말로 하자면 '삼박자' 같은 좋은 일은 이것뿐이었다. 이것이야말로 삶의 비결이 아닐까. 뿐만 아니라, 이 일이 있은 뒤부터, 그는 처음으로 한 개 사람이 된 것 같은 자신까지 얻었다.

그 뒤부터는, 그는 얼굴에 조금씩 분도 바르게 되었다.

일 년이 지났다.

그의 처세의 비결은 더욱더 순탄히 진척되었다. 그의 부처는 이제는 그리 궁하게 지내지는 않게 되었다.

그의 남편은 이것이 결국 좋은 일이라는 듯이 아랫목에 누워서 벌신벌신 웃고 있었다.

복녀의 얼굴은 더욱 이뻐졌다.

"여보 아즈바니, 오늘은 얼마나 벌었소?"

복녀는 돈 좀 많이 번 듯한 거지를 보면 이렇게 찾는다.

"오늘은 많이 못 벌었쉐다."

"얼마?"

"도무지 열서너 냥."

"많이 벌었쉐다가레. 한 댓 냥 꿰 주소고레."

"오늘은 내가……."

어쩌고어쩌고 하면, 복녀는 곧 뛰어가서 그의 팔에 늘어진다.

"나한테 들킨 댐에는 뀌구야 말아요."

"나 원, 이 아즈마니 만나믄 야단이더라. 자 꿰 주디. 그 대신 응? 알아 있디?"

"난 몰라요. 해해해해."

"모르믄, 안 줄 테야."

"글쎄, 알았대두 그른다."

그의 성격은 이만큼까지 진보되었다.

가을이 되었다.

칠성문 밖 빈민굴 여인들은 가을이 되면 칠성문 밖에 있는 중국인 채마밭에 감자(고구마)며 배추를 도적질하러, 밤에 바구니를 가지고 간다. 복녀도 감자깨나 잘 도적질하여 왔다.

어떤 날 밤, 그는 고구마 한 바구니를 잘 도적질하여 가지고, 이젠 돌아오려고 일어설 때, 그의 뒤에 시꺼먼 그림자가

서서 그를 꽉 붙들었다. 보니, 그것은 그 밭의 주인인 중국인 왕 서방이었다. 복녀는 말도 못 하고 멀찐멀찐 발 아래만 내려다보고 있었다.

"우리 집에 가."

왕 서방은 이렇게 말하였다.

"가재믄 가디. 원, 것두 못 갈까."

복녀는 엉덩이를 한 번 홱 두른 뒤에, 머리를 젖히고 바구니를 저으면서 왕 서방을 따라갔다.

한 시간쯤 뒤에 그는 왕 서방의 집에서 나왔다. 그가 밭고랑에서 길로 들어서려 할 때, 문득 뒤에서 누가 그를 찾았다.

"복네 아니야?"

복녀는 홱 돌아서 보았다. 거기는 자기 곁집 여편네가 바구니를 끼고, 어두운 밭고랑을 더듬더듬 나오고 있었다.

"형님이댔쉐까? 형님두 들어갔댔쉐까?"

"님자두 들어갔댔나?"

"형님은 뉘 집에?"

"나? 눅 서방네 집에. 님자는?"

"난 왕 서방네……. 형님, 얼마 받았소?"

"눅 서방네…… 그 깍쟁이 놈. 배추 세 페기……."

"난 삼 원 받았디."

복녀는 자랑스러운 듯이 대답하였다.

십 분쯤 뒤에 그는 자기 남편과 그 앞에 돈 삼 원을 내놓은 뒤에, 아까 그 왕 서방의 이야기를 하면서 웃고 있었다.

그 뒤부터 왕 서방은 무시로 복녀를 찾아왔다.

 한참 왕 서방이 눈만 멀찐멀찐 앉아 있으면, 복녀의 남편은 눈치를 채고 밖으로 나갔다. 왕 서방이 돌아간 뒤에 그들 부처는, 일 원 혹은 이 원을 가운데 놓고 기뻐하곤 하였다.

 복녀는 차차 동리 거지들한테 애교를 파는 것을 중지하였다. 왕 서방이 분주하여 못 올 때가 있으면 복녀는 스스로 왕 서방의 집까지 찾아갈 때도 있었다.

 복녀 부처는 이제 이 빈민굴의 한 부자였다.

 그 겨울도 가고 봄이 이르렀다.

 그때 왕 서방은 돈 백 원으로 어떤 처녀를 하나 마누라로 사 오게 되었다.

 "흥!"

 복녀는 다만 코웃음만 쳤다.

 "복녀, 강짜하갔구만."

 동리 여편네들이 이런 말을 하면, 복녀는 흥 하고 코웃음을 웃곤 하였다.

 내가 강짜를 해? 그는 늘 힘있게 부인하고 있었다. 그러나 그의 마음에 생기는 검은 그림자는 어찌할 수가 없었다.

 "이놈 왕 서방, 내 두고 보자."

 왕 서방이 색시를 데려오는 날이 가까웠다. 왕 서방은 여태껏 자랑하던 기다란 머리를 깎았다. 동시에 그것은 새색시의 의견이라는 소문이 쫙 퍼졌다.

 "흥!"

복녀는 역시 코웃음만 쳤다.

마침내 새색시가 오는 날에 이르렀다. 칠보단장에 사인교를 탄 색시가 칠성문 밖 채마밭 가운데 있는 왕 서방의 집에 이르렀다.

밤이 깊도록, 왕 서방의 집에는 중국인들이 모여서 별한 악기를 뜯으며 별한 곡조로 노래하며 야단하였다. 복녀는 집 모퉁이에 숨어 서서 눈에 살기를 띠고 방 안의 동정을 듣고 있었다.

다른 중국인들이 새벽 두 시쯤 하여 돌아가는 것을 보면서 복녀는 왕 서방의 집 안에 들어갔다. 복녀의 얼굴에는 분이 하얗게 발리어 있었다.

신랑 신부는 놀라서 그를 쳐다보았다. 그것을 무서운 눈으로 흘겨보면서, 그는 왕 서방에게 가서 팔을 잡고 늘어졌다. 그의 입에서는 이상한 웃음이 흘렀다.

"자, 우리 집으로 가요."

왕 서방은 아무 말도 못 하였다. 눈만 정처 없이 두룩두룩하였다. 복녀는 다시 한 번 왕 서방을 흔들었다.

"자, 어서."

"우리, 오늘 밤 일이 있어 못 가."

"일은 밤중에 무슨 일."

"그래두, 우리 일이……."

복녀의 입에 여태껏 떠돌고 있던 이상한 웃음이 문득 없어졌다.

"이까짓 것!"

그는 발을 들어서 치장한 신부의 머리를 찼다.

"자, 가자우, 가자우."

왕 서방은 와들와들 떨었다. 왕 서방은 복녀의 손을 뿌리쳤다. 복녀는 쓰러졌다. 그러나 곧 다시 일어섰다. 그가 다시 일어설 때는, 그의 손에는 얼른얼른하는 낫이 한 자루 들리어 있었다.

"이 되놈, 죽어라, 죽어라. 이놈, 나 때렸디! 이놈아, 아이구, 사람 죽이누나."

그는 목을 놓고 처울면서 낫을 휘둘렀다. 칠성문 밖 외따른 밭 가운데 홀로 서 있는 왕 서방의 집에서는 일장의 활극이 일어났다. 그러나 그 활극도 곧 잠잠하게 되었다. 복녀의 손에 들리어 있던 낫은 어느덧 왕 서방의 손으로 넘어가고, 복녀는 목으로 피를 쏟으면서 그 자리에 고꾸라져 있었다.

복녀의 송장은 사흘이 지나도록 무덤으로 못 갔다. 왕 서방은 몇 번을 복녀의 남편을 찾아갔다. 복녀의 남편도 때때로 왕 서방을 찾아갔다. 둘의 사이에는 무슨 교섭하는 일이 있었다.

사흘이 지났다.

밤중에 복녀의 시체는 왕 서방의 집에서 남편의 집으로 옮겨졌다. 그리고 시체에는 세 사람이 둘러앉았다. 한 사람은 복녀의 남편, 한 사람은 왕 서방, 또 한 사람은 어떤 한방 의사. 왕 서방은 말없이 돈주머니를 꺼내어, 십 원짜리 지폐 석 장을 복녀의 남편에게 주었다. 한방 의사의 손에도 십 원짜리 두 장이 갔다.

이튼날, 복녀는 뇌일혈로 죽었다는 한방의의 진단으로 공동묘지로 실려 갔다.

붉은 산

그것은 여(余)가 만주를 여행할 때 일이었다. 만주의 풍속도 좀 살필 겸 아직껏 문명의 세례를 받지 못한 그들 사이에 퍼져 있는 병(病)을 조사할 겸해서, 일 년의 기한을 예산하여 가지고 만주를 시시콜콜 다 돌아온 적이 있었다. 그때는 ××촌이라 하는 조그만 촌에서 본 일을 여기에 적고자 한다.

　××촌은 조선 사람 소작인만 사는 한 이십여 호 되는 작은 촌이었다. 사면을 둘러보아도 한 개의 산도 볼 수가 없는 광막한 만주 벌판 가운데 놓여 있는, 이름도 없는 작은 촌이었다.
　몽고 사람 종자를 하나 데리고 노새를 타고 만주의 농촌을 돌아다니던 여가 그 ××촌에 이른 때는 가을도 다 가고 어느덧 광포한 북극의 겨울이 만주를 찾아온 때였다.

만주의 어느 곳이나 조선 사람이 없는 곳은 없지만, 이러한 오지에서 한 동네가 죄 조선 사람뿐으로 되어 있는 곳을 만나니 반가웠다. 더구나 그 동네는 비록 모두가 만주국인의 소작인이라 하나, 사람들이 비교적 온량하고 정직하여, 장성한 이들은 그래도 모두 천자문 한 권쯤은 읽은 사람들이었다. 살풍경한 만주, 그 가운데서 살풍경한 살림을 하는 만주국인이며 조선 사람의 동네를 근 일 년이나 돌아다니다가 비교적 평화스런 이런 동네를 만나면, 그것이 비록 외국인의 동네라 하여도 반갑겠거늘, 하물며 우리 같은 동족임에랴. 여는 그 동네에서 한 십여 일 이상을 일없이 매일 호별 방문을 하며 그들과 이야기로 날을 보내며, 오래간만에 맛보는 평화적 기분을 향락하고 있었다.

 '삵'이라는 별명을 가지고 있는 '정익호'라는 인물을 본 것이 여기서이다.

 익호라는 인물의 고향이 어디인지는 ××촌에서 아무도 몰랐다. 사투리로 보아서 경기 사투리인 듯하지만 빠른 말로 재재거리는 때에는 영남 사투리가 보일 때도 있고, 싸움이라도 할 때는 서북 사투리가 보일 때도 있었다. 그런지라 사투리로써 그의 고향을 짐작할 수는 없었다. 쉬운 일본말도 알고, 한문 글자도 좀 알고, 중국말은 물론 꽤 하고, 쉬운 러시아말도 할 줄 아는 점 등등 이곳저곳 숱하게 주워먹은 것은 짐작이 가지만 그의 경력을 똑똑히 아는 사람은 없었다.

 그는 여가 ××촌에 가기 일 년 전쯤 빈손으로 이웃이라도 오듯 후닥닥 ××촌에 나타났다 한다. 생김생김으로 보아서 얼굴이 쥐와 같고 날카로운 이빨이 있으며 눈에는 교활함과 독한 기운이 늘 나타나 있으며, 발룩한 코에는 코털이 밖으로까지 보이도록 길게 났고, 몸집은 작으나 민첩하게 되었고, 나이는 스물다섯에서 사십까지 임의로 볼 수 있으며, 그 몸이나 얼굴 생김이 어디로 보든 남에게 미움을 사고 근접지 못할 놈이라는 느낌을 갖게 한다.

그의 장기는 투전이 일쑤며, 싸움질 잘하고, 트집을 잘 잡고, 칼부림을 잘하고, 색시에게 덤벼들기 잘하는 것이라고 한다.

생김생김이 벌써 남에게 미움을 사게 되었고, 거기다 하는 행동조차 변변치 못한 일뿐이라, ××촌에서도 아무도 그를 대접하는 사람이 없었다. 사람들은 모두 그를 피하였다. 집이 없는 그였으나 뉘 집에 잠이라도 자러 가면 그 집 주인은 두 말 없이 다른 방으로 피하고 이부자리를 준비하여 주곤 하였다. 그러면 그는 이튿날 해가 낮이 되도록 실컷 잔 뒤에 마치 제 집에서 일어나듯 느직이 일어나서 조반을 청하여 먹고는 한 마디의 사례도 없이 나가 버린다.

그리고 만약 누구든 그의 이 청구에 응치 않으면 그는 그것을 트집으로 싸움을 시작하고, 싸움을 하면 반드시 칼부림을 하였다.

동네 처녀들이며 젊은 여인들은 익호가 이 동네에 들어온 뒤부터는 마음놓고 나다니지를 못하였다. 철없이 나갔다가 봉변을 당한 사람도 몇 있었다.

'삵'. 이 별명은 누가 지었는지 모르지만 어느덧 ××촌에서는 익호를 익호라 부르지 않고 '삵'이라고 부르게 되었다.

"삵이 뉘 집에서 묵었나?"

"김 서방네 집에서."

"다른 봉변은 없었다나?"

"요행히 없었다네."

그들은 아침에 깨면 서로 인사 대신으로 '삵'의 거취를 알아보곤 하였다.

'삵'은 이 동네에서 커다란 암종이었다. '삵' 때문에 아무리 농사에 사람이 부족한 때라도 젊고 튼튼한 몇 사람은 동네의 젊은 부녀를 지키기 위하여 동네 안에 머물러 있지 않을 수가 없었다. '삵' 때문에 부녀와 아이들은 아무리 더운 여름 저녁에라도 길에 나서서 마음놓고 바람을 쏘여 보지를 못하였다. '삵' 때문에 동네에서는 닭의 가리며 돼지우리를 지키기 위하여 밤을 새지 않을 수가 없었다.

동네 노인이며 젊은이들은 몇 번을 모여서 '삵'을 이 동리에서 내쫓기를 의논하였다. 물론 합의는 되었다. 그러나 내쫓는 데 선착할 사람이 없었다.

"첨지가 선착하면 뒤는 내가 담당하마."

"뒤는 걱정 말고 형님 먼저 말해 보시오."

제각기 '삵'에게 먼저 달려들기를 피하였다.

이리하여 동리에서는 합의되었으나 '삵'은 그냥 태연히 이 동네에 묵어 있게 되었다.

"며늘년들이 조반이나 지었나?"

"손주놈들이 잠자리나 준비했나?"

마치 그 동네의 모두가 자기 집 안인 것같이 '삵'은 마음대로 이집 저집을 드나들었다.

××촌에서는 사람이라도 죽으면 반드시 조상 대신으로, "삵이나 죽지 않고." 하는 한 마디 말을 잊지 않고 하였다. 누가 병이라도 나면, "에잇! 이놈의 병 '삵' 한테로 가거라."고 하였다.

암종, 누구나 '삵'을 동정하거나 사랑하는 사람이 없었다.

'삵'도 남의 동정이나 사랑은 벌써 단념한 사람이었다. 누가 자기에게 아무런 대접을 하든 탓하지 않았다. 보이는 데서 보이는 푸대접을 하면 그 트집으로 반드시 칼부림까지 하는 그였지만, 뒤에서 아무런 말을 할지라도―그리고 그것이 '삵'의 귀에까지 갈지라도 탓하지 않았다.

"흥!"

이 한 마디는 그의 가장 큰 처세 철학이었다.

흔히 그는 곁동네 만주국인들의 투전판에 가서 투전을 하였다. 때때로 두들겨맞고 피투성이가 되어서 돌아오는 일도 있었다. 그러나 그는 그 하소연을 하는 일이 없었다. 한다 할지라도 들을 사람도 없거니와, 아무리 무섭게 두들겨맞은 뒤라도 하루만 샘물에 상처를 씻고 절룩절룩한 뒤에는 또 이튿날은 천연히 나다녔다.

여가 ××촌을 떠나기 전날이었다.

송 첨지라는 노인이 그 해 소출을 나귀에 실어 가지고 만주국인 지주가 있는 촌으로 갔다. 그러나 돌아올 때는 송장이 되었다. 소출이 좋지 못하다고 두들겨맞아서 부러져 꺾어진 송 첨지는 나귀 등에 몸이 결박되어서 겨우 ××촌에 돌아왔다. 그리고 놀란 친척들이 나귀에서 몸을 내릴 때 절명하였다.

××촌에서는 왁자하였다.

"원수를 갚자!"
명 아닌 목숨을 끊은 송 첨지를 위하여 동네 젊은이는 모두 흥분하였다. 제각기 이제라도 들고일어설 듯하였다.

그러나 그뿐이었다. 누구든 앞장을 서려는 사람이 없었다. 만약 이때에 누구든 앞장을 서는 사람만 있었다면 그들은 곧 그 지주에게로 달려갔을지 모른다. 그러나 제가 앞장을 서겠노라고 나서는 사람은 없었다. 제각기 곁사람을 돌아보았다.

연해 발을 굴렀다. 부르짖었다. 학대받는 인종의 고통을 호소하며 울었다. 그러나, 그저 그뿐이었다. 남의 일로 지주에게 반항하여 제 밥자리까지 떼이기를 꺼림인지, 용감히 앞서 나가는 사람은 없었다.

여는 의사라는 자신의 직업상 송 첨지의 시체를 검시하였다. 돌아오는 길에 여는 '삶'을 만났다. 키가 작은 '삶'을 여는 내려다보았다. '삶'은 여를 쳐다보았다.

'가련한 인생아. 인종의 거머리야. 가치 없는 인생아. 밥버러지야. 기생충아!'
여는 '삶'에게 말하였다.

"송 첨지가 죽은 줄 아나?"

여의 말에 아직껏 여를 쳐다보고 있던 '삵'의 얼굴이 아래로 떨어졌다. 그리고 여가 발을 떼려는 순간 얼핏 '삵'의 얼굴에 나타난 비창한 표정을 여는 넘길 수가 없었다.

고향을 떠난 만리 밖에서 학대받는 인종의 가엾음을 생각하고 그 밤은 여도 잠을 못 이루었다.
그 억울함을 호소할 곳도 못 가진 우리의 처지를 생각하고, 여도 눈물을 금치 못하였다.

이튿날 아침이었다.
여를 깨우러 오는 사람의 소리에 여는 반사적으로 일어났다.
'삵'이 동구 밖에서 피투성이가 되어 죽어 있다는 것이었다. 여는 '삵'이라는 말에 눈살을 찌푸렸다. 그러나 의사라는 직업상 곧 가방을 수습하여 가지고 '삵'이 넘어진 데까지 달려갔다. 송 첨지의 장례식 때문에 모였던 사람 몇은 여의 뒤를 따라왔다.
여는 보았다. '삵'의 허리가 기역자로 뒤로 부러져 밭고랑 위에 넘어져 있는 것을. 여는 달려가 보았다. 아직 약간의 온기는 있었다.
"익호! 익호!"
그러나 그는 정신을 못 차렸다. 여는 응급 수단을 취하였다. 그의 사지는 무섭게 경련되었다. 이윽고 그가 눈을 번쩍 떴다.

"익호! 정신 드나?"

그는 여의 얼굴을 보았다. 끝이 없이 한참을 쳐다보았다. 그의 눈동자가 움직였다.

겨우 처지를 깨달은 모양이었다.

"선생님, 저는 갔었습니다."

"어디를?"

"그놈…… 지주놈의 집에……."

"무얼?"

여는 눈물 나오려는 눈을 힘있게 닫았다. 그리고 덥석 그의 벌써 식어 가는 손을 잡았다. 잠시의 침묵이 계속되었다. 그의 사지에서는 무서운 경련이 끊임없이 일었다. 그것은 죽음의 경련이었다. 듣기 힘든 작은 소리가 또 그의 입에서 나왔다.

"선생님."

"왜?"

"보구 싶어요. 전 보구 싶……."

"뭣이?"

그는 입을 움직였다. 그러나 말이 안 나왔다. 기운이 부족한 모양이었다. 잠시 뒤에 그는 또다시 입을 움직였다. 무슨 소리가 그의 입에서 나왔다.

"무얼?"

"보구 싶어요. 붉은 산이…… 그리고 흰 옷이!"

아아, 죽음에 임하여 그는 고국과 동포가 생각난 것이었다.

여는 힘있게 감았던 눈을 고즈넉이 떴다. 그때 '삵'의 눈도 번쩍 뜨였다. 그는 손을 들려고 하였다. 그러나 이미 부러진 그의 손은 들리지 않았다. 그는 머리를 돌이키려 하였다. 그러나 그럴 힘이 없었다.

그는 마지막 힘을 혀끝에 모아 가지고 입을 열었다.

"선생님!"

"왜?"

"저것…… 저것……."

"무얼?"

"저기 붉은 산이…… 그리고 흰 옷이…… 선생님 저게 뭐예요?"

여는 돌아보았다. 그러나 거기는 황막한 만주 벌판이 전개되어 있을 뿐이었다.

"선생님 노래를 불러 주세요. 마지막 소원…… 노래를 해주세요. 동해물과 백두산이 마르고 닳도록……."

여는 머리를 끄덕이고 눈을 감았다. 그리고 입을 열었다. 여의 입에서는 창가가 흘러나왔다.

여는 고즈넉이 불렀다.

"동해물과 백두산이……."

고즈넉이 부르는 여의 창가 소리에 뒤에 둘러섰던 다른 사람의 입에서도 숭엄한 코러스는 울려 나왔다.

무궁화 삼천리
화려 강산…….

광막한 겨울의 만주벌 한편 구석에서는 밥버러지 익호의 죽음을 조상하는 숭엄한 노래가 차차 크게 엄숙하게 울렸다. 그 가운데 익호의 몸은 점점 식어 갔다.

광염 소나타

독자는 이제 내가 쓰려는 이야기를, 유럽의 어떤 곳에서 생긴 일이라고 생각하여도 좋다. 혹은 사, 오십 년 뒤에 조선을 무대로 생겨날 이야기라고 생각하여도 좋다. 다만, 이 지구상의 어떠한 곳에 이러한 일이 있었는지도 모르겠다, 있는지도 모르겠다, 혹은 있을지도 모르겠다, 가능성만은 있다―이만치 알아 두면 그만이다.

 그런지라, 내가 여기 쓰려는 이야기의 주인공 되는 백성수를, 혹은 알버트라 생각하여도 좋을 것이요, 짐이라 생각하여도 좋을 것이요, 또는 호 모나 기무라 모로 생각하여도 괜찮다. 다만 사람이라는 동물을 주인공 삼아 가지고, 사람의 세상에서 생겨난 일인 줄만 알면…….

 이러한 전제로서, 자 그러면 내 이야기를 시작하자.

 "기회(찬스)라 하는 것이, 사람을 망하게도 하고 흥하게도 하는 것을 아시오?"

"네, 새삼스러이 연구할 문제도 아닐걸요."

"자, 여기 어떤 상점이 있다 합시다. 그런데 마침 주인도 없고 사환도 없고 온통 비었을 적에 우연히 그 앞을 지나가던 신사가…… 그 신사는 재산도 있고 명망도 있는 점잖은 사람인데…… 그 신사가 빈 상점을 들여다보고 혹은 이렇게 생각할 수도 있지 않아요? 텅 비었으니깐 도적놈이라도 넉넉히 들어갈 게다. 들어가서 훔치면 아무도 모를 테다. 집을 왜 이렇게 비워 둔담……. 이런 생각 끝에 혹은 그…… 그 뭐랄까, 그 돌발적 변태 심리로써 조그만 물건 하나(변변치도 않고 욕심도 안 나는)를 집어서 주머니에 넣는 경우가 있을지도 모르지 않겠습니까?"

"글쎄요."

"있습니다, 있어요."

어떤 여름날 저녁이었다. 도회를 떠난 교외 어떤 강변에, 두 노인이 앉아서 이런 이야기를 하고 있었다. 그 기회론을 주장하는 사람은 유명한 음악 비평가 K씨였다. 듣는 사람은 사회 교화자 모씨였다.

"글쎄, 있을까요?"

"있어요…… 좌우간 있다 가정하고, 그러한 경우에 그 책임은 어디 있습니까?"

"동양 속담 말에, 외밭서는 신 끈도 다시 매지 말랬으니, 그 신사가 책임을 질까요?"

"그래 버리면 그뿐이지만, 그 신사는 점잖은 사람으로서,

그런 절대적 기묘한 찬스만 아니더라면 그런 마음은커녕 엄두도 내지 않을 사람이라 생각하면 어찌 됩니까?"

"……."

"말하자면 죄는 '기회'에 있는데 '기회'라는 무형물은 벌을 할 수가 없으니깐, 그 신사를 가해자로 인정할 수밖에는 지금은 없지요."

"그렇습니다."

"또 한 가지…… 사람이 천재라 하는 것도, 경우에 따라서는 어떤 '기회'가 없으면 영구히 안 나타나고 마는 일이 있는데, 그 '기회'란 것이 어떤 사람에게서, 그 사람의 '천재'와 '범죄 본능'을 한꺼번에 끌어내었다면 우리는 그 '기회'를 저주하여야겠습니까, 축복하여야겠습니까?"

"글쎄요."

"선생은 백성수라는 사람을 아시오?"

"백성수? …… 자…… 기억이 없는데요."

"작곡가로서 그……."

"네, 생각납니다. 유명한…… 〈광염 소나타〉의 작가 말씀이지요?"

"네, 그 사람이 지금 어디 있는지 아십니까?"

"모릅니다.…… 뭐 발광했단 말이 있었는데……."

"네, 지금 ○○ 정신병원에 감금되어 있는데, 그 사람의 일대기를 이야기할 테니 들으시고, 사회 교화자로서의 의견을 말씀해 주십시오."

내가 이제 이야기하려는 백성수의 아버지도, 또한 천분 많은 음악가였습니다. 나와는 동창생이었는데 학생 시절부터 벌써 그의 천분은 넉넉히 볼 수가 있었습니다. 그는 작곡과를 전공하였는데, 때때로 스스로 작곡을 하여서는 밤중에 혼자서 피아노를 두들기곤 하여서, 우리들로 하여금 뜻하지 않게 일어나게 하곤 하였습니다. 그리고 우리는 그 밤중에 울려오는 야성적 선율에 몸을 소스라치곤 하였습니다.

그는 야인이었습니다. 광포스런 야성은, 때때로 비위에 틀리면 선생을 두들기기가 예사이며, 우리 학교 근처의 술집이며 모든 상점 주인들은, 그에게 매깨나 안 얻어맞은 사람이 없었습니다. 그러한 야성은 그의 음악 속에 풍부히 잠겨 있어서, 오히려 그 야성적 힘이 그의 예술을 빛나게 하는 것이었습니다.

그러나 그가 학교를 졸업하고 난 뒤에는 그 야성은 다른 곳으로 발전되고 말았습니다.

술, 술, 무서운 술이었습니다. 아침부터 저녁까지, 저녁부터 아침까지 술잔이 그의 입에서 떠나지를 않았습니다. 그리고 술을 먹고는 여편네들에게 행패를 하고, 경찰서에 구류당하고, 나와서는 또 같은 일을 하고…….

작품? 작품이 다 무엇이외까? 술을 먹은 뒤에 취흥에 겨워 때때로 피아노에 앉아서 즉흥으로 탄주를 하곤 하였는데, 지금 생각하면 그 귀기가 사람을 엄습하는 힘과 야성(베토벤 이래로 근대 음악가에서 발견할 수 없던), 그건…… 보물이라 하여도 좋을 것이 많았지만, 우리들은 각각 제 길 닦기에 바쁜 사람이라, 주정꾼의 즉흥악을 일일이 베껴 둔다든가 그런 일은 꿈에도 생각하지 않았습니다.

우리들은 그의 장래를 생각하여 때때로 술을 삼가기를 권고하였지만, 그런 야인에게 친구의 권고가 무슨 소용이 있겠습니까.

"술? 술은 음악이다!"
하고는 하하하하 웃어 버리고 다시 술집으로 달아나곤 합니다.

그렇게 칠팔 년이 지난 뒤에 그는 아주 폐인이 되고 말았습니다. 술이 안 들어가면 그의 손은 떨렸습니다. 눈에는 눈곱이 끼었습니다. 그리고 술이 들어가면—술만 들어가면 그는 그 광포성을 발휘하였습니다. 누구를 막론하고 붙잡고는 입에 술을 부어넣어 주었습니다. 그러다가는 장소를 불문하고 아무 데나 누워서 잡니다.

사실 아까운 천재였습니다. 우리들 사이에는 때때로 그의 천분을 생각하고 아깝게 여기는 한숨이 있었지만, 세상에서는 그 장래가 무서운 한 천재가 있었다는 것을 몰랐습니다.

그러는 동안에 그는 어떤 양가의 처녀를, 어떻게 관계를 맺어서 애까지 뱄습니다. 그러나 그 애의 출생을 보지 못하고, 아깝게도 심장마비로 죽어 버리고 말았습니다.

그 유복자로 세상에 나온 것이 백성수였습니다.

그러나 우리는 백성수가 세상에 출생되었다는 풍문만 들었지, 그 애 아버지가 죽은 뒤부터는 그 애의 소식이며 그 애 어머니의 소식은 일체 몰랐습니다. 아니, 몰랐다는 것보다, 그 집안의 일은 우리의 머리에서 온전히 잊혀져 버리고 말았습니다.

  삼십 년이라는 세월이 흘렀습니다.

  십 년이면 산천도 변한다 하는데 삼십 년 사이의 변천을 어찌 이루 다 말하겠습니까. 좌우간 그 동안에 나는 내 길을 닦아 놓았습니다. 아시다시피 지금 K라 하면 이 나라에서 첫손가락을 꼽는 음악 비평가가 아닙니까. 건실한 지도적 비평가 K라면, 이 나라 음악계의 권위이며, 이 나의 한 마디는 음악가의 가치를 결정하는 판결문이라 하여도 옳을 만치 되었습니다. 많은 음악가가 내 손 아래서 자랐으며, 많은 음악가가 내 지도로써 이름을 날렸습니다.

  재작년 이른봄 어떤 날이었습니다.

  그때 나는 조용한 밤중의 몇 시간씩을 ○○ 예배당에 가서, 명상으로 시간을 보내는 것이 습관이 되어 있었습니다. 언덕 위에 홀로 서 있는 집으로서, 조용한 밤중에 혼자 앉아 있노라면 때때로 들보에서, 놀라서 깬 비둘기 날개 소리와, 간간이 기둥에서 뚝뚝 하는 소리밖에는 아무 소리도 들리지 않는, 말하자면 나 같은 괴상한 성미를 가진 사람이 아니면 돈을 주면서 들어가래도 들어가지 않을 음침한 집이었습니다. 그러나 나같이 명상을 즐기는 사람에게는, 다른 데서 구하기 힘들도록 온갖 것이 갖추어진 집이었습니다. 외따르고 조용하고 음침하며, 간간이 알지 못할 신비한 소리까지 들리며, 멀리서는 때때로 놀란 듯한 기적 소리도 들리는…… 이것뿐으로도 상당한데, 게다가 이 예배당에는 피아노도 한 대 있었습니다. 예배당에는 오르간은 있을지나 피아노가 있는 곳은 쉽지 않은 것으로서, 무슨 흥이나 날 때에는 피아노에 가서 한 곡조 두드리는 재미도 또한 괜찮았습니다.

그날 밤도(아마 두 시는 지났을걸요) 그 예배당에서 혼자 눈을 감고 조용한 맛을 즐기고 있노라는데 갑자기 저편 아래에서 재재하는 소리가 납니다. 그래서 눈을 번쩍 뜨니까 화광이 충천하였는데, 내다보니까 언덕 아래 어떤 집에 불이 붙으며 사람들이 왔다갔다 야단이었습니다.

이렇게 말하면 어떨지 모르지만, 그다지 멀지 않은 곳에서 불붙는 것을 바라보는 맛도 괜찮은 것이었습니다. 일어나는 불길이며 퍼져 나가는 연기, 불씨의 날아가는 양, 그 가운데 거뭇거뭇 보이는 기둥, 집의 송장, 재재거리는 사람의 무리, 이런 것은 어떻게 생각하면 과연 시도 될지며 음악도 될 것이었습니다. 옛날에 '네로'가 불붙는 것을 바라보면서 자기는 비파를 뜯고 노래를 하였다는 것도 음악가의 견지로 보면 그다지 나무랄 것이 아니었습니다.

나도 그때에 그 불을 보고 차차 흥이 났습니다.

'네로를 본받아서 나도 즉흥으로 한 곡조 두드려 볼까?'

어렴풋이 이런 생각을 하며, 나는 그 불을 정신없이 바라보고 있었습니다.

그때였습니다. 갑자기 덜컥덜컥하는 소리가 들리더니 예배당 문이 열리며, 웬 젊은 사람이 하나 낭패한 듯이 뛰어들어왔습니다. 그리고 무엇에 놀란 사람같이 두리번두리번 사면을 살피더니, 그래도 내가 있는 것은 못 보았는지, 저편에 있는 창 안에 가서 숨어 서서, 아래서 붙는 불을 내려다봅디다.

  나는 꼼짝을 못하였습니다. 좌우간 심상스런 사람은 아니요, 방화범이나 도적으로밖에는 인정할 수 없지 않겠습니까? 그래서 꼼짝을 못하고 서 있노라니까 그 사람은 한참 정신없이 서 있다가 한숨을 쉽디다. 그리고 맥없이 두 팔을 늘어뜨리고 도로 나가려고 발을 떼려다가, 자기 곁에 피아노가 놓인 것을 보더니, 교의(交椅)를 끌어다 놓고 그 앞에 주저앉고 말겠지요. 나도 거기서는 그만 직업적 흥미에 끌렸습니다. 그래서 무엇을 하나 보자 하고 있노라니까, 뚜껑을 열더니 한 번 뚱 하고 시험을 해 보아요. 그리고 조금 있더니 다시 뚱뚱 하고 시험을 해 보겠지요.

  이때부터 그의 숨소리가 차차 높아 가기 시작했습니다. 씩씩거리며 몹시 흥분된 사람같이 몸을 떨다가, 벼락같이 양손을 '키' 위에 가져다가 덮었습니다. 그 다음 순간 C#단음계의 알레그로가 시작되었습니다.

  처음에는 다만 흥미로써 그의 모양을 엿보고 있던 나는, 그 알레그로가 울려 나오는 순간 마음이 끝까지 긴장되고 흥분되었습니다.

  그것은 순전한 야성적 음향이었습니다. 음악이라 하기에는 너무 힘있고 무기교였습니다. 그러나 음악이 아니라기엔 거기에는 너무 괴롭고도 무겁고 힘있는 '감정'이 들어 있었습니다. 그것은 마치 야반의 종소리와도 같이 사람의 마음을 무겁고 음침하게 하는 음향인 동시에, 맹수의 부르짖음과 같이 사람으로 하여금 소름 돋치게 하는 무서운 감정의 발현이었습니다. 아아, 그 야성적 힘과 남성적 부르짖음, 그 아래 감추어져 있는 침통한 주림과 아픔, 순박하고도 아무 기교가 없는 그 표현!

나는 덜썩 그 자리에 주저앉고 말았습니다. 그리고 음악가의 본능으로 뜻하지 않고 주머니에서 오선지와 연필을 꺼내었습니다. 피아노의 울려 나가는 소리에 따라서 나의 연필은 오선지 위에서 뛰놀았습니다. 등불도 없는지라 손짐작으로.

……좀 급속도로 시작된 빈곤, 거기 연하여 주림, 꺼져 가는 불꽃과 같은 목숨, 그러한 것을 지나서 한참 연속되는 완서조(緩徐調)의 압축된 감정, 갑자기 튀어져 나오는 광포. 거기 연한 쾌미, 홍소……. 이리하여 주화조(主和調)로서 탄주는 끝이 났습니다. 더구나 그 속에 나타나 있는 압축된 감정이며 주림, 또는 맹렬한 불길 등이 사람의 마음에 주는 그 처참함이며 광포성은, 나로 하여금 아직 '문명'이라 하는 것의 은택에 목욕하여 보지 못한 야인을 연상케 하였습니다.

탄주가 다 끝이 난 뒤에도 나는 정신을 못 차리고 망연히 앉아 있었습니다. 물론 조금이라도 음악적 소양이 있는 사람일 것 같으면 이제 그 소나타를, 음악에 대하여 정통으로 아무러한 수양도 받지 못한 사람이, 다만 자기의 천재적 즉흥뿐으로 탄주한 것임을 알 것입니다. 해결도 없이, 감칠도화현(減七度和絃)이며 증육도화현(增六度和絃)을 범벅으로 섞어 놓았으며, 금칙인 병행오팔도(竝行五八度)까지 집어넣은 것으로서, 더구나 스케르초는 온전히 뽑아 먹은, 대담하다면 대담하고 무식하다면 무식하달 수도 있는 자유 방분한 소나타였습니다.

  이때 문득 내 머리에 떠오른 것은, 삼십 년 전에 심장마비로 죽은 백○○였습니다. 그의 음악으로서, 만약 정통적 훈련만 뽑고 거기다가 야성을 더 집어넣으면 지금 내 눈앞에 있는 그 음악가의 것과 같은 것이 될 것이었습니다. 귀기가 사람을 엄습하는 듯한 그 힘과 방분스러운 표현과 야성…… 이것은 근대 음악가에게 구하기 힘든 보물이었습니다.

  그 소나타에 취하여 한참 정신이 어리둥절해 앉았던 나는, 고즈넉이 일어서서 그 피아노 앞에 가서 그의 어깨에 가만히 손을 얹었습니다. 한 곡조를 타고 나서 아주 곤한 듯이 정신없이 앉아 있던 그는 펄떡 놀라 일어서서 내 얼굴을 보았습니다.

  "자네 몇 살 났나?"

  나는 그에게 이렇게 첫말을 물었습니다. 가슴이 답답한 나로서는 이런 말밖에는 갑자기 다른 말이 생각 안 났습니다. 그는 높은 창에서 들어오는 달빛을 받고 있는 내 얼굴을 한순간 쳐다보고 머리를 돌이키고 말았습니다.

  "배고프나?"

  나는 두 번째 그에게 물었습니다.

  그는 시끄러운 듯이 벌떡 일어섰습니다. 그리고 달빛에 비친 내 얼굴을 정면으로 바라보다가,

  "아, K선생님 아니세요?"

하면서 나를 붙들었습니다. 그래서 그렇노라고 하니깐,
"사진으로는 늘 뵈었습니다마는……."
하면서 다시 맥없이 나를 놓으며 머리를 돌렸습니다.

그 순간, 그가 머리를 돌이키려는 순간, 달빛에 얼핏 나는 그의 얼굴을 처음으로 보았습니다. 그리고 나는 거기서 뜻밖에, 삼십 년 전에 죽은 벗 백○○의 모습을 발견하였습니다.
"아, 자네 이름이 뭔가?"
"백성수……."
"백성수? 그 백○○의 아들이 아닌가. 삼십 년 전에 자네가 나오기 전에 세상 떠난……."

그는 머리를 번쩍 들었습니다.
"네? 선생님 어떻게 아세요?"
"백○○의 아들인가? 같이두 생겼다. 내가 자네 어르신네와 동창이네. 아아…… 역시 그 애비의 아들이다."

그는 한숨을 길게 쉬며 머리를 숙여 버렸습니다.

나는 그날 밤 그 백성수를 데리고 집으로 돌아왔습니다. 그리고 비록 작곡상 온갖 법칙에는 어그러진다 하나, 그만치 힘과 정열과 열성으로 찬 소나타를 거저 버리기가 아까워서 다시 한 번 피아노에 올라앉기를 명하였습니다. 아까 예배당에서 내가 베낀 것은 알레그로가 거의 끝난 곳부터였으므로 그 전 것을 베끼기 위해서였습니다.

그는 피아노를 향하여 앉아서 머리를 기울였습니다. 몇 번 손으로 '키'를 두드려 보다가는 다시 머리를 기울이고 생각하곤 하였습니다. 그러나 다섯 번, 여섯 번을 다시 하여 보았으나 아무 효과도 없었습니다. 피아노에서 울려오는 음향은, 규칙 없고 되지않는 한낱 소음에 지나지 못하였습니다. 야성? 힘? 귀기? 그런 것은 없었습니다. 감정의 재뿐이었습니다.

"선생님, 잘 안 됩니다."

그는 부끄러운 듯이 연하여 고개를 기울이며 이렇게 말하였습니다.

"두 시간도 못 돼서 벌써 잊어버린담?"

나는 그를 밀어 놓고 내가 대신하여 피아노 앞에 앉아서, 아까 베낀 그 음보를 펴 놓았습니다. 그리고 내가 베낀 곳부터 타기 시작하였습니다.

화염! 화염! 빈곤, 주림, 야성적 힘, 기괴한 감금당한 감정! 음보를 보면서 타던 나는 스스로 흥분이 되었습니다. 미상불 그때 내 눈은 미친 사람같이 번득였으며, 얼굴은 흥분으로 새빨갛게 되었을 것이었습니다.

즉, 그때 그가 갑자기 달려들더니 나를 떠밀쳐 버렸습니다. 그리고 자기가 대신하여 앉았습니다.

의자에서 떨어진 나는 그 자리에 앉은 대로 그의 하는 양을 쳐다보았습니다. 그는 나를 밀쳐 버린 다음에 그 음보를 들고서 읽기 시작하였습니다. 아아 그의 얼굴! 그의 숨소리가 차차 높아지면서 눈은 미친 사람과 같이 빛을 내기 시작하였습니다. 그러더니 그 음보를 홱 내던지며 문득 벼락같이 그의 두 손은 피아노 위에 덧엎혔습니다.

C#단음계의 광포스런 '소나타'는 다시 시작되었습니다. 폭풍우같이, 또는 무서운 물결같이 사람으로 하여금 숨막히

게 하는 그 힘…… 그것은 베토벤 이래로 근대 음악가에서 보지 못하던 광포스런 야성이었습니다.

무섭고도 참담스런 주림, 빈곤, 압축된 감정, 거기서 튀어져 나온 맹염, 공포, 홍소……. 아아, 나는 너무 숨이 답답하여, 뜻하지 않게 두 손을 홱 내저었습니다.

그날 밤이 새도록, 그는 흥분이 되어서 자기의 과거를 일일이 다 이야기하였습니다. 그 이야기에 의지하면 대략 그의 경력이 이러하였습니다.

그의 어머니는 그를 밴 뒤에 곧 자기의 친정에서 쫓겨나왔습니다.

그때부터 그의 가난함은 시작되었습니다.

그러나 교양이 있고 어진 그의 어머니는 품팔이를 할지언정 성수를 곱게 길렀습니다. 변변치는 않으나마 오르간 하나를 준비하여 두고, 그가 잠자려 할 때에는 슈베르트의 〈자장가〉로써 그의 잠을 도왔으며, 아침에 깰 때는 하루 종일을 유쾌히 지내게 하기 위하여, 도랜드의 〈세컨드 왈츠〉로써 그의 원기를 돋우었습니다.

그는 세 살 났을 적에 어머니의 품속에 안겨서 오르간을 장난하여 보았습니다. 이 오르간 장난하는 것을 본 어머니는 근근이 돈을 모아서 그가 여섯 살 나는 해에 피아노를 하나 샀습니다.

아침에는 새소리, 바람에 버석거리는 포플러잎, 어머니의 사랑, 부엌에서 국 끓는 소리, 이러한 모든 것이 이 소년에게는 신비스럽고도 다정스러워, 그는 피아노에 향하여 앉아서 생각나는 대로 키를 두드리곤 하였습니다.

이러한 가운데 고이 소학과 중학도 마쳤습니다. 그러는 동안 음악에 대한 동경은 그의 가슴에 터질 듯이 쌓였습니다.

중학을 졸업한 뒤에는 이젠 어머니를 위하여, 그는 학업을 중지하지 않을 수가 없었습니다. 그는 어떤 공장의 직공이 되었습니다. 그러나 어진 어머니의 교육 아래서 길러난 그는, 비록 직공은 되었다 하나 아주 온량한 사람이었습니다.

그리고 음악에 대한 집착은 조금도 줄지 않았습니다. 비록 돈이 없어서 정식으로 음악 교육은 못 받을망정, 거리에서 손님을 끄느라고 틀어 놓은 유성기 앞이며, 또는 일요일날 예배당에서 찬양대의 노래에 젊은 가슴을 뛰놀리던 그였습니다. 집에서는 피아노 앞을 떠나 본 일이 없었습니다.

때때로 비상한 감흥으로 오선지를 내놓고, 음보를 그려 본 적도 한두 번이 아니었습니다. 그러나 이상한 것은, 그만치 뛰놀던 열정과 터질 듯한 감격도 음보로 그려 놓으면 아무 긴장도 없는 싱거운 음계가 되어 버리곤 하였습니다. 왜? 그만치 천분이 있고 그만치 열정이 있던 그에게서 왜 그런 재와 같은 음악만 나왔느냐고 물으실 테지요. 거기 대하여서는 이따가 설명하리다.

감격과 불만, 열정과 재, ……비상한 흥분과 그 흥분에 반비례되는 시원치 않은 결과, 이러한 불만의 십 년이 지났습니다.

그의 어머니는 문득 몹쓸 병에 걸렸습니다.

자양과 약값, 그가 몇 해를 근근이 모았던 돈은 차차 줄기 시작하였습니다. 조금이라도 안락한 생활이 되기만 하면, 정식으로 음악에 대한 교육을 받으려고 모아 두었던 저금은, 그의 어머니의 병에 다 들어갔습니다. 그러나 그의 어머니의 병은 차도가 보이질 않았습니다.

그리하여 그와 내가 그 예배당에서 만나기 전해 여름 어떤 날 그의 어머니는 도저히 회복할 가망이 없는 중태에까지 빠지게 되었습니다. 그러나 그때는 벌써 그에게는 돈이라고는 다 떨어진 때였습니다.

그날 아침, 그는 위독한 어머니를 버려 두고 역시 공장에 갔습니다. 그러나 아무리 하여도 마음이 놓이질 않아서, 일을 중도에 그만두고 집으로 돌아왔습니다. 그때 어머니는 벌써 혼수 상태에 빠져 있었습니다. 가슴이 덜컥 내려앉은 그는 황급히 다시 뛰어나갔습니다. 그러나 어디로? 무얼 하러? 뜻없이 뛰어나와서 한참 달음박질하다가, 그는 문득 정신을 차리고 의사라도 청할 양으로 히끈 돌아섰습니다.

그때였습니다. 아까 내가 말한 바 '기회'라는 것이 그때 그의 앞에 나타났습니다. 그것은 조그만 담배 가게 앞이었는데, 가게와 안방 사이의 문은 닫혀 있고 안에는 미상불 사람이 있을지나 가게를 보는 사람이 눈에 안 띄었습니다. 그리고 그 담배 상자 위에는 오십 전짜리 은전 한 닢과 동전 몇 닢이 놓여 있었습니다.

그는 자기로서도 무엇을 하는지 몰랐습니다. 의사를 청하여 오려면 다만 몇십 전이라도 돈이 있어야겠단 어렴풋한 생각만 가지고 있던 그는, 한 번 사면을 살핀 뒤에 벼락같이 그 돈을 쥐고 달아났습니다.

그러나 그는 이십 칸도 뛰지 못하여 따라오는 그 집 사람에게 붙들렸습니다.

그는 몇 번을 사정하였습니다. 마지막에는 자기의 어머니가 명재경각이니, 한 시간만 놓아주면 의사를 어머니에게 보내고 다시 오마고까지 하여 보았습니다. 그러나 그런 말은 모두 헛소리로 돌아가고, 그는 마침내 경찰서로 가게 되었습니다.

경찰서에서 재판소로, 재판소에서 감옥으로 이러한 여섯 달 동안에 그는 이를 갈면서 분해하였습니다. 자기 어머니의 운명이 어찌 되었나, 그는 손과 발을 동동 구르면서 안타까워했습니다. 만약 세상을 떠났다 하면, 떠나는 순간에 얼마나 자기를 찾았겠습니까. 임종에도 물 한 잔 떠넣어 줄 사람이 없는 어머니였습니다. 애타하는 그 모양, 목말라하는 그 모양을 생각하고는, 그 어머니에게 지지 않게 자기도 애타하고 목말라했습니다.

반년 뒤에 겨우 광명한 세상에 나와서 자기의 오막살이를 찾아가매, 거기는 벌써 다른 사람이 들어 있었으며, 어머니는 반년 전에 아들을 찾으며 길에까지 기어나와서 죽었다 합니다.

공동묘지를 가 보았으나 분묘조차 발견할 수가 없었습니다.

이리하여 갈 곳이 없어 헤매던 그는, 그날도 역시 갈 곳을 찾으러 헤매다가 그 예배당(나하고 만난)까지 뛰쳐들어온 것이었습니다.

여기까지 이야기해 오던 K씨는 문득 말을 끊었다. 그리고 마도로스 파이프를 꺼내어 담배를 피워 가지고 빨면서 모씨에게 향하였다.

"선생은 이제 내가 이야기한 가운데 모순된 점을 발견 못하셨습니까?"

"글쎄요."

"그럼 내가 대신해 물으리다. 백성수는 그만치나 천분이 많은 음악가였는데, 왜 그 〈광염 소나타〉(그날 밤의 그 소나타를 〈광염 소나타〉라고 그랬습니다)를 짓기 전에는 그만치 흥분되고 긴장됐다가도 일단 음보로 만들어 놓으면 아주 힘없는 것이 되어 버리곤 했겠습니까?"

"그거야 미상불 그때의 흥분이 〈광염 소나타〉를 지을 때의 흥분만 못한 연고겠지요."

"그렇게 해석하세요? 듣고 보니 그것도 한 해석이 되기는 합니다. 그러나 나는 그렇게 해석 안 하는데요."

"그럼 K씨는 어떻게 해석하십니까?"

"나는…… 아니, 내 해석을 말하는 것보다, 그 백성수한테서 내게로 온 편지가 한 통 있는데, 그것을 보여 드리리다. 선생은 오늘 바쁘지 않으세요?"

"일은 없습니다."

"그러면 우리 집까지 잠깐 같이 가 보실까요?"

"가지요."

두 노인은 일어섰다.

도회와 교외의 경계에 딸린 K씨의 집에까지 두 노인이 이른 때는 오후 네딋시쯤이었다.

두 노인은 K씨의 서재에 마주 앉았다.

"이것이 이삼 일 전에 백성수한테서 내게로 온 편지인데, 읽어 보세요."

K씨는 서랍에서 커다란 편지 뭉치를 꺼내어, 모씨에게 주었다. 모씨는 받아서 폈다.

"가만, 여기서부터 보세요, 그전에는 쓸데없는 인사이니까."

(전략) 그리하여 그날도 또한 이제 밤을 지낼 집을 구하노라고 돌아다니던 저는, 우연히 그 집(제가 전에 돈 오십여 전을 훔친 집) 앞에까지 이르렀습니다. 깊은 밤 사면은 고요한데 그 집 앞에서 잘 곳을 구하노라고 헤매던 저는, 문득 마음속에 무서운 복수의 생각이 일어났습니다. 이 집만 아니었다면, 이 집 주인이 조금만 인정이라는 것을 알았더라면, 저는 그 불쌍한 제 어머니가 길에까지 기어나와서 세상을 떠나게 하지는 않았을 것입니다. 분묘가 어디인지조차 알지 못하여, 꽃 한 번 가져다가 꽂아 보지 못한 이러한 불효도 이 집 때문이외다. 이러한 생각에 참지를 못하여, 그 집 앞에 가려 있던 볏짚에다가 불을 놓았습니다. 그리고 거기 서서 불이 집으로

옮아가는 것을 다 본 뒤에 갑자기 무서운 생각이 나서 달아났습니다.

좀 달아나다 보매, 아래서는 벌써 사람이 꾀어들기 시작한 모양인데, 이때 저의 머리에 타오르는 생각은 통쾌하다는 생각과 달아나려는 생각뿐이었습니다. 그리하여 저는 몸을 숨기기 위하여, 앞에 보이는 예배당으로 뛰어들어갔습니다.

거기서 불이 다 타도록 구경을 한 뒤에 나오려다가 피아노를 보고…….

"이보세요."

K씨는 편지를 보는 모씨를 찾았다.

"비상한 열정과 감격은 있어두, 그것이 그대로 표현 안 된 것이 그것 때문이었습니다. 즉 성수의 어머니는 몹시 어진 사람으로서, 어렸을 때부터 성수의 교육에 힘을 들여서 착한 사람이 되도록, 착한 사람이 되도록 그렇게 길렀습니다그려. 그 어진 교육 때문에 그가 하늘에서 타고난 광포성과 야성이 표면상에 나타나지를 못하였습니다. 그 타오르는 야성적 열정과 힘이 음보로 그려 놓으면 아주 힘없는, 말하자면 김빠진 술같이 되곤 하는 것이 모두 그 때문이었습니다그려. 점잖고 어진 교훈이 그의 천분을 못 발휘하게 한 셈이지요."

"흠!"

"그것이, 그 사람…… 성수가, 감옥 생활을 한 동안에 한 번 씻기우기는 하였으나, 그러나 사람의 교양이라 하는 것은 온전히 씻지는 못하는 것이외다. 그러다가, 그 '원수'의 집 앞에서 갑자기, 말하자면 돌발적으로 야성과 광포성이 나타나서 불을 놓고 예배당 안에 숨어 서서 그 야성적 광포적 쾌미를 한껏 즐긴 다음에 그에게서 폭발하여 나온 것이 그 〈광염 소나타〉였구려. 일어서는 불길, 사람의 비명, 온갖 것을 무시하고 퍼져 나가는 불의 세력…… 이런 것은 사실 야성적 쾌미 가운데 으뜸이 되는 것이니깐요."

"……."

"아셨습니까? 그러면 그 다음에 그 편지의 여기부터 또 보세요."

(중략) 저는, 그날의 일이 아직 눈앞에 어리는 듯하외다. 선생님이 저를 세상에 소개하시기 위하여, 늙으신 몸이 몸소 피아노에 앉으셔서, 초대한 여러 음악가들 앞에서 제 〈광염 소나타〉를 탄주하시던 그 광경은, 지금 생각하여도 제 눈에서 눈물이 나오려 합니다. 그때 그 손님 가운데 부인 손님 두 분이 기절을 한 것은 결코 〈광염 소나타〉의 힘뿐이 아니고, 선생님의 그 탄주의 힘이 많이 섞인 것을 뉘라서 부인하겠습니까. 그 뒤 여러 사람 앞에 저를 내세우고, "이 사람이 〈광염 소나타〉의 작자이며, 삼십 년 전에 우리를 버려 두고 혼자 간 일대의 귀재 백○○의 아들이외다."라고 소개를 하여 주신 그때의 그 감격을 제 일생에 어찌 잊사오리까.

그 뒤에 선생님께서 저를 위하여 꾸며 주신 방도, 또한 제 마음에 가장 맞는 방이었습니다. 널따란 북향 방에, 동남쪽 귀에 든든한 참나무 침대가 하나, 서북쪽 귀에 아무 장식 없는 참나무 책상과 의자, 피아노가 하나씩, 그 밖에는 방 안에 장식이라고는 서남쪽 벽에 커다란 거울이 하나 있을 뿐, 덩더렇게 넓은 방은 사실 밤에 전등 아래 앉아 있노라면 저절로 소름이 끼치도록 무시무시한 방이었습니다. 게다가 방 안은 모두 검은 칠을 하고, 창 밖에는 늙은 홰나무 고목이 한 그루 서 있는 것도 과연 귀기가 돌았습니다. 이러한 가운데서 선생님은 저로 하여금 방분스러운 음악을 낳도록 애써 주셨습니다.

저도 그런 환경 아래서 좋은 음악을 낳아 보려고 얼마나 애를 썼겠습니까. 어떤 날 선생님께 작곡에 대한 계통적 훈련을 원할 때 선생님은 이렇게 대답하셨습니다.

"자네에게는 그러한 교육이 필요 없어. 마음대로 나오는 대로 하게. 자네 같은 사람에게 계통적 훈련이 들어가면 자네의 음악은 기계화돼 버리고 말아. 마음대로 온갖 규칙과 규범을 무시하고 가슴에서 터져 나오는 대로……."

저는 이 말씀의 뜻을 똑똑히는 몰랐습니다. 그러나 대략한 의미뿐은 통하였습니다. 그리하여 저는 마음대로, 한껏 자유스러운 음악의 경지를 개척하려 하였습니다.

그러는 그 동안에 제가 산출한 음악은 모두 이상히도 저의 이전(제 어머니가 아직 살아 계실 때)의 것과 마찬가지로, 아무러한 힘도 없는 음향의 유희에 지나지 못하였습니다.

제가 얼마나 초조하였겠습니까. 때때로 선생님께서 채근 비슷이 하시는 말씀은 저로 하여금 더욱 초조하게 하였습니다. 그리고 마음이 초조하면 초조할수록, 제게서 생겨나는 음악은 더욱 나약한 것이 되었습니다.

저는 때때로 그 불붙던 광경을 생각하여 보았습니다. 그리고 그때의 통쾌하던 감정을 되풀이하여 보려 하였습니다. 그러나 그것 역시 실패로 돌아갔습니다.

때때로 비상한 열정으로 음보를 그려 놓은 뒤에, 몇 시간이 지나서 다시 한 번 읽어 보면, 거기에는 아무 힘이 없는 개념만 있곤 하였습니다.

저의 마음은 차차 무거워지기 시작하였습니다. 그리고 큰 기대를 가지고 계신 선생님께도 미안하기 짝이 없었습니다.

"음악은 공예품과 달라서, 마음대로 만들고 싶은 때에 되는 것이 아니니, 마음놓고 천천히 감흥이 생긴 때에……."

이러한 선생님의 위로의 말씀 듣기가 제 살을 깎아 내는 듯하였습니다. 그러나 제 마음성은, 이제는 제게서 다시 힘있는 음악이 나올 기회가 없는 것같이만 생각되었습니다.

이러한 동안에 무위의 몇 달이 지났습니다.

어떤 날 밤중, 가슴이 너무 무겁고 가슴속에 무엇이 가득한 것같이 거북하여서, 저는 산보를 나섰습니다. 무거운 머리와 무거운 가슴과 무거운 다리를 지향 없이 옮기면서 돌아다니다가, 저는 어떤 곳에서 커다란 볏짚 낟가리를 발견하였습니다.

이때의 제 심리를 어떻게 형용하면 좋을지 저는 모르겠습니다. 저는 무슨 무서운 적을 만난 것같이 긴장되고 흥분되었습니다. 저는 사면을 한 번 살펴보고 그 낟가리에 달려가서 불을 그어 놓았습니다. 그리고 갑자기 무서움증이 생겨 돌아서서 달아나다가, 멀찌막이 까지 달아나서 돌아보니까, 불길은 벌써 하늘을 찌를 듯이 일어났습니다. 왁왁, 꺄, 꺄, 사람들의 부르짖는 소리도 들렸습니다.

저는 다시 그곳까지 가서, 그 무서운 불길에 날아 올라가는 볏짚이며, 그 낟가리에 연달아 있는 집을 헐어 내는 광경을 구경하다가 문득 흥분되어서 집으로 돌아왔습니다.

그날 밤에 된 것이 〈성난 파도〉였습니다.

그 뒤에 이 도회에서 일어난 알지 못할 몇 가지의 불은 모두 제가 질러 놓은 것이었습니다. 그리고 불이 있던 날 밤마다 저는 한 가지의 음악을 얻었습니다. 며칠을 연하여 가슴이 몹시 무겁다가 그것이 마침내 식체와 같이 거북하고 답답하게 되는 때는, 저는 뜻없이 거리를 나갑니다. 그리고 그러한 날은 한 가지의 방화 사건이 생겨나며, 그날 밤에는 한 곡의 음악이 생겨났습니다.

그러나 그것도 번수가 차차 많아 갈 동안, 저의 그 불에 대한 흥분은 반비례로 줄어졌습니다. 온갖 것을 용서하지 않는 불꽃의 잔혹함도 그다지 제 마음을 긴장시키지 못하였습니다.

"차차, 힘이 적어져 가네."

선생님께서 제 음악을 보시고 이렇게 말씀하신 것이 그러한 때였습니다.

그러나, 저는 게서 더할 도리가 없었습니다. 하는 수 없이 저는 한동안 음악을 온전히 잊어버린 듯이 내버려두었습니다.

모씨가 성수의 편지를 여기까지 읽었을 때, K씨가 찾았다.

"재작년 봄과 가을에 걸쳐서, 원인 모를 불이 많지 않았습니까. 그것이 죄 성수의 장난이었습니다그려."

"K씨는 그것을 온전히 모르셨습니까?"

"나요? 몰랐지요. 그런데…… 그 어떤 날 밤이구려. 성수는 기대에 반해서, 우리 집으로 온 지 여러 달이 됐지만, 한 번도 힘있는 것을 지어 본 일이 없겠지요. 그래서 저 사람에게 무슨 흥분될 재료를 줄 수가 없나 하고 혼자 생각하며 있더랬는데, 그때에 저편……."

K씨는 손을 들어 남편 쪽 창을 가리켰다.

"저편 꽤 멀리서, 불붙는 것이 눈에 뜨입디다그려. 그래 저것을 성수에게 보이면, 혹 그때의 감정(그때, 나는 그 담배장수네 집에 불이 일어난 것도 성수의 장난인 줄은 생각 안했구려)을 부활시킬지도 모르겠다. 이렇게 생각하고 성수의 방으로 올라가려는데, 문득 성수의 방에서 피아노 소리가 울려 나옵니다그려. 나는 올라가려던 발을 부지중 멈추고 말았지요. 역시 C#단음계로서, 제일곡은 뽑아 먹고 '아다지오'에서 시작되는데, 고요하고 잔잔한 바다, 수평선 위로 넘어가려는 저녁해, 이러한 온화한 것이 차차 '스케르초'로 들어가서는 소낙비, 풍랑, 번개질, 무서운 바람소리, 우레질, 전복되는 배, 곤해서 물에 떨어지는 갈매기, 한 번 뒤집어지면서는 해일에 쓸려 나가는 동네 사람의 부르짖음—흥분에서 흥분, 광포에서 광포, 야성에서 야성, 온갖 공포와 포악한 광경이 눈앞에 어릿거리는데, 이 늙은 내가 그만 흥분에 못 견디어, 뜻하지 않고 '그만두어 달라'고 고함친 것만으로도 짐작하시겠지요. 그리고 올라가서 보니까, 그는 탄주를 끝내 버리고 피곤한 듯이 피아노에 기대어 앉아 있고, 이제 탄주한 것은 벌써 〈성난 파도〉라는 제목 아래 음보로 되어 있습디다."

"그러면 성수는 불을 두 번 놓고, 두 음악을 낳았다는 말씀이지요?"

"그렇지요. 그리고 그 뒤부터는 한 십여 일 건너서는 하나씩 지었는데, 그것이 지금 보면 한 가지의 방화 사건이 생길 때마다 생겨난 것이었습니다. 그러나 그의 편지말마따나, 얼마 지나서부터는 차차 그 힘과 야성이 적어지기 시작했지요. 그래서······."

"가만 계십쇼. 그 사람이 다음에도 〈피의 선율〉이나 그 밖에 유명한 곡조를 여러 개 만들지 않았습니까?"

"글쎄 말이외다. 거기 대한 설명은, 그 편지를 또 보십쇼······ 여기서부터 또 보시면 알리다."

(중략) ○○다리 아래로부터 나오려는데, 무엇인가 발길에 채이는 것이 있었습니다. 성냥을 그어 가지고 보니깐, 그것은 웬 늙은이의 송장이었습니다. 저는 그것이 무서워서 달아나려다가, 돌아서려던 발을 다시 돌이켰습니다. 그리고······.

선생님은 이제 제가 쓰는 일을 이해하여 주실는지요. 그것은 너무도 기괴한 일이라, 저로서도 믿겨지지 않는 일이었습니다. 저는 그 송장을 타고 앉았습니다. 그리고 그 송장의 옷을 모두 찢어서 사면으로 내던진 뒤에 그 발가벗은 송장을,

제 힘이라 생각되지 않는 무서운 힘으로써 쳐들어서, 저편으로 내던졌습니다. 그런 뒤에는 마치 고양이가 알을 가지고 놀듯, 다시 뛰어가서 그 송장을 들어서 도루 이편으로 던졌습니다. 이렇게 몇 번을 하여 머리가 깨지고 배가 터지고…… 그 송장은 보기에도 참혹스럽게 되었습니다. 그리하여 그 송장을 다시 만질 곳이 없이 된 뒤에 저는 그만 곤하여 그 자리에 앉아서 쉬려다가 갑자기 마음이 긴장되고 흥분되어서, 집으로 달려왔습니다. 그날 밤에 된 것이 〈피의 선율〉이었습니다.

"선생은 이러한 심리를 아시겠습니까?"
"글쎄요."
"아마, 모르실걸요. 그러나 예술가로서는 능히 머리를 끄덕일 수 있는 심리외다…… 그리고 또 여기를 읽어 보십시오."

(중략) 그 여자가 죽었다는 것은, 제게는 너무도 뜻밖이었습니다.

저는, 그날 밤 혼자 몰래 그 여자의 무덤을 찾아갔습니다. 그리고 칠팔 시간 전에 묻어 놓은 그의 무덤의 흙을 다시 파서 시체를 꺼내어 놓았습니다.

푸르른 달빛 아래 누워 있는 아름다운 그의 모양은 과연 선녀와 같았습니다. 가볍게 눈을 닫고 있는 창백한 얼굴, 곧은 콧날, 풀어헤친 검은 머리…… 아무 표정도 없는 고요한 얼굴은 더욱 처연함을 도왔습니다. 이것을 정신없이 들여다보고 있다가, 저는 갑자기 흥분이 되어…… 아아 선생님, 저는 이 아래를 쓸 용기가 없습니다. 재판소의 조서를 보시면, 저절로 아실 것이올시다. 그날 밤에 된 것이 '사령(死靈)'이었습니다.

"어떻습니까?"
"……."
"네?"
"……."
"언어 도단이에요? 선생의 눈으로는 그렇게 뵈시리다. 또 여기를 읽어 보십쇼."

(중략) 이리하여 저는 마침내 사람을 죽인다 하는 경우에까지 이르렀습니다.
그리고 한 사람이 죽을 때마다, 한 개의 음악이 생겨났습니다. 그 뒤부터 제가 지은 그 모든 것은, 모두가 한 사람씩의 생명을 대표하는 것이었습니다. (하략)

"이젠 더 보실 것이 없습니다. 그런데 그만큼 보셨으면 성수에 대한 대략한 일은 아셨을 터인데, 거기에 대한 의견이 어떻습니까?"
"……."
"네?"
"어떤 의견 말씀이오니까?"
"어떤 '기회'라는 것이 어떤 사람에게서, 그 사람이 가지고 있는 천재와 함께 범죄 본능까지 끌어내었다 하면, 우리는 그 '기회'를 저주해야겠습니까, 혹은 축복하여야겠습니까? 이 성수의 일로 말하자면 방화, 사체 모욕, 시간, 살인, 온갖 죄를 다 범했어요. 우리 예술가 협회에서 별수단을 다 써서 정부에 탄원하고 재판소에 탄원하고 해서, 겨우 성수를 정신병자라 하는 명목 아래 정신병원에 감금했지, 그렇지 않으면 당장에 사형이 아닙니까. 그런데 이제 그 편지를 보셔도 짐작하시겠지만, 통상시에는 그 사람은 아주 명민하고 점잖고 온화한 청년입니다. 그러나 때때로 그…… 뭐랄까, 그 흥분 때문에 눈이 아득하여져서 무서운 죄를 범하고, 그 죄를 범한 다음에는 훌륭한 예술을 하나씩 산출합니다. 이런 경우에 우리는 범죄를 밉게 보아야 합니까, 혹은 범죄 때문에 생겨난 예술을 보아서 죄를 용서하여야 합니까?"

"그거야, 죄를 범치 않고 예술을 만들어 냈으면 더 좋지 않습니까?"

"물론이지요. 그러나 성수 같은 사람도 있는 것이니깐, 이런 경우엔 어떻게 해결하렵니까?"

"죄를 벌해야지요. 죄악이 성하는 것을 그냥 볼 수는 없습니다."

K씨는 머리를 끄덕였다.

"그렇겠습니다. 그러나, 우리 예술가의 견지로는 또 이렇게 볼 수도 있습니다. 베토벤 이후로는 음악이라 하는 것이 차차 힘이 빠져 가서, 꽃이나 계집이나 찬미할 줄 알고 연애나 칭송할 줄 알아서, 선이 굵은 것은 볼 수가 없이 되었습니다. 게다가 엄정한 작곡법이 있어서, 그것은 마치 수학 방정식과 같이 작곡에 대한 온갖 자유스런 경지를 제한해 놓았으니깐, 이후에 생겨나는 음악은 새로운 길을 개척하기 전에는 한 기술이 될 것이지 예술이 될 수는 없습니다. 예술가에게는 이것이 쓸쓸해요. 힘있는 예술, 선이 굵은 예술, 야성으로 충일된 예술…… 우리는 이것을 기다린 지 오래였습니다. 그럴 때 백성수가 나타났습니다. 사실 말이지 백성수, 그의 예술은 그 하나하나가 모두 우리의 문화를 영구히 빛낼 보물입니다. 우리 문화의 기념탑입니다. 방화? 살인? 변변치 않은 집개, 변변치 않은 사람개는 그의 예술의 하나가 산출되는 데 희생하라면 결코 아깝지 않습니다. 천 년에 한 번, 만 년에 한 번 날지 못 날지 모르는 큰 천재를, 몇 개의 변변치 않은 범죄를 구실로 이 세상에서 없이하여 버린다 하는 것은 더 큰 죄악이 아닐까요. 적어도 우리 예술가에게는 그렇게 생각됩니다."

 K씨는, 마주 앉은 노인에게서 편지를 받아서 서랍에 집어넣었다. 새빨간 저녁해에 비치어서 그의 늙은 눈에는 눈물이 번득였다.

발가락이 닮았다

노총각 M이 혼약을 하였다.

 우리들은 이 소식을 들을 때에 뜻하지 않고 서로 얼굴을 마주 보았습니다.

 M은 서른두 살이었습니다. 세태가 갑자기 변하면서 혹은 경제 문제 때문에, 혹은 적당한 배우자가 발견되지 않기 때문에, 혹은 단지 조혼이라 하는 데 대한 반항심 때문에 늦도록 총각으로 지내는 사람이 많아 가기는 하지만, 서른두 살의 총각은 아무리 생각하여도 좀 너무 늦은 감이 없지 않았습니다. 그래서 그의 친구들은 아직껏 기회가 있을 때마다 그에게 채근 비슷이 결혼에 대한 주의를 하곤 하였습니다. 그러나 M은 언제나 그런 의논을 받을 때마다(속으로는 흥미를 가진 것이 분명한데) 겉으로는 고소로써 친구들의 말을 거절하곤 하였습니다. 그러던 M이 우리가 모르는 틈에 어느덧 혼약을 한 것

이외다.

 M은 가난하였습니다. 매우 불안정한 어떤 회사의 월급쟁이였습니다. 이 뿌리 약한 그의 경제 상태가 그로 하여금 늙도록 총각으로 지내게 한 듯도 합니다. 그리고 이 때문에 친구들은 M의 총각 생활을 애석히 생각하여 장가들기를 권하는 것이었습니다.

 그러나 나만은 M이 장가를 가지 않는 데 다른 종류의 해석을 내리고 있었습니다. 의사라는 나의 직업이 발견한 M의 육체적인 결함―이것 때문에 M은 서른이 넘도록 총각으로 지낸다. 나는 이렇게 믿고 있었습니다.

 M은 학생 시절부터 대단한 방탕 생활을 하였습니다. 방탕 이래야 금전상의 여유가 부족한 그는, 가장 하류에 속하는 방탕을 하였습니다. 오십 전 혹은 일 원만 생기면 즉시로 우동집이나 유곽으로 달려가던 그였습니다. 체질상 성욕이 강한 그는, 그 불붙는 정욕을 끄기 위하여 눈앞에 닥치는 기회는 한 번도 놓치지 않았습니다. 친구들과 만날지라도 음식을 한턱하라기보다 유곽을 한턱하라는 그였습니다.

 "질로는 모르지만 양으로는 세계의 누구에게든 지지 않을 테다."

 관계한 여인의 수효에 대하여 이렇게 방언하기를 주저치 않을 만큼 그는 선택이라는 도정을 밟지 않고 집어세었습니다.

 스물서너 살에 벌써 이백 명을 넘으리라는 것을 발표하였습니다. 서른 살 때는 벌써 괴승 신돈이를 멀리 눈 아래로 굽어보았을 것입니다. 그런지라 온갖 성병을 경험하지 못한 것이 없었습니다. 더구나 술이 억배요, 그 위에 유달리 성욕이 강한 그는 성병에 걸린 동안도 결코 삼가지를 않았습니다. 일 년 삼백육십여 일 그에게서 성병이 떠나 본 적이 없었습니다. 늘 농이 흐르고 한 달 건너쯤 고환염으로써, 걸음걸이도 거북스러운 꼴을 하여 가지고 나한테 주사를 맞으러 오곤 하였습니다. 그러는 동안에도 오십 전, 혹은 일 원만 생기면 또한 성행위를 합니다. 이런지라, 물론 그는 생식 능력이 없어진 사람이었습니다.

이 일을 잘 아는 나는, M이 결혼을 안하는 이유를 여기다가 연결시켜 가지고, 그의 도덕심(?)에 동정까지 하고 있었습니다. 일생을 빈곤한 가운데서 보내고 늙은 뒤에도 슬하에 자식도 없이 쓸쓸하게 지낼 그, 더구나 자기를 봉양할 슬하가 없기 때문에 백발이 되도록 제 손으로 이 고해를 헤엄치어 나갈 그는, 과연 한 가련한 존재이었습니다.

이렇던 M이 어느덧 우리가 모르는 틈에 우물우물 혼약을 한 것이외다.

하기는 며칠 전에 이런 일이 있었습니다. 그날 저녁을 먹은 뒤에, 혼자서 신간 치료 보고서를 읽고 있을 때에 M이 찾아왔습니다. 그리고 비교적 어두운 얼굴로 내가 묻는 이야기에도 그다지 시원치 않은 듯이 입술의 대답을 억지로 하고 있다가, 이런 질문을 나에게 던졌습니다.

"남자가 매독을 앓으면 생식을 못 하나?"

"괜찮겠지."

"임질은?"

"글쎄, 고환을 오카사레루(침범당하지)하지 않으면 괜찮아."

"고환은…… 내 친구 가운데 고환염을 앓은 사람이 있는데, 인제는 생식을 못하겠다고 비관이 여간이 아니야. 고환을 오카사레루하면 절대 불가능한가? 양쪽 다 앓았다는데……."

"그것도 경하게 앓았으면 영향 없겠지."

"가령 그 경하다 치면…… 내가 앓은 게 그게 경한 편일까? 중한 편일까?"

나는 뜻하지 않고 그의 얼굴을 보았습니다. 중하기도 그만큼 중하게 앓은 뒤에, 지금 그게 경한 거냐 묻는 것이 농담으로밖에는 들리지 않았으므로……. M의 얼굴은 역시 무겁고 어두웠습니다. 무슨 중대한 선고를 기다리는 사람과 같이 눈을 푹 내리뜨고 나의 대답을 기다리고 있었습니다. 잠시 그의 얼굴을 바라본 뒤에 나는 어이가 없어서,

"아주 경한 편이지."

이렇게 대답하여 버렸습니다.

"경한 편?"

"그럼."

이리하여 작별을 하였는데, 지금에 이르러 생각하면 그 저녁의 그 문답이 오늘날의 그의 혼약을 이루게 하지 않았는가 합니다.

M이 혼약을 하였다는 기보를 가지고 온 것은 T라는 친구였습니다. 그때는 마침(다 M을 아는) 친구가 네댓 사람 모여 있

을 때였습니다.

"골동(骨董)―국보 하나 없어졌다."

누가 이런 비평을 가하였습니다. 나는 T에게 이렇게 물었습니다.

"그래 연애로 혼약이 된 셈인가요?"

"연애? 연애가 다 뭐예요. 갈보 나카이밖에는 여자라는 걸 모르는 녀석이 어디서 연애의 대상을 구하겠소?"

"그럼, 지참금이라도 있답디까?"

"지참금이란 뉘 집 애 이름이오?"

나는 여기서 이 혼약에 대하여, 가장 불유쾌한 면을 보았습니다. 삼십이 넘도록 총각으로 지낸 그로서, 연애라 하는 기묘한 정사 때문에 그 절을 굽혔다면 그것은 도리어 축하할 일이지 책할 일이 아니외다. 지참금을 바라고 혼약을 하였다 하더라도 지금의 세상에 살아가는 우리로서(더구나 그의 빈곤을 잘 아는 처지인지라) 크게 욕할 수가 없는 일이외다. 그러나 연애도 아니요, 금전 문제도 아닌 이 혼약에서는 가장 불유쾌한 한 가지의 결론밖에는 얻을 수가 없습니다.

"그럼……."

나는 가장 불유쾌한 어조로 이렇게 말하였습니다.

"유곽에 다닐 비용을 절약하기 위하여 마누라를 얻은 셈이구려?"

이 혹평에 대하여 T는 마땅치 않다는 듯이 나를 보았습니다.

"그렇게 혹언할 것도 아니겠지요. M도 벌써 서른두 살이든가 세 살이든가, 좌우간 그만하면 차차로 자식도 무릎에 앉혀 보고 싶을 게고, 그렇다고 마땅한 마누라를 선택할 길이나 방법은 없고……."

"자식? 고환염을 그만큼이나 심히 앓은 녀석에게 자식? 자식은……."

불유쾌하기 때문에 경솔히도 직업적 비밀을 입 밖에 낸 나는, 하던 말을 중도에 끊어 버렸습니다. 그러나 이미 한 말까지는 도로 삼킬 수가 없었습니다.

"네? 그게 무슨 말씀이오?"

M의 생식 능력에 대하여 사면에서 질문이 들어왔습니다. 이미 한 말에 대하여 책임을 지지 않을 수 없는 나는 그 말을 돌려 꾸미기에 한참 애를 썼습니다. 단언할 수는 없지만 혹은 M은 생식 능력이 없을지도 모른다. 그러나 진찰을 안해 본 바이니까, 혹은 또한 생식 능력이 있을지도 모른다. M이 너무도 싱거운 혼약을 한 데 대하여 불유쾌하여 그런 혹언을 하였지만 그 말은 취소한다. 이러한 뜻으로 꾸며 대었습니다. 그리고 그 좌석에 있던 스무 살쯤 난 젊은이가,

"외려 일생을 자식 없이 지내면 편치 않아요?"

이러한 의견을 내는 데 대하여 '젊은이로서는 도저히 이해할 수 없는 혈족의 애정'이라는 문제와 그 문제를 너무도 무시하는 요즘의 풍조에 대한 논평으로 말머리를 돌려 버리고 말았습니다.

M은 몰래 결혼식까지 하였습니다. 그의 친구들로서 M의 결혼식의 날짜를 미리 안 사람은 한 사람도 없었습니다. 뿐만

아니라, 지금 모두들 제각기 하는 소위 신식 혼례식을 하지 않고 제 집에서 구식으로 하였답니다. 모 여고보 출신인 신부는 구식 결혼이 싫다고 하였지만 M이 억지로 한 것이라 합니다.

이리하여 유곽에서는 한 부지런한 손님을 잃어버렸습니다.

"독점이라 하는 건 참 유쾌하던걸."

결혼한 뒤에 M은 어느 친구에게 이런 말을 하였다 합니다. 비록 연애로써 성립된 결혼은 아니지만 그다지 실패의 결혼은 아닌 듯하였습니다. 오십 전, 혹은 일 원의 돈을 내어던지고 순간적 성욕의 만족을 사던 이 노총각이, 꿈에도 생각하지 못한 독점을 하였으매 그의 긍지가 작지 않았을 것이와다. 연애 결혼은 아니었지만 결혼한 뒤에 연애가 생긴 듯하였습니다. 언제든 음침한 기분이 떠돌던 그의 얼굴이 그럴싸해서 그런지 좀 밝아진 듯하였습니다.

"복 받거라."

우리들—더구나 나는 그들의 결혼을 심축하였습니다. 처음에는 한낱 M의 성행위의 기구로 M과 결합케 된 커다란 희생물인 그의 아내를 위하여, 이것이 행복된 결혼이 되기를 축수하였습니다. 동기는 여하간 결과에 있어서 아름다운 열매를 맺어라, 너의 젊은 아내로서, 한 개 '희생물'이 되지 않게 하여라, 어머니로서의 즐거움을 맛볼 기회가 없는 너의 아내에게, 그 대신 아내로서는 남에게 곱되는 즐거움을 맛보게 하여라, M의 일을 생각할 때마다 진심으로 이렇게 축수하였습니다.

신혼의 며칠이 지난 뒤부터는, M이 젊은 아내를 학대한다는 소문이 조금씩 들렸습니다. 그러나 나는 이 문제는 그다지 크게 생각지 않았습니다. 이런 소문이 귀에 들어올 때마다 나는 《아라비안 나이트》의 마신의 이야기를 머릿속에서 되풀이하여 보곤 하였습니다.

　어떤 어부가 그물질을 하고 있었습니다. 그런데 한 번 그물을 끌어올리니까 거기는 고기는 없고 그 대신 병이 하나 걸려 있었습니다. 병은 마개가 닫혀 있고, 그 위에 납으로 굳게 봉함까지 되어 있었습니다. 어부는 잠시 주저한 뒤에 병의 봉함을 뜯고 마개를 뽑아 보았습니다. 즉, 병에서는 한 줄기 검은 연기가 하늘로 올라갔습니다. 그리고 하늘로 올라간 그 연기는 차차 뭉쳐서 거기는 커다란 마신이 나타났습니다.
　'나를 이 병 속에 감금한 것은 선지자 솔로몬이다. 이 병 속에 갇혀 있는 동안 나는 스스로 맹세하였다. 백 년 안에 나를 구해 주는 사람이 있으면 그 사람에게 거대한 부를 주겠다고. 그리고 백 년을 기다렸지만 아무도 나를 구해 주는 사람이 없었다. 그래서 나는 다시 맹세했다. 이제 다시 백 년 안으로 나를 구해 주는 사람이 있으면 나는 그 사람에게 이 세상에 있는 보배를 다 주겠다고. 그리고 헛되이 백 년을 더 연기해서 그 백 년 안에 나를 구해 주는 사람이 있으면 그 사람에게 이 세상에서 가장 큰 권세와 영화를 주겠다고. 그러나 그 백 년이 다 지나도 역시 구해 주는 사람이 없었다. 그래서 나는 마지막으로 다시 맹세했다. 인제 누구든지 나를 구해 주는 놈이

있거든 당장에 그놈을 죽여서 그새 갇혀 있던 그 분풀이를 하겠다고.'

이것이 병 속에서 나온 마신의 이야기였습니다. M의 자기의 젊은 아내를 학대한다는 소문이 들릴 때에, 나는 이 이야기를 생각지 않을 수가 없었습니다. 삼십이 지나도록 총각으로 지낸 그 고통과 고적함에 대한 분풀이를 제 아내에게 하는 것이라 했습니다. 그리고 실컷 학대해라, 더욱 축수하였습니다.

M이 결혼한 지 이 년이 거의 된 어떤 날 저녁이었습니다. 그와 나는 어떤 곳에서 저녁을 같이하고 있었습니다.

그의 얼굴은 이날 유난히 어둡고 무거웠습니다. 그는 음식에는 거의 손을 대지 않고 술만 들이켜고 있었습니다. 본시 말이 많지 않은 그가 이날은 더욱 입이 무거웠습니다.

몹시 취하여 더 술을 먹지 못할 만큼 되어서, 그는 처음으로 자발적으로 입을 열었습니다. 충혈이 된 그의 눈은 무시무시하게 번뜩이었습니다.

"여보게 여보게, 속이지 말구 진정으로 말해 주게. 내게 생식 능력이 있겠나?"

"글쎄 검사를 해 보아야지."

나는 이만큼 하여 넘기려 하였습니다.

"그럼 한번 진찰해 봐 주게."

"왜 갑자기······."

그는 곧 대답하려 하였습니다. 그러나 나오려던 말을 삼켰습니다. 그리고 다시 술을 한 잔 먹은 뒤에 눈을 푹 내리뜨며 말했습니다.

"아니, 다른 게 아니라, 내게 만약 생식 능력이 없다면 저 사람(자기의 아내)이 불쌍하지 않나? 그래서 없는 게 판명되면 아직 젊었을 때에 헤어져서 저 사람이 제 운명을 다시 개척할 때를 줘야 하지 않겠나? 그래서 말일세."

"진찰해 보아야지."

"그럼 언제 해 보세."

그 며칠 뒤에 나는 M의 아내가 임신했다는 소문을 듣고 깜짝 놀랐습니다. 검사해 볼 필요도 없습니다. M은 그 능력이 없을 것입니다. 그런데 M의 아내는 임신했습니다.

그리고 며칠 전에 M이 검사하겠다던 마음을 짐작했습니다. 그것은 결코 그날의 제 말마따나 '아내의 장래를 위하여' 하려는 것이 아니고, 아내에게 대한 의혹 때문에 하여 보려는 것일 것이외다. 자기도 온전히 모르는 바는 아니로되, 십중팔구는 자기는 생식 불능자일 텐데 자기의 아내는 임신을 한 것이외다.

생각하면 재미있는 연극이외다. 생식 능력이 없는 M은, 그런 기색도 뵈지 않고 결혼을 하였습니다. 그리하여 M에게로 시집을 온 새 아내는 임신을 하였습니다. 제 남편이 생식 불능자인 줄 모르는 아내는, 버젓이 자기의 가진 죄의 씨를 M에게 자랑을 하고 있을 것이외다. 일찍이 자기가 생식 불능자인지도 모르겠다는 점을 밝혀 주지 않은 M은, 지금 이 의혹의 구렁이에서도 제 아내를 책할 권리가 없을 것이외다. 그가 검사를 하겠다 하나, 검사를 하여서 자기가 불구자인 것이 판명된 뒤에는 어떤 수단을 취할는지 짐작도 할 수가 없습니다. 아내의 음행을 책하자면 자기의 사기적 행위를 폭로시키지 않을 수가 없을 것이외다.

어떤 날, 그는 검사를 하고자 왔습니다. 그때 마침 환자가 몇 사람 밀려 있던 관계상 나는 그를 내 사실에 가서 좀 기다리라 하고, 처리를 다 하고 내려갔습니다. 그랬더니 그는 나를 기다리지 않고 돌아가 버렸습니다. 이튿날 그는 다시 왔습니다. 그러나 그는 또 돌아가 버렸습니다.

나도 사실 어찌하여야 할지 똑똑히 마음을 작정치 못했던 것이외다. 검사한 뒤에 당연히 사멸해 있을 생식 능력을 살아 있다고 하자니, 그것은 나의 과학적 양심이 허락지 않는 바외다. 그러나 또한 사멸하였다고 하자니, 이것은 한 사람의 일생을 망쳐 버리는 무서운 선고에 다름없습니다. M이라 하는 정당한 남편을 두고도 불의의 쾌락을 취하는 M의 아내는 분명히 책받을 여인이겠지요. 그러나 또한 다른 편으로 이 사건을 관찰할 때에 내가 눈을 꾹 감고 그릇된 검안을 내린다면 그로 인하여 절대로 불가능하던 M이 슬하에 사랑스런 자식(?)을 두고 거기서 노후의 위안도 얻을 수 있을 것이요, 만사가 원만히 해결될 것이외다.

내가 자유로 선택할 수 있는 두 가지의 갈림길에 서서 나는 어느 편 길을 취하여야 할지 판단을 주저하고 있었습니다. 이 문제가 사오 일 뒤에 저절로 해결이 되었습니다. 그날도 역시

침울한 얼굴로 찾아온 M에게 대하여 나는 의리상,
"오늘 검사해 보겠나?"
하니깐 그는 간단히 대답하였습니다.
"벌써 했네."
"응? 어디서?"
"P병원에서."
"그래서 그 결과는?"
"살았다네."
"?"

나는 뜻하지 않고 그의 얼굴을 보았습니다. 그것은 의외의 대답을 들은 때문이라기보다 오히려 '살았다네.' 하는 그의 음성이 너무 침통했기 때문에…….

"그럼 안심이겠네."

이렇게 대답하는 동안 나는 내가 하마터면 질 뻔한 괴로운 임무에서 벗어난 안심을 느끼는 동시에, P병원에서의 검안의 의외에 눈을 크게 뜨지 않을 수가 없었습니다. 내 눈을 만난 M의 눈은 낭패한 듯이 이리저리 돌아다녔습니다. 그리고 나는 그 눈으로 그가 방금 한 말이 거짓말이었음을 알았습니다.

그럼 그는 왜 거짓말을 하였나? 자기의 아내의 명예를 보호하기 위하여? 세상과 제 마음을 속여 가면서라도 자식을 슬하에 두어 보기 위하여? 나는 그의 마음을 알 수가 없었습니다. 그가 입을 열었습니다. 무겁고 침울한 음성이었습니다.

"여보게, 자넨 이런 기모치 알겠나?"
"어떤?"

그는 잠시 쉬어서 말을 시작했습니다.

"월급쟁이가 월급을 받았네. 받은 즉시로 나와서 먹고 쓰고 사고, 실컷 마음대로 돈을 썼네. 막상 집으로 돌아가는 길일세. 지갑 속에 돈이 몇 푼 남아 있을 것은 분명해. 그렇지만 지갑은 못 열어 봐. 열어 보기 전에는 혹은 아직은 꽤 많이 남아 있겠거니 하는 요행심도 붙일 수 있겠지만 급기야 열어 보면 몇 푼 안 남은 게 사실로 나타나지 않겠나? 그게 무서워서 아직 있거니, 스스로 속이네그려. 쌀도 사야지, 나무도 사야지, 열어 보면 그걸 살 돈이 없는 게 사실로 나타날 테란 말이지. 그래서 할 수 있는 대로 지갑에서 손을 멀리하고 제 집으로 돌아오네. 그 기모치 알겠나?"

나는 머리를 끄덕이었습니다.

"알겠네."

그는 다시 입을 봉하였습니다. 그러나 그때에 나는 알았습니다. M은 검사도 하여 보지 않은 것이외다. 그는 무서워합니다. 그는 검사를 피합니다. 자기의 아내가 임신을 하였습니다. 그것은 상식으로 판단하여 물론 남편의 아이일 것이외다. 거기 대하여 의심을 품을 자는 하나도 없을 것이외다. 의심을 품을 필요도 없는 것이외다. 왜? 여인이 남편을 맞으면 원칙상 임신을 하는 것이 당연한 일이니깐.

이 의심할 필요가 없는 것을 의심하다가 향기롭지 못한 결과가 나타나면 이것은 자작지얼로서 원망을 할 곳이 없을 것이외다. 벌의 둥지를 건드리는 것은 어리석은 것이외다. 십중팔구는 향기롭지 못한 결과가 나타날 '검사'를, M은 회피한 것이외다. 절망을 스스로 사지 않으려…… 그리고, 번민 가운데서도 끝끝내 일루의 희망을 붙여 두려, M은 온전히 검사라는 위험한 벌의 둥지를 건드리지 않기로 한 것이외다. 그리고 상식으로 판단할 수 있는(제 아내의 뱃속에 있는) 자식에게 대하여 억지로 애정을 가져 보려 결심한 것이외다. 검사를 하여서 정충이 살아 있으면 다행한 일이지만, 사멸하였다면 시재 제 아내와의 새에 생길 비극과 분노와 절망은 둘째 두고라도, 일생을 슬하에 혈육이 없이 보내고 노후에 의탁할 곳을 가질 가능성조차 없는 절망의 지위에 빠지지 않을 수가 없을 것이외다.

이것은 무서운 일이외다. 상식으로 판단할 수 있는 일을 거부하고까지 이런 모험 행위를 할 필요가 없을 것이외다. 이리하여 그는 검사는 단념했지만 마음에 있는 의혹만은 온전히 끄지를 못한 모양이었습니다. 그 뒤 어떤 날 그는 이런 이야기, 저런 이야기를 하다가 이런 말을 했습니다.

"자식은 꼭 제 애비를 닮는다면 좋겠구먼……."

거기 대하여 나는 닮은 예를 여러 가지로 들어서 말하여 주었습니다. 그는 한숨을 쉬었습니다.

"여인이 애를 배면 걱정일 테야. 아버지나 친할아비를 닮는다면 문제는 없겠지만 외편을 닮거나, 그렇지 않으면 아무도 닮지 않으면 걱정이 아니겠나. 그저 애비를 닮아야 제일이야. 하하하……."

나는 대답하였습니다.

"글쎄 말이지. 내 전문이 아니니깐 이름은 기억 못 하지만,

독일 소설에 이런 게 있지 않나. '아버지'라나 하는 희곡 말일세. 자식을 낳았는데 제 자식인지 아닌지 몰라서 번민하는 그런 이야기가 있지? 그것도 아버지만 닮으면 문제가 없겠지."

"아! 아, 다 귀찮어."

M의 아내가 아들을 낳았습니다.

그 아이가 반년쯤 자랐습니다.

어떤 날 M은 그 아이를 몸소 안고, 병을 뵈러 나한테 왔습니다. 기관지가 조금 상하였습니다.

약을 받아 가지고도 그냥 좀 앉아 있던 M은, 묻지도 않는 이런 말을 하였습니다.

"이놈이 꼭 제 증조부님을 닮았다거든."

"그래?"

나는 그의 말에 적지 않은 흥미를 느끼면서 이렇게 응했습니다. 내 눈으로 보자면, 그 어린애와 M과는 아무런 관련이 없는 바인데, 그 애가 M의 할아버지를 닮았다는 것은 기이함으로……. 어린애의 친편과 외편의 근친에서 아무도 비슷한 사람을 찾아내지 못한 M의 친척은 하릴없이 예전의 조상을 들추어낸 모양이었습니다. 그리고 그 어린애에게 커다란 의혹과 그보다 더 커다란 희망(의혹이 오해였던 것을 바라는)은 M으로 하여금 손쉽게 그 말을 믿게 한 모양이었습니다. 적어도 신뢰하려고 마음먹게 한 모양이었습니다.

내가 자기의 말에 흥미를 가지는 것을 본 M은, 잠시 주저하다가 그가 예비했던 둘쨋말을 마침내 꺼내었습니다.

"게다가 날 닮은 데도 있어."

"어디?"

"이 보게."

M은 어린애를 왼편 팔로 가만히 옮겨서 붙안으면서 오른손으로 제 양말을 벗었습니다.

"내 발가락 보게. 내 발가락은 남의 발가락과 달라서, 가운뎃발가락이 그 중 길어. 쉽지 않은 발가락이야. 한데……."

M은 강보를 들치고 어린애의 발을 가만히 꺼내어 놓았습니다.

"이놈의 발가락 보게. 꼭 내 발가락 아닌가. 닮았거든……."

M은 열심으로, 찬성을 구하듯이 내 얼굴을 바라보았습니다. 얼마나 닮은 곳을 찾아보았기에 발가락 닮은 것을 찾아내었겠습니까?

나는 M의 마음과 노력에 눈물겨웠습니다. 커다란 의혹 가운데서 그 의혹을 어떻게 하여서든 삭여 보려는 M의 노력은 인생의 가장 요절할 비극이었습니다. M이 보라고 내어놓은 어린애의 발가락은 안 보고, 오히려 얼굴만 한참 들여다보고 있다가,

나는 마침내 이렇게 말하였습니다.

"발가락뿐 아니라, 얼굴도 닮은 데가 있네."

그리고 나의 얼굴로 날아오는(의혹과 희망이 섞인) 그의 눈을 피하면서 돌아앉았습니다.

광화사

인왕…….

바위 위에 잔솔이 서고 잔솔 아래는 이끼가 빛을 자랑한다.

굽어보니 바위 아래는 몇 포기 난초가 노란 꽃을 벌리고 있다. 바위에 부딪히는 잔바람에 너울거리는 난초잎.

여는 허리를 굽히고 스틱으로 아래를 휘저어 보았다. 그러나 아직 난초에서는 사오 척의 거리가 있다. 눈을 옮기면 계곡.

전면이 소나무의 잎으로 덮인 계곡이다. 틈틈이 철색의 바위도 보이기는 하나, 나무 밑의 땅은 볼 길이 없다. 만약 여로서 그 자리에 한 번 넘어지면 소나무의 잎 위로 굴러서 저편 어디인지 모를 골짜기까지 떨어질 듯하다.

여의 등뒤에도 이삼 장이 넘는 바위다. 그 바위에 올라서면 무학재로 통한 커다란 골짜기가 나타날 것이다. 여의 발 아래도 장여(丈餘)의 바위다. 아래는 몇 포기 난초, 또 그 아래는 두세 그루의 잔솔, 잔솔 넘어서는 또 바위, 바위 위에는 도라지꽃. 그 바위 아래로부터는 가파른 계곡이다. 그 계곡이 끝나는 곳에는 소나무 위로 비로소 경성 시가의 한편 모퉁이가 보인다. 길에는 자동차의 왕래도 까막하게 보이기는 한다. 여전한 분요와 소란의 세계는 그곳에 역시 전개되어 있기는 할 것이다.

그러나 여가 지금 서 있는 곳은 심산이다. 심산이 가져야 할 온갖 조건을 구비하였다.

바람이 있고 암굴이 있고 산초, 산화가 있고 계곡이 있고 샘물이 있고 절벽이 있고 난송(亂松)이 있고…… 말하자면 심산이 가져야 할 유수미를 다 구비하였다.

본시는 이 도회는 심산 중의 한 계곡이었다. 그것을 오백 년 간을 닦고 갈고 지어서 오늘날의 경성부를 이룬 것이었다. 이러한 협곡에 국도(國都)를 창건한 이태조의 본의가 어디 있었는지 알 길이 없다. 그러나 오늘날의 한 산보객의 자리에서 보자면, 서울은 세계에 유례가 없는 미도(美都)일 것이다.

도회에 거주하며 식후의 산보로서 풀대님채로 이러한 유수한 심산에 들어갈 수 있다 하는 점으로 보아서 서울에 비길 도회가 세계에 어디 다시 있으랴.

회흑색의 지붕 아래 고요히 누워 있는 오백 년의 도시를 눈 아래 굽어보는 여의 사위에는 온갖 고산 식물이 난성하고, 계곡에 흐르는 물소리와 눈 아래 날아드는 기조(奇鳥)들은 완연히 여로 하여금 등산객의 정취를 느끼게 한다.

여는 스틱을 바위틈에 꽂아 놓았다. 그리고 굴러떨어지기를 면키 위하여 바위와 잔솔의 새에 자리잡고 비스듬히 앉았다. 담배를 피우고 싶었으나 잠시의 산보로 여기고 담배도 안 가지고 나온 발이 더듬더듬 여기까지 미쳤으므로 담배도 없다.

시야의 한편에는 이삼 장의 바위, 다른 한편에는 푸르른 하늘, 그 끝으로는 솔잎이 서너 개 어렴풋이 보인다. 그윽히 코로 몰려드는 송진 내음새, 소나무에 불리는 바람소리…….

유수키 짝이 없다. 여가 지금 앉아 있는 자리는 개벽 이래로 과연 몇 사람이나 밟아 보았을까? 이 바위 생긴 이래로 혹은 여가 맨 처음 발 대어 본 것이 아닐까? 아까 바위를 기어서 이곳까지 올라오느라고 애쓰던 그런 맹랑한 노력을 하여 본 바보가 여 외에 몇 사람이나 있었을까? 그런 모험을 맛보기 위하여 심산을 찾은 용사는 많을 것이로되 결사적으로 인왕 등산을 한 사람은 그리 많으리라고 생각되지 않는다.

등뒤 바위에는 암굴이 있다.

배암이라도 있을까 무서워서 들어가 보지는 않았지만, 스틱으로 휘저어 본 결과로 세 사람은 넉넉히 들어가 앉아 있음직하다.

이 암굴은 무엇에 이용할 수가 없을까?

음모의 도시 한양은 그새 오백 년 간 별별 음흉한 사건이 연출되었다. 시가 끝에서 반시간 미만에 넉넉히 올 수 있는 이런 가까운 거리에 뚫린 암굴은, 있는 줄 알기만 하였으면 혹은 음모에 이용되지 않았을까?

공상!
유수한 맛에 젖어 있던 여는 이 암굴 때문에 차차 불쾌한 공상에 빠지기 시작하려 한다.
온갖 음모, 그 뒤를 잇는 살육, 모함, 방축, 이조 오백 년 간의 추악한 모양이 여로 하여금 불쾌한 공상에 빠지게 하려 한다.
여는 황망히 이런 불쾌한 공상에서 벗어나려고 또 주머니에서 담배를 뒤지었다. 그러나 담배는 여전히 있을 까닭이 없었다.
다시금 눈을 들어서 안하를 굽어보면 일면에 깔린 송초(松梢)…….
반짝!
보매 한 줄기의 샘이다.
소나무 틈으로 보이는 그 샘은 아마 바위틈을 흐르는 샘물인 듯. 똘똘똘똘 들리는 것은 아마 바람소리겠지. 저렇듯 멀리 아래 있는 샘의 소리가 이곳까지 들릴 리가 없다.

샘물!
저 샘물을 두고 한 개 이야기를 꾸미어 볼 수가 없을까? 흐르는 모양도 아름답거니와 흐르는 소리도 아름답고 그 맛도 아름다운 샘물을 두고 한 개 재미있는 이야기가 여의 머리에 생겨나지 않을까? 암굴을 두고 생겨나려던 음모 살육의 불쾌한 공상보다 좀더 아름다운 다른 이야기가 꾸며지지 않을까?

여는 바위틈에 꽂았던 스틱을 도로 뽑았다. 그 스틱으로써 여의 발 아래 바위를 가볍게 두드리면서 한 개 이야기를 꾸며 보았다.

한 화공이 있다―화공의 이름은?

지어내기가 귀찮으니 신라 때의 화성(畵聖)의 이름을 차용하여 솔거라 하여 두자―시대는?

시대는 이 안하에 보이는 도시가 가장 활기 있고 아름답던 시절인 세종 성주의 대쯤으로 하여 둘까?

백악이 흘러내리다가 맺힌 곳. 거기는 한양의 정기를 한몸에 지닌 경복궁 대궐이 있다. 이 대궐의 북문인 신무문 밖 우거진 뽕밭 새에 중로의 사나이가 오뇌스러운 얼굴을 하고 숨어 있다.

화공 솔거였다.

무르익은 여름 뜨거운 볕은 뽕잎이 가리어 준다. 하나, 훈훈한 기운은 머리 위 뽕잎과 땅에서 우러나서 꽤 무더운 이 뽕밭 속에 숨어 있는 화공. 자그마한 보따리에는 점심까지 싸 가지고 온 것으로 보아서 저녁까지 이곳에 있을 셈인 모양이다.

그러나 무얼 하는지? 단지 땀을 펑펑 흘리며 오뇌스러운 얼굴로 앉아 있을 뿐이다.

왕후 친잠(王后親蠶)에 쓰이는 이 뽕밭은 잡인들이 다니지 못할 곳이다. 하루 종일을 사람의 그림자 하나 얼씬하지 않는

다.

 때때로 바람이 우수수 하니 뽕나무 위로 불기는 하나, 솔거가 숨어 있는 곳에는 한 점의 바람도 들어오지 않는다. 이 무더운 속에 솔거는 바람이 불 적마다 몸을 흠칫흠칫 놀라며 그러면서도 무엇을 기다리는 듯이 뽕나무 그루 아래로 저편 앞을 주시하곤 한다.

 이윽고 석양이 무악을 넘고 이 도시도 황혼이 들었다. 날이 어둡기를 기다려서 이 화공은 몸을 숨겨 가지고 거기서 나왔다.

 "오늘은 헛길. 내일이나 다시 와 볼까?"

 한숨을 쉬면서 제 오막살이를 찾아가는 화공.

 날이 벌써 꽤 어두웠지만 그래도 아직 저녁빛이 약간 남은 곳에 내어놓은 이 화공은 세상에 보기 드문 추악한 얼굴의 주인이었다.

 코가 질병자루 같다. 눈이 퉁방울 같다. 귀가 반죽 같다. 입이 나발통 같다. 얼굴이 두꺼비 같다―소위 추한 얼굴을 형용하는 온갖 형용사를 한 얼굴에 지닌 흉한 얼굴의 주인으로서, 그 얼굴이 또한 굉장히도 커서 멀리서 볼지라도 그 존재가 완연하리 만하다.

 이 얼굴을 가지고는 백주에는 나다니기가 스스로 부끄러울 것이다.

 아닌게아니라, 솔거는 철이 들은 이래 아직껏 백주에 사람 틈에 나다닌 일이 없었다.

일찍이 열여섯 살에 스승의 중매로서 어떤 양가 처녀와 결혼을 하였지만, 그 처녀는 솔거의 얼굴을 보고 기절을 하고 기절에서 깨어나서는 그냥 집으로 도망쳐 버리고, 그 다음에 또 한 번 장가를 들어 보았지만, 그 색시 역시 첫날밤만 정신 모르고 치른 뒤에는 이튿날은 무서워서 죽어도 같이 못 살겠노라고 부모에게 떼를 써서 두 번째의 비극을 겪고……

이러한 두 가지의 사변을 겪고 난 뒤에는 솔거는 차차 여인이라는 것을 보기를 피하여 오다가, 그 괴벽이 점점 자라서 나중에는 일체로 사람이란 것의 얼굴을 대하기가 싫어졌다.

사람을 피하기 위하여—그리고 또한 일방으로는 화도(畵道)에 정진하기 위하여 인가를 떠나서 백악의 숲속에 조그만 오막살이를 하나 틀고 거기 숨은 지 근 삼십 년, 생활에 필요한 물건 혹은 그림에 필요한 물건을 구하기 위하여 부득이 거리에 나가야 할 필요가 있을 때는 반드시 밤을 택하였다. 피할 수 없어 낮에 나갈 때는 방립을 쓰고 그 위에 얼굴을 베로 가리었다.

화도에 발을 들여놓은 지 근 사십 년, 부득이한 금욕 생활, 부득이한 은둔 생활을 경영한 지 삼십 년, 여인에게로 '소모되지 못한' 정력은 머리로 모이고, 머리로 모인 정력은 손끝으로 뻗어서 종이에 비단에 갈겨던진 그림이 벌써 수천 점. 처음에는 그 그림에 대하여 아무 불만도 느껴 보지 않았다.

하늘에서 타고난 천분과 스승에게서 얻은 훈련과 저축된 정력의 소산인 한 장의 그림이 생겨날 때마다 그것을 보면서 스스로 만족히 여기고 스스로 자랑스러이 여기던 그였다.

그러나 그런 과정을 밟기 이십 년에 차차 그의 마음에 움돋은 불만, 그것은 어떻게 보자면 화도에는 이단적인 생각일는지도 모를 것이다.

좀 다른 것은 그릴 수가 없는가.

산이다. 바다다. 나무다. 시내다. 지팡이 잡은 노인이다. 다리다. 혹은 돛단배다. 꽃이다. 과즉 달이다. 소다. 목동이다.

이 밖에 그가 아직 그려 본 것이 무엇이었던가?

유원한 맛, 단 한 가지밖에 없는 전통적 그림보다 좀더 다른 것을 그려 보고 싶다.

아직껏 스승에게 배운 바의 백발백염의 노옹이나 피리 부는 목동 이외에 좀더 얼굴에 움직임이 있는 사람을 그려 보고 싶다. 표정이 있는 얼굴을 그려 보고 싶다.

이리하여 재래의 수법을 아낌없이 내어던진 솔거는 그로부터 십 년간을 사람의 표정을 그리노라고 세월을 보냈다. 그러나 사람의 세상을 멀리 떠나서 따로이 사는 이 화공에게는 사람의 표정이 기억에 까맣다.

상인들의 간특한 얼굴, 행인들의 덜난 무표정한 얼굴, 새꾼들의 싱거운 얼굴─그새 보고 지금도 대할 수 있는 얼굴은 이런 따위뿐이다. 좀더 색채 다른 표정은 없느냐?

색채 다른 표정!

색채 다른 표정!

이 욕망이 화공의 마음에 익고 커 가는 동안, 화공의 머리에 솟아오르는 몽롱한 기억이 있다.

이 화공의 어머니의 표정이다.

지금은 거의 그의 기억에서 사라졌지만 어린 시절에 자기를 품에 안고 눈물 글썽글썽한 눈으로 굽어보던 어머니의 표정이 가끔 한순간씩 그의 기억의 표면까지 뛰쳐올랐다.

그의 어머니는 희세의 미녀였다. 대대로 이후의 자손의 미까지 모두 미리 빼앗았던지 세상에 드문 미인이었다.

화공은 이 미녀의 유복자였다.

아비 없는 자식을 가슴에 붙안고 눈물 머금은 눈으로 굽어보던 표정.

철이 들은 이래로 자기를 보는 얼굴에서는 모두 경악과 공포밖에는 발견하지 못한 이 화공에게는 사십여 년 전의 어머니의 사랑의 아름다운 얼굴이 때때로 몸서리치도록 그리웠다.

그것을 그려 보고 싶었다.

커다란 눈에 그득히 담긴 눈물. 그러면서도 동경과 애무로서 빛나던 눈. 입가에 떠오르던 미소.

번개와 같이 순간적으로 심안에 나타났다가는 사라지는 이 환영을 화공은 그려 보고 싶었다.

세상을 피하고 세상에서 숨어살기 때문에 차차 비뚤어진 이 화공의 괴벽한 마음에는, 세상을 그리는 정열이 또한 그만치 컸다. 그리고 그것이 크면 크니 만치 마음속에는 늘 울분과 불만이 차 있었다.

지금도 세상에서는 한창 계집 사내들이 서로 부둥켜안고 좋다고 야단할 것을 생각하고는 음울한 얼굴로 화필을 뿌리는 화공.

이러한 가운데서 나날이 괴벽하여 가는 이 화공은 한 개 미녀상을 그려 보고자 노심하였다.

처음에는 단지 아름다운 표정을 가진 미녀를 그려 보고자 하였다. 그러나 미녀를 가까이 본 일이 없는 이 화공이 마음대로 되지 않는 붓끝에 역정을 내며 애쓰는 동안 차차 어느덧 미녀상에 대한 관념이 달라 갔다.
자기의 아내로서의 미녀상을 그려 보고 싶어졌다.
세상은 자기에게 아내를 주지 않는다.
보면 한 마리의 곤충, 한 마리의 날짐승도 각기 짝을 찾아 즐기고 짝을 찾아 좋아하거늘, 만물의 영장인 사람이 짝 없이 오십 년을 보냈다 하는 데 대한 분만이 일어났다.
세상 놈들은 자기에게 한 짝을 주지 않고 세상 계집들은 자기에게 오려는 자가 없이 홀몸으로 일생을 보내다가 언제 죽는지도 모르게 이 산골에서 죽어 버릴 생각을 하면 한심하기보다 도리어 이렇듯 박정한 사람의 세상이 미웠다.
세상이 주지 않는 아내를 자기는 자기의 붓끝으로 만들어서 세상을 비웃어 주리라.
이 세상에 존재한 가장 아름다운 계집보다도 더 아름다운 계집을 자기의 붓끝으로 그려서 못나고도 아름다운 체하는 세상 계집들을 웃어 주리라.
덜난 계집을 아내로 맞아 가지고 천하의 절색이라 믿고 있는 사내놈들도 깔보아 주리라.
사오 명의 처첩을 거느리고 좋다구나고 춤추는 헌놈들도

굽어보아 주리라.

미녀! 미녀!

―눈을 감고 생각하고 눈을 뜨고 생각하고 머리를 움켜쥐고 생각해 보나, 미녀의 얼굴이 어떤 것인지 알 수가 없었다.

물론 얼굴에 철요가 없고 이목구비가 제대로 놓였으면 세상 보통의 미인이라 한다. 그런 얼굴에 연지나 그리고 눈에 미소나 그려 넣으면 더 아름다워지기는 할 것이다. 이만한 것은 상상의 눈으로도 볼 수가 있는 자며 붓끝으로 그릴 수도 없는 바가 아니다.

그러나 가만 어린 시절의 어머니의 얼굴을 순영적으로나마 기억하는 이 화공으로서는 그런 미녀로는 만족할 수가 없었다.

오뇌와 분만 중에서 흐르는 세월은 일 년 또 일 년, 무위히 흘러간다.

미녀의 아랫둥이는 그려진 지 벌써 수년. 그 아랫둥이 위에 올려놓일 얼굴은 어떻게 하여얄지 짐작도 가지 않았다.

화공의 오막살이 방 안에 들어서면 맞은편에 걸려 있는 한 폭 그림은 언제든 어서 목과 얼굴을 그려 주기를 기다리듯이 화공을 힐책한다.

화공은 이것을 보기가 거북하였다.

특별한 일이라도 있기 전에는 낮에 거리에 다니지를 않던 이 화공이 흔히 얼굴을 싸매고 장안을 돌아다녔다.

행여나 길에서라도 미녀를 만날까 하는 요행심으로였다.

길에서 순간적으로라도 마음에 드는 미녀를 볼 수만 있으면 그것을 머리에 똑똑히 캐치하여 그 기억으로서 화상을 그릴까 하는 요행심으로…….

그러나 내외법이 심한 이 도회에서 대낮에 양가의 부녀가 얼굴을 내놓고 길을 다니지 않았다. 계집이라는 것은 하인배나 하류배뿐이었다.

하인배, 하류배에도 때때로 미녀라 일컬을 자가 있기는 있었다. 그러나 아무리 산뜻한 미를 갖기는 했다 하나 얼굴에 흐르는 표정이 더럽고 비열하여 캐치할 만한 자가 없었다.

얼굴을 싸매고 거리로 방황하며 혹은 계집들이 많이 모이는 우물가며 저자를 비슬비슬 방황하며 어찌어찌하여 약간 예쁜 듯한 계집이라도 보이면 따라가면서 얼굴을 연구해 보고 했으나, 마음에 드는 미녀를 지금껏 얻어내지를 못하였다.

혹은 심규에는 마음에 드는 계집이라도 있을까? 심규! 심규! 한번 심규의 계집들을 모조리 눈앞에 벌여 세우고 얼굴 검사를 하여 보았으면…….

초조하고 성가신 가운데서 날을 보내고 날을 맞으면서 미녀를 구하던 화공은, 마지막 수단으로 친잠상원(親蠶桑園)에 들어가서 채상하는 궁녀의 얼굴을 얻어 보려 하였다. 그러나 불행히도 화공의 모험도 헛길로 돌아가고 그날은 채상을 하러 오지 않았다.

그러나 때 바야흐로 누에 시절이라 길만성 있게 기다리노라면 궁녀가 오는 날도 있을 것이다. 미녀―아내의 얼굴을 그리려는 욕망에 열이 오르고 독이 난 이 화공은 그 이튿날도 또 뽕밭에 들어가 숨었다. 숨어 기다리지 않을 수가 없었다.

그로부터 한 달. 화공은 나날이 점심을 싸 가지고 상원(桑園)으로 갔다. 그러나 저녁때 제 오막살이로 돌아올 때는 언제나 그의 입에서는 기다란 탄식성이 나왔다.

궁녀를 못 본 바가 아니었다.

마치 여기 숨어 있는 화공에게 선보이려는 듯이 나날이 궁녀들은 번갈아 왔다. 한 떼씩 밀려와서는 옷소매, 치맛자락을 펄럭이며 뽕을 따 갔다. 한 달 동안에 합계 사, 오십 명의 궁녀를 보았다.

모두 일률로 미녀들이었다. 그리고 길가 우물가에서 허투로 볼 수 있는 미녀들보다 고아한 얼굴임에는 틀림이 없었다.

그러나 그 눈—화공의 보는 바는 눈이었다.

그 눈에 나타난 애무와 동경이었다. 철철 넘쳐흐르는 사랑이었다. 그것이 궁녀에게는 없었다. 말하자면 세상 보통의 미녀였다.

자기에게 계집을 주지 않는 고약한 세상에 대해 보복하는 의미로 절세의 미녀를 차지하고자 하는 이 화공의 커다란 야심으로서는 그만 따위의 미녀로 만족할 수가 없었다.

오막살이로 돌아올 때마다 그의 입에서 나오는 기다란 한숨, 이런 한숨을 쉬기 한 달—그는 다시 상원에 가지 않았다.

가을 하늘 맑고 푸르른 어떤 날이었다.

마음속에 분만과 동경을 가득히 담은 이 화공은 저녁쌀을 씻으려 소쿠리를 옆에 끼고 시내로 더듬어 갔다.

가다가 문득 발을 멈추었다.

우거진 소나무 틈으로 보이는 시냇가 바위 위에 웬 처녀가 하나 앉아 있다. 솔가지 틈으로 내리비치는 얼룩지는 석양을 받고 망연히 앉아서 흐르는 시냇물을 내려다보고 있다.

웬 처녀일까?

인가에서 꽤 떨어진 이곳. 사람의 동리보다 꽤 높은 이곳. 길도 없는 이곳—아직껏 삼십 년 간을 때때로 초부나 목동의 방문은 받아 본 일이 있지만 다른 사람의 자취를 받아 보지 못한 이곳에 웬 처녀일까?

화공도 망연히 서서 바라보았다. 바라볼 동안 가슴에 차차 무거운 긴장을 느꼈다.

한 걸음 두 걸음 화공은 발소리를 감추고 나아갔다. 차차 그 상거가 가까워 감을 따라서 분명하여 가는 처녀의 얼굴— 화공의 얼굴에는 피가 떠올랐다.

세상에 드문 미녀였다. 나이는 열일여덟, 그 얼굴 생김이 아름답다기보다 얼굴 전면에 나타난 표정이 놀랄만치 아름다웠다.

흐르는 시내에 눈을 부었는지 귀를 기울였는지, 하여간 처녀의 온 주의력은 시내에 모여 있다. 커다랗게 뜨인 눈은 깜박일 줄도 잊은 듯이, 황홀한 눈으로 시내를 굽어보고 있다.

남벽의 시냇물에는 용궁이 보이는가? 소나무 그루에 부딪혀서 튀어나는 바람에 앞머리를 약간 날리면서 처녀가 굽어보고 있는 것은 무엇인가?

처녀의 온 공상과 정열과 환희가 한꺼번에 모인 절묘한 미소를 눈과 입에 띠고 일심불란히 처녀가 굽어보는 것은 무엇인가?

아아!

화공은 드디어 발견하였다. 그새 십 년간을 여항의 길거리에서, 혹은 우물가에서, 내지는 친잠상원에서 발견하여 보려고 애쓰다가 종내 달하지 못한 놀랄 만한 아름다운 표정을 화공은 뜻 안한 여기서 발견하였다.

화공은 걸음을 빨리하였다. 자기의 얼굴이 얼마나 더럽게 생겼는지, 이 처녀가 자기를 쳐다보면 얼마나 놀랄지, 이 점을 온전히 잊고 걸음을 빨리하여 처녀의 쪽으로 갔다.

처녀는 화공의 발소리에 머리를 번쩍 들었다. 화공을 바라보았다. 그 무한히 먼 곳을 바라보는 듯한 기묘한 눈을 들어서,

"아……."

가슴이 무득하여 무슨 말을 하여야 할지 망설이며 화공이 반벙어리 같은 소리를 할 때에 처녀가 먼저 입을 열었다.

"여기가 어디오니까?"

여기가 어디?

"여기는 인왕산록 이름도 없는 산이지만 너는 웬 색시냐?"

"네……."

문득 떠오르는 적적한 표정.

"더듬더듬 시내를 따라왔습니다."

화공은 머리를 기울였다. 몸을 움직여 보았다. 무한히 먼 곳을 바라보는 듯한 처녀의 눈은 그냥 움직임 없이 커다랗게

뜨여 있기는 하지만, 어디를 보는지 무엇을 보는지 알 수가 없다.

드디어 화공이 부르짖었다.

"너 앞이 보이느냐?"

"소경이올시다."

소경이었다. 눈물 머금은 소리로 하는 이 대답을 듣고 화공은 좀더 가까이 갔다.

"앞도 못 보면서 어떻게 무얼 하러 예까지 왔느냐?"

처녀는 머리를 푹 수그렸다. 무슨 대답을 하는 듯하였으나 화공은 알아듣지 못하였다. 그러나 화공으로 하여금 적이 호기심을 잃게 한 것은 처녀의 얼굴에 아까와 같은 놀라운 매력 있는 표정이 없어진 것이었다.

그만하면 보기 드문 미인임에는 틀림이 없다. 그러나 아까 화공이 그렇듯 놀란 것은 단지 미인인 탓이 아니었다. 그 얼굴에 나타난 놀라운 매력에 끌린 것이었다.

"불쌍도 하지. 저녁도 가까워 오는데 어둡기 전에 집으로 내려가거라."

이만치 하여 화공은 처녀를 포기하려 하였다. 이 말에 처녀가 응하였다.

"어두운 것은 탓하지 않습니다마는 황혼은 매우 아름답다지요?"

"그럼 아름답구말구."

"어떻게 아름답습니까?"

"황금빛이 서산에서 줄기줄기 비치는구나. 거기 새빨갛게 물든 천하—푸르른 소나무도 남빛 바위도 검붉은 나무 그루도 모두 황금빛에 잠겨서……."

"황금빛은 어떤 것이고 새빨간 빛과 붉은빛이며 남빛은 모두 어떤 빛이오니까? 밝은 세상이라지만 밝은 빛과 붉은빛이 어떻게 다릅니까? 이 산 경치가 아름답다는 소문을 듣고 더듬어 왔습니다마는 바람소리, 동물 소리, 귀로 들리는 소리밖에는 어디가 아름다운지 알 수가 없습니다."

차차 다시 나타나는 미묘한 표정, 커다랗게 뜨인 눈에 비치는 동경의 물결, 일단 사라졌던 아름다운 표정은 다시 생기기 비롯하였다.

화공은 드디어 처녀의 맞은편에 가 앉았다.

"이 샘줄기를 내려가면 바다가 있구, 바다 속에는 용궁이 있구나. 칠색 비단을 감은 기둥과 비취를 아로새긴 댓돌이며 황금으로 만든 풍경, 진주로 꾸민 문설주……."

마주 앉아서 엮어 내리는 이 화공의 이야기에 각 일각 더욱 황홀하여 가는 처녀의 눈이었다. 화공은 드디어 이 처녀를 자기의 오막살이로 데리고 돌아갈 궁리를 하였다.

"내 용궁 이야기를 들려주마. 너희 집에서 걱정만 안 하실 것 같으면……."

화공이 이렇게 꾀일 때에 처녀는 그의 커다란 눈을 들어서 유원히 하늘을 우러러보면서 자기네 부모는 병신 딸 따위는 없어져도 근심을 안 한다고 쾌히 화공의 뒤를 따랐다.

일사천리로 여기까지 밀려오던 여의 공상은 문득 중단되었다. 이야기를 어떻게 진전시키나?

잡념이 일어난다. 동시에 여의 귀에 들려오는 한 절의 유행가…….

여는 머리를 들었다. 저편 뒤 어디 잡인들이 온 모양이다. 그 분요가 무의식중에 귀로 들어와서 여의 집중되었던 머리를 헤쳐 놓는다.

귀찮은 가사들이여. 저주받을 가사들이여.

이 저주받을 가사들 때문에 중단된 이야기는 좀체 다시 모이지 않았다.

그러나 결말 없는 이야기가 어디 있으랴? 아무튼 결말은 지어야 할 것이 아닌가?

그러면 그 화공은 처녀를 데리고 제 오막살이로 돌아와서 용궁 이야기를 들려주면서 그 동안에 처녀의 얼굴을 그대로 그려서 십 년래의 숙망을 성취하였다는 결말로 맺어 버릴까?

그러나 이런 싱거운 결말이 어디 있으랴? 결말이 되기는 되었지만 이 따위 결말을 짓기 위하여 그런 서두는 무의미한 자다.

그러면?

그럼 다르게 결말을 맺어 볼까?

화공은 처녀를 제 오막살이로 데리고 돌아왔다. 그리고 처녀에게 용궁 이야기를 들려주었다. 그러나 아까 용궁 이야기로 초벌 들은 처녀는 이번은 그렇듯 큰 감흥도 느끼지 않는 모양으로 그다지 신통한 표정도 보이지 않았다. 화공의 계획은 수포로 돌아갔다. 화공은 그 그림을 영 미완품인 채로 남기지 않을 수 없었다.

역시 마음에 들지 않는 결말이다.

그럼 또다시······.

화공은 처녀를 데리고 돌아왔다. 돌아와서 처녀를 보면 볼수록 탐스러워서 그림은 집어던지고 처녀를 아내로 삼아 버렸다. 앞을 못 보는 처녀는 이 추하게 생긴 화공에게는 아무 불만이 없이 일생을 즐겁게 보냈다. 그림으로나 아내를 얻으려던 화공은 절세의 미녀를 아내로 얻게 되었다.

역시 불만이다.

귀찮고 성가시다. 저주받을 유행 가사여.

여는 일어났다. 감흥을 잃은 이 자리에 그냥 앉아 있기가 싫었다. 그냥 들리는 유행가. 그것이 안 들리는 곳으로 자리를 옮기자.

굽어보매 저 멀리 소나무 틈으로 한 줄기 번득이는 것은 아까의 샘물이다. 그 샘물로, 가장 이 이야기의 원천이 된 그 샘으로 내려가자.

벼랑을 내려가기는 올라가기보다 더 힘들었다. 올라가는 것은 올라가다가 실수하여 떨어지면 과즉 제자리에 내린다. 그러나 내려가다가 발을 실수하면 어디까지 굴러갈지 예측할 길이 없다. 잘못하다가는 청운동 어귀까지 굴러갈는지도 모를 일이다. 게다가 올라갈 때에는 도움이 되던 스틱조차 내려갈 때는 귀찮기 짝이 없다.

반각이나 걸려서 여는 드디어 그 샘가에 도달하였다. 샘가에는 과연 한 개의 바위가, 사람 하나 앉기 좋을 만한 자리가 있다. 이 바위가 화공이 쌀 씻던 바위일까? 처녀가 앉아서 공상하던 바위일까? 그 아래를 깊은 남벽으로 알았더니 겨우 한 뼘 미만의 얕은 물로서 바위 위를 기운 없이 뚤뚤 흐르고 있다.

그러나 이 골짜기는 고요하기 짝이 없었다. 바람소리도 멀리 위에서만 들린다. 그리고 소나무와 바위에 둘러싸여서 꽤 음침한 이 골짜기는 옛날 세상을 피한 화공이 즐겨하였음직하다.

자, 그러면 이 골짜기에서 아까 그 이야기의 꼬리를 마저 지을까?

화공은 처녀를 데리고 오막살이로 돌아왔다.

그의 마음은 너무도 긴장되고 또한 기뻐서 저녁도 짓기 싫었다. 들어와 보매 벌써 여러 해를 멀리 달리기를 기다리는 족자의 여인의 몸집조차 흔연히 화공을 맞는 듯하였다.

"자, 거기 앉아라."

수년간 화공을 힐책하던 머리 없는 그림이 화공의 앞에 펴졌다. 단청도 준비되었다.

터질 듯 울렁거리는 마음으로 폭 앞에 자리를 잡은 화공은, 빛이 비치도록 남향하여 처녀를 앉히고 손으로는 붓을 적시며 이야기를 꺼내었다.

벌써 황혼은 이제 얼마 남지 않은 오늘 해로써 숙망을 달하려 하는 것이었다. 십 년 간을 벼르기만 하면서 착수를 못했기 때문에 저축되었던 화공의 힘은 손으로 모였다.

"그러구…… 알겠지?"

눈으로는 처녀의 얼굴을 보며 입으로는 용궁 이야기를 하며 손은 번개같이 붓을 둘렀다.

"용궁에는 여의주라는 구슬이 있구나. 이 여의주라는 구슬은 마음에 있는 바는 다 달할 수 있는 보물로서, 그 구슬을 네 눈 위에 한 번 굴리면 너도 광명한 일월을 보게 된다."

"네? 그런 구슬이 있습니까?"

"있구말구. 네가 내 말을 잘 듣고 있기만 하면 수일 내로 너를 데리고 용궁에 가서 여의주를 빌려서 네 눈을 고쳐 주마."

"그러면 저도 광명한 일월을 볼 수가 있겠습니까?"

"그럼. 광명한 일월, 무지개라는 칠색이 영롱한 기묘한 것, 아름다운 수풀, 유수한 골짜기, 무엇인들 못 보랴!"

"아이구, 어서 그 여의주를 구해서……."

아아, 놀라운 아름다운 표정이었다. 화공은 처녀의 얼굴에 나타나 넘치는 이 놀라운 표정을 하나도 잃지 않고 화폭 위에 옮겼다.

황혼은 어느덧 밤으로 변하였다. 이때는 그림의 여인에게는 단지 눈동자가 그려지지 않을 뿐 그 밖의 것은 죄 완성이 되었다.

동자까지 그리고 싶었다. 그러나 이 그림의 생명을 좌우할 눈동자를 그리기에는 너무도 어두웠다.

눈동자 하나쯤이야 밝은 날로 남겨 둔들 어떠랴. 하여간 십 년 숙망을 겨우 달한 화공의 심사는 무엇에 비기지 못하도록 기뻤다.

"아…… 아……."

이 탄성은 오래 벼르던 일이 끝난 때에 나는 기쁨의 소리였다. 이 일단의 안심과 함께 화공의 마음에는 또 다른 긴장과 정열이 솟아올랐다.

꽤 어두운 가운데서 처녀의 얼굴을 유심히 보기 위하여 화공이 잡은 자리는 처녀의 무릎과 서로 닿을 만치 가까웠다. 그림에 대한 일단의 안심과 함께 화공의 코로 몰려 들어오는 강렬한 처녀의 체취와 전신으로 느끼는 처녀의 접근 때문에 화공의 신경은 거의 마비될 듯싶었다. 차차 각 일각 몸까지 떨리기 시작하였다. 어두움 가운데서 황홀스러이 빛나는 처녀의 커다란 눈은, 정열로 들먹거리는 입술은 화공의 정신까지 혼미하게 하였다.

밝은 날, 화공과 소경 처녀의 두 사람은 벌써 남이 아니었다.

"오늘은 동자를 완성시키리라."

삼십 년의 독신 생활을 벗어 버린 화공은 삼십 년간을 혼자 먹던 조반을 소경 처녀와 같이 먹고 다시 그림 폭 앞에 앉았다.

"용궁은?"

기쁨으로 빛나는 처녀의 눈…….

그러나 화공의 심미안에 비친 그 눈은 어제의 눈이 아니었다.

아름답기는 다시 없는 아름다운 눈이었다. 그러나 그 눈은 사내의 사랑을 구하는 '여인의 눈'이었다. 병신이라 수모받던 전생을 벗어 버리고 어젯밤 처음으로 인생의 봄을 맛본 처녀는 이제는 한 개의 지어미의 눈이요, 한 개의 애욕의 눈이었다.

"용궁은?"

"용궁에 어서 가서 여의주를 얻어서 제 눈을 띄워 주세요. 밝은 천지도 천지려니와 당신을 어서 눈뜨고 보고 싶어."

어젯밤 잠자리에서 자기는 스물네 살 난 풍신 좋은 사내라고 자랑한 화공의 말을 그대로 믿는 소경 처녀였다.

"응, 얻어 주지. 그 칠색이 영롱한……."

"그 칠색도 어서 보고 싶어요."

"그래그래, 좌우간 지금 머리로 생각해 보란 말이야."

"네, 참 어서 보고 싶어서……."

굽어보면 무릎 앞의 그림은 어서 한 점 눈동자를 찍어 주기를 기다리고 있다.

그러나 소경의 눈에 나타난 것은 아름답기는 아름다우나 그것은 애욕의 표정에 지나지 못하였다. 그런 눈을 그리려고 십 년을 고심한 것이 아니었다.

"자, 용궁을 생각해 봐!"

"생각이나 하면 뭘 합니까? 어서 이 눈으로 보아야지."

"생각이라도 해 보란 말이야."

"짐작이 가야 생각도 하지요."

"어제 생각하던 대로 생각을 해 봐!"

"네……."

화공은 드디어 역정을 내었다.

"자, 용궁! 용궁!"

"네……."

"용궁을 생각해 봐! 그래 용궁이 어때."

"칠색이 영롱하구요."

"그래, 또?"

"또 황금 기둥, 아니 비단으로 짠 기둥이 있구요, 또 푸른 진주가!"

"푸른 진주가 아냐! 푸른 비취지."

"비취 추녀든가 문이든가?"

"에익! 바보!"

화공은 커다란 양손으로 칵 소경의 어깨를 잡았다. 잡고 흔들었다.

"자, 다시 곰곰이…… 용궁은?"

"용궁은 바다 속에……."

겁에 질려서 어릿거리는 소경의 양에 화공은 손으로 소경의 따귀를 갈기지 않을 수가 없었다.

"바보!"

이런 바보가 어디 있으랴! 보매 그 병신 눈은 깜박일 줄도 모르고 허공을 바라보고 있다. 그 천치 같은 눈을 보매 화공의 노염은 더욱 커졌다. 화공은 양손으로 소경의 멱을 잡았다.

"에이 바보야, 천치야, 병신아!"

생각나는 저주의 말을 연하여 퍼부으면서 소경의 멱을 잡고 흔들었다. 그리고 병신다이 멀겋게 띄운 눈자위에 원망의 빛깔이 나타나는 것을 보고 더욱 힘있게 흔들었다. 흔들다가 화공은 탁 그 손을 놓았다. 소경의 몸이 너무도 무거워졌으므로……

 화공의 손에서 놓인 소경의 몸은 눈을 뒤솟은 채 번뜻 나가 넘어졌다. 넘어지는 서슬에 벼루가 전복되었다. 뒤집어진 벼루에서 튀어난 먹방울이 소경의 얼굴에 덮였다.

 깜짝 놀라서 흔들어 보매 소경은 벌써 이 세상의 사람이 아니었다.

 화공은 어찌할 줄을 몰랐다. 망지소조하여 허든거리던 화공은 눈을 뜻없이 자기의 그림 위에 던지다가 악! 소리를 내며 자빠졌다.

 그 그림의 얼굴에는 어느덧 동자가 찍히었다. 자빠졌던 화공이 좀 정신을 가다듬어 가지고 몸을 일으켜서 다시 그림을 보매 두 눈에는 완전히 동자가 그려진 것이었다.

 그 동자의 모양이 또한 화공으로 하여금 다시 덜썩 엉덩이를 붙이게 하였다. 아까 소경 처녀가 화공에게 먹을 잡혔을 때에 그의 얼굴에 나타났던 원망의 눈!

 그림의 동자는 완연히 그것이었다.

 소경이 넘어지는 서슬에 벼루를 엎는다는 것은 기이할 것도 없고 벼루가 엎어질 때에 먹방울이 튄다는 것도 기이하달 수도 없지만, 그 먹방울이 어떻게 그렇게도 기묘하게 떨어졌을까? 먹이 떨어진 동자로부터 먹물이 번진 홍채에 이르기까지 어찌도 그렇듯 기묘하게 되었을까?

한편에는 송장, 한편에는 화상을 놓고 망연히 앉아 있는 화공의 몸은 스스로 멈출 수 없이 와들와들 떨렸다.

수일 후부터 한양성 내에는 괴상한 여인의 화상을 들고 음울한 얼굴로 돌아다니는 늙은 광인 하나가 생겼다.

그의 내력을 아는 사람이 없었고, 그의 근본을 아는 사람이 없었다. 그 괴상한 화상을 너무도 소중히 여기므로 사람들이 보고자 하면 그는 기를 써서 보이지 않고 도망하여 버리고 한다.

이렇게 수년간을 방황하다가 어떤 눈보라치는 날, 돌벼개를 베고 그의 일생을 막음하였다. 죽을 때도 그는 그 족자를 깊이 품에 품고 죽었다.

늙은 화공이여, 그대의 쓸쓸한 일생을 여는 조상하노라.

여는 지팡이로써 물을 두어 번 저어 보고 고즈넉이 몸을 일으켰다.

우러러보매 여름의 석양은 벌써 백악 위에서 춤추고, 이 천고의 계곡을 산새가 남북으로 난다.

무지개

비가 갰다. 동시에, 저편 벌 건너 숲 뒤에는 둥그렇게 무지개가 뻗쳤다. 오묘하신 하느님의 재주를 자랑하듯, 칠색의 영롱한 무지개가 커다랗게 숲 이편 끝에서 저편 끝으로 걸쳤다.

소년은 마루에 걸터앉아서 그것을 바라보고 있었다. 소년의 마음은 차차 뛰놀기 시작하였다. 찬란히 빛나는 무지개는, 마치 소년을 오라는 듯이 그의 아름다운 자태를 소년 앞에 커다랗게 벌리고 있었다.

한나절을 황홀히 그 무지개를 바라보고 있던 소년은, 마음속에 커다란 결심을 하였다.

'저 무지개를 잡아다가 뜰 안에 가져다 놓으면 얼마나 훌륭하고 아름다울 것인가!'

소년은 방 안에 있는 어머니를 찾았다.

"어머니."

"왜?"

어머니는 바느질하던 손을 멈추고, 사랑하는 아들의 얼굴을 보았다.

"어머니, 나 저 무지개 잡으러 가겠어요."

어머니는 일감을 놓았다. 그리고 뚫어지게 아들의 얼굴을 바라보았다.

"예?"

"얘야, 무지개는 못 잡는단다. 멀리 하늘 끝닿은 데 있어서 도저히 잡지 못한단다."

"아니어요. 저 벌 건너 숲 위에 걸려 있는데……."

"아니다. 보기에는 그렇지만, 너의 이 어머니도 오십 년 동안이나 그것을 잡으려 했지만 못 잡았구나."

"그래도 난 잡아요. 예? 내 얼른 가서 잡아 올게요."

어머니는 다시 일감을 들었다. 그의 눈에는 수심이 가득 찼다.

"예? 가요."

찬란히 빛나는 무지개의 유혹은 이 소년에게는 무엇보다도 강한 것이었다. 어머니의 사랑의 품보다도, 따뜻한 가정보다도, 맛있는 국밥보다도, 무지개의 유혹이, 훨씬 더 강하게 이 소년의 마음을 지배하였다. 네 번 다섯 번, 소년은 어머니에게 간청하였다. 어머니도 마침내 이 소년의 바람이 꺾을 수 없이 강한 것임을 알았다.

"정 그럴 것 같으면 가 보기는 해라. 그러나, 벌 건너 저 숲까지 가 보고, 거기서 잡지 못하거든 꼭 돌아와야 한다."

그런 뒤에, 어머니는 아들을 위하여 든든히 차림을 차려 주어서 떠나보냈다.

"어머니! 그럼, 내 얼른 가서 잡아 올게요. 꼭 기다려 주셔요."

하고, 커다란 희망을 가지고 떠나는 아들을, 늙은 어머니는 눈물로 보냈다.

소년은 걸음을 다하고 힘을 다하여 벌을 건너갔다. 그리고 바라던 숲에까지 이르렀다. 그러나 이상하였다. 무지개는 벌써 그곳에 있지 아니하였다. 찬란히 빛나는 무지개는, 더 저편으로 썩 물러가서, 그리고 소년을 이끄는 듯이 아름다운 자태를 커다랗게 벌리고 있었다.

'가까워지기는 가까워졌어. 그러나, 좀더 가야겠구나.'

소년은 또다시 무지개를 바라보았다.

소년은 몸이 좀 피곤하여졌다. 동시에, 마음도 좀 피곤하여졌다. 그러나, 눈앞에 찬란히 빛나는 무지개를 바라볼 때, 소년은 용기를 다시 내어 무지개를 향하여 걸었다. 얼마만큼 가서, 이만하면 되었으려니 하고 눈을 들어서 보았다. 그러나, 찬란히 빛나는 무지개는, 역시 같은 거리에서 그를 오라고 유혹하고 있었다.

소년은 높은 메도 어느덧 하나 넘었다. 그러나, 무지개는 좀처럼 잡을 수가 없었다. 그러나, 그 무지개의 찬란한 빛은 끊임없이, 소년을 오라는 듯이 유혹하였다. 잡힐 듯 잡힐 듯하면서도 잡혀 주지 않는 그 무지개는, 참으로 소년에게는 커다란 유혹이었다.

소년은 용기를 내었다. 그리고, 무지개를 향하여 또 달음박질하였다. 무지개를 잡으려는 오로지 한 조각의 붉은 마음으로, 피곤도 잊고 아픔도 잊고 뛰어가는 소년은, 어떤 산마루에까지 이르러서 마침내 쓰러졌다. 이제는 한 걸음도 더 걸을 용기와 기운이 없었다. 소년은 그 자리에 쓰러지면서 피곤한 잠에 잠기고 말았다.

어지럽고 사나운 꿈, 그 가운데서도 소년의 눈에는 끊임없이 찬란한 무지개의 광채가 어른거렸다. 그리고, 그 무지개의 빛과 어울리는 아름다운 음악이 끊임없이 들렸다. 많은 소년들과 많은 소녀들이 꽃으로 온몸을 장식하고 손을 서로 맞잡고 노래하며 돌아가고 있었다. 그리고, 그 소년 소녀의 동그라미 속에는 칠색이 영롱한 무지개가, 마치 자기 주위에 있는 많은 소년들과 소녀들을 애호하듯이 커다랗게 팔을 벌리고 있었다.

즐거움은
행복은
뉘 것?
누릴 자
누구?

소년들과 소녀들의 노랫소리는 부드럽고 아름답게 울려왔

다. 얼마를 이러한 꿈에 잠겨 있던 소년은, 그 꿈에서 벌떡 깨면서 눈을 떴다.

조금 아래, 그다지 멀지 않은 곳에, 무지개는 역시 이 소년이 오기를 기다리는 듯이, 아름다운 빛을 내며 팔을 벌리고 있었다.

'조금 더, 이제 한 걸음!'

소년은 후닥닥 일어섰다. 쏘는 다리, 저린 오금……. 피곤으로 말미암아 소년은 하마터면 넘어질 뻔하였다. 소년은 다리에 힘을 주었다. 온몸에 있는 힘을 다 주었다. 눈 아래에서 황홀히 빛나는 무지개는, 없는 힘을 그로 하여금 다시 내게 한 것이었다.

또다시 그는 무지개를 향하여 달음박질을 하였다. 그러나, 산 중턱에 걸린 줄 알고 뛰어내려오던 소년은 중턱에서 무지개를 만나지 못하였다. 그리고, 산 아래까지 그냥 내려왔지만 무지개는 역시 멀리 물러서서, 마치 소년의 어리석음을 비웃듯이 빛나고 있었다.

'아아. 곤하다.'

소년은 맥이 풀려서 털썩 주저앉았다.

소년은 뒤숭숭한 소리에 놀라 깨었다. 그는 피곤함을 못 이겨서 어느덧 또 쓰러져 잠이 들었던 것이다. 깨어서 보니, 그 근처에는 많은 소년들이 모여 있었다. 그리고, 그들은 무엇인가 다투고 있었다. 무엇을 가지고 다투는가 하고 자세히 들으니, 그들은 무지개가 있는 방향이 서로 이편이다 저편이다 하고 다투는 것이었다.

"무지개는 이쪽에 있다."

어떤 소년은 동쪽을 가리키며 이렇게 말했다.

"정신없는 소리 말아라. 무지개는 저쪽에 있다."

다른 소년은 반대했다.

"너희들은 눈이 있냐 없냐? 저쪽에 있지 않냐? 여직껏 너희들에게 속아서 너희들만 따라왔지만, 무지개는 역시 내 생각대로 저쪽에 있다."

다른 소년은 또 다른 데를 가리켰다. 그러나, 그 많은 소년들이 제각기 가리키는 곳은 한 곳도 정확한 곳이 없었다. 모두 엉뚱한 곳만 가리키면서 서로 다투고 있는 것이었다.

소년도 마침내 일어났다. 그리고, 점잖은 웃음으로 그들을 보았다.

"여보셔요, 당신네들도 무지개를 잡으러 떠난 분이오?"

"그렇소."

"당신네들의 말을 들으니까 무지개는 이곳에 있다 저곳에 있다 다투는 모양인데, 무지개는 바로 우리 눈앞에 있지 않소?"

소년은 무지개를 손가락으로 가리켰다. 다른 사람들은 소년이 가리키는 곳을 바라보았다. 그러나, 무지개는 뵈지 않는 모양이었다. 역시 다툼은 계속되었다. 그리고, 한참 서로 다투던 소년들은 의견이 모두 맞지 않아서, 그곳에서 제가 생각하는 곳으로, 아름다운 무지개를 잡으러 서로 나뉘어서 떠나기로 하였다.

그것을 멀거니 바라보고 있던 소년도 마침내 일어섰다. 그리고, 그는 자기가 무지개가 있다고 믿는 곳을 향하여 또 피곤한 다리를 옮겼다. 무지개는 역시 소년의 눈앞 몇 걸음 밖에서 찬란한 빛을 내고 있었다.

'이번에는 꼭.'

눈앞에 커다랗게 보이는 무지개에 소년의 용기는 백 배나 더하여졌다.

어떤 곳에서 소년은 또 다른 많은 소년의 무리를 보았다.

그들은 모두 든든히 차리고 있었다. 소년은 그들에게 가까이 가서 말을 붙여 보았다.

"여러분은 어디로 가시오?"

"가는 게 아니라, 갔다가 오는 길이오."

그 소년들은 이구동성으로 대답하였다. 그들은 모두 피곤한 듯이 눈에는 정기가 없고 몸은 쇠약해 있었다.

"어디를 갔다가 오시오?"

"무지개를 잡으러……."

"예? 그래, 잡았소?"

"말도 마오. 그것에 속아서 공연히 좋은 세월을 헛되이 보냈소."

"집을 떠난 것은 언제쯤이오?"

"모르겠소. 감감하니까."

"그래, 이젠 그만두겠소?"

"그만두지 않고! 눈앞에 보이는 것 같기에 그것에 속아서 이제나저제나 하고 지금까지 왔지만, 이젠 무지개라는 것은 도저히 잡지 못할 것인 줄 알았소."

"그래요? 요 앞에 있지 않소?"

"하하하……."

그들은 웃었다.

"그러기에 말이오. 눈앞에, 몇 걸음 앞에 있는 것 같기에, 그것에 속아서 지금까지 세월만 허송했소."

소년은 낙담하였다. 그리고, 자기도 그만 돌아가 버릴까 하였다. 그러나, 이상하였다. 그때, 그 무지개는 쑤욱 더 소년에게 가까이 오며, 그 광채며 빛깔이 더욱 영롱하여져서, 단념하려는 소년으로 하여금 또다시 단념하지 못하게 하였다.

"아아, 아."

소년은 다시 용기를 내었다.

"조금만 더 들어가 봅시다그려. 조금만."

소년은 그들에게 동행을 청하였다. 그러나, 그들은 끝끝내 듣지 않았다. 몇 번을 원하여 본 뒤에, 소년은 그들의 마음을 도저히 돌이키지 못할 것을 알았다. 그리고, 그들과 작별한 뒤에, 그는 다시 그 찬란한 무지개를 향하여 길을 떠났다.

어떤 곳에서 그는 두 소년을 만났다. 그 두 소년은 무엇이 기쁜지 몹시 만족하다는 듯이 벙글벙글 웃고 있었다. 소년은 그들에게 가까이 갔다.

"말 좀 물읍시다."

"무슨 말이오?"

"좀 이상한 말이지만, 혹시 두 분은 무지개를 못 보았소?"

사실 소년은, 그때 무지개를 잃어버린 것이었다. 어디로 갔나? 여직껏 눈앞에 찬란히 보이던 그 무지개는 하늘로 솟았는지 땅으로 새었는지, 홀연히 눈앞에서 그 아름다운 자태를 감추고 만 것이었다. 소년은 눈이 벌겋게 되어 찾았다. 그러나 찾지 못하여 낙담하였을 때, 그의 앞에 두 소년이 나타났던 것이다. 두 소년은 빙그레 웃었다.

"무지개 말이오? 무지개는 우리가 벌써 잡았소."

소년은 낙담하였다. 그리고, 낙담에서 절망으로, 절망에서 비분으로 걷잡을 수 없이 소년의 마음이 떨어져 갈 때에, 이상도 하다, 홀연히 그의 앞에 역시 칠색이 찬란하게 빛나는 무지개가 문득 나타났다. 그 광채는 지금까지의 그 무지개보다 더 찬란하였고, 그 빛깔은 더욱 아름다웠다. 소년의 마음은 절망에서, 단숨에 희망으로 뛰어올랐다.

"어디 봅시다, 봅시다."

"무얼요?"

"두 분이 잡았다는 그 무지개를!"

두 소년은 장한 듯이 품안에서 자기네의 자랑감을 꺼내어 소년에게 보였다. 소년은 그것을 보았다. 그리고, 하마터면 웃을 뻔했다. 그것은 평범하고 변변치 않은 기왓장에 지나지 못하였다. 두 소년은 기왓장을 하나씩 얻어 가지고 기뻐하는 것이었다.

"이게 무지개요? 이건 기왓장이구려."

두 소년은 각기 자기네의 보물을 다시금 살폈다. 그리고,

한 소년은 부르짖었다.

"오, 무지개, 무지개! 나는 드디어 무지개를 잡았다. 이게 무지개가 아니고 무어란 말이오?"

그러나, 한 소년은 한참 정신없이, 자기가 가지고 있는 물건을 보다가, 커다란 한숨과 함께 그 무지개를 높이 들고 절망으로 울부짖었다.

"아니로구나, 아니야! 이것은 무지개가 아니야! 지금까지 무지개로 믿고 기뻐하던 것은 기왓장에 지나지 않는 것이었구나!"

그리고, 그는 그 기왓장을 던지고 소년에게 물었다.

"무지개를 잡으러 떠나셨소?"

"예."

소년은 대답했다.

"그럼, 우리 같이 갑시다. 나는 무지개를 꼭 잡고야 말겠소."

여기서 서로 뜻이 맞은 두 소년은 만족해하는 소년을 남기고, 찬란한 무지개를 잡으러 길을 떠났다.

두 소년은 산을 넘었다. 물결 센 강을 건넜다. 가시덤불을 헤쳤다. 돌밭을 지났다. 그들은 오로지 무지개를 잡으려는 열정으로 온갖 난관을 참으면서 앞으로 앞으로 나갔다.

그들은 가는 길에서 수많은 소년들을 보았다. 어떤 사람은 그 무지개를 잡으려다가 잡지 못하고 낙망하여 집으로 돌아가는 것이었다. 어떤 사람은 변변치 않은 기왓장을 얻어 기뻐하는 것이었다. 그리고, 그 가운데 가장 많은 수효를 점령한 사람은, 무지개를 잡으려다가 잡지 못하고, 심신이 피로하여 쓰러져서 괴로운 부르짖음만 발하는 것이었다.

"아, 무지개! 그것은 마침내 사람의 손으로 잡지 못할 것인가?"

그들은 목쉰 소리로 이렇게 부르짖으며 손을 헤적거리고 있었다. 그리고, 그 가운데는 낙망과 피곤 끝에 벌써 저 세상으로 간 사람도 많이 섞여 있었다. 이런 광경을 볼 때, 두 소년의 용기는 꺾였다. 그리고, 자기네들도 몇 번을, 이 여행을 중지할까 하였다. 아아 그러나, 그럴 때마다 그들의 눈앞에는 더욱 찬란하고 빛나는 더욱 훌륭한 무지개가 마치 그들을 오라는 듯이 두 팔을 벌리는 것이었다.

여기서 다시금 용기를 얻은 두 소년은, 험한 길을 무지개를 향하여 앞으로 가는 것이었다.

어떤 험한 산골짜기까지 이르러서, 동행하는 소년은 마침내 쓰러졌다.

"아, 난 인젠 더 못 가겠소. 무지개는 도저히 잡지 못할 것임을 이제야 겨우 깨달았소."

동행하던 소년은 이렇게 한숨을 쉬었다.

"정신 차려요. 여기까지 와서 이제 넘어진단 말이 웬 말이오?"

소년은 동행하던 친구를 흔들었다. 그러나, 친구는 움직이지 않았다. 소년은 다시 흔들었다.

"정신 차려요."

아 그러나, 그때는 동행하던 소년은 차디찬 몸으로 변해 버렸다.

소년은 거기서 통곡을 하였다. 그리고, 자기도 그런 야망을 버릴까 말까. 그의 결심은 흔들렸다. 무지개는 도저히 잡지 못할 것인가 하는 의심이 강렬히 일어났다. 그러나, 그때 그의 눈앞에 다시금 찬란히 빛나는 무지개가, 마치 그의 마음 약한 것을 비웃듯이 커다랗게 웃고 있었다.

위태로운 산길, 험한 골짜기, 가파른 멧부리, 깊은 물, 온갖 고난은 또 그를 괴롭혔다. 그러나, 그는 더욱 큰 용기와 희망을 가지고 무지개로 무지개로 가까이 갔다.

그러나, 얼마를 더 가자. 소년도 마침내 이젠 한 걸음도 더 걸을 수가 없게 되었다. 그리고, 그는 거기서, 무지개는 도저히 잡지 못할 것임을 처음으로 깨달았다. 그는 몸을 아무렇게나 땅에 내던졌다. 그리고, 드높은 하늘을 쳐다보았다.

"아아, 무지개란 기어이 사람의 손으로는 잡지 못하는 것인가?"

지금까지 그와 같은 길을 걸은 수많은 소년들이 부르짖은 그 부르짖음을, 이 소년도 여기서 또한 부르짖지 않을 수 없었다. 그리고, 그는 여기서 그 야망을 마침내 단념하기로 결심한 것이었다.

그때에는 이상하게도, 아직껏 검었던 머리가 갑자기 하얗게 되고, 그의 얼굴에는 수없이 많은 주름살이 잡혔다.

신앙으로

1

"아버지, 나을까요?"

열두 살 난 은희는 아버지의 얼굴을 쳐다보면서 근심스러운 듯이 이렇게 물었다.

"글쎄, 내야 알겠냐. 세상의 만사가 하나님의 오묘하신 이치 가운데서 돼 나가는 게니깐 하나님을 힘입을밖에야 다른 도리가 없지."

아버지도 역시 근심스러운 얼굴로 이렇게 대답했다.

집안은 어두운 기분에 잠겼다. 네 살 난 막내 아들의 위태한 병은 이 집안으로 하여금 웃음과 쾌활을 잊어버린 집안이 되게 하였다.

어린 만수의 병은 처음에는 대수롭지 않은 감기에서 시작되었다. 그 감기는 며칠이 걸리지 않아서 거의 나았다. 그러나 거의 나았을 때에 어린애의 조르는 대로 한 번 밖에 업고 나갔던 것이 큰 실수였다. 만수의 병은 갑자기 더하여졌다. 병은 기관지로 하여 마침내 폐에까지 미쳤다.

온 집안은 힘을 다하여 간호하였다. 소아과의 이름 있는 의사가 하루에 두 번씩 만수의 병을 보러 왔다. 태평양과 인도양을 건너서 온 여러 가지 약이 만수 때문에 조제되었다. 찜, 흡입, 복약, 주사…… 의학의 정교함을 다하여 의사는 만수를 위하여 자기의 지식을 쏟아 놓기를 아끼지 않았다.

그러는 일면 그 집에서는 어린 만수가 쾌차되기를 하나님께 빌기를 또한 잊지 않았다. 아니, 차라리 기도가 첫째고 의학의 정이 버금이 된다고 하고 싶을 만큼 기도에 정성을 다하였다.

"뜻대로 하시옵소서. 그러나 만약 이 어린애를 저의 집안에 그냥 살려 두어 주시는 것이 아버님의 뜻에 과히 거슬리지 않거든 아버님의 이 충성된 종을 위하여……."

그들은 이렇게 기도하였다.

그 가운데서도 은희의 정성과 기도는 가장 컸다. 세상의 많은 누이들이 이런 어린 동생에게 가지는 가장 큰 사랑을 만수에게 가지고 있는 은희는 몸부림까지 쳐 가면서 기도하였다.

"아버지, 만수를 살려 주세요. 무슨 죄가 있습니까. 아직 말도 변변히 못하는 어린애가 무슨 죄를 지었길래 벌써 데려가시렵니까. 낫게 해주세요. 죽고 사는 것은 아버지께 달렸습니다."

은희는 마치 억지쓰듯 이렇게 기도하곤 하였다.

그러나 정성을 다한 기도도, 의학의 정교도 자연의 힘에 비기건대 아무것도 아니었습니다. 만수의 병은 나날이—아니 각각으로 더하여 갔다.

 기운이 진하여 울지도 못하는 어린애가 답답한 듯이 입맛을 연하여 다시며, 조금의 시원함이라도 보려고 연방 손을 휘젓는 양이며 쌕쌕거리는 숨소리는 과연 듣기 힘든 것이었다. 아버지와 어머니는 어린애가 안타까워서 헤적일 때마다 차마 보지 못하겠다는 듯이 머리를 돌이키고 하였다. 한숨조차 쉬지 못하였다.

 그러나 은희는 잠시도 그에게서 눈을 떼지를 않았다. 자기가 머리를 돌이킨 뒤에 어린애가 죽어 버리면 어쩌나 하는 근심은, 그로 하여금 눈을 잠시도 어린애에게서 떼지 못하게 하였다. 속으로 하나님께 걱정의 기도를 드리면서도, 그의 눈은 어린 동생에게 향하여 있었다.

 "구하는 자에게는 주시며……."

 성경의 이 한 구절은, 성경 전체의 다른 많은 구절 가운데서 가장 귀한 구절로 은희에게는 보였다.

 "구하고 주시니……."

 "아버님, 만수를 살려 주세요. 꼭 아버님께 한 죽음이 쓸 데 있으면 저를 불러 가세요. 저는 죄를 많이 지었습니다. 죽어도 쌉니다. 그러나 만수야 무슨 죄가 있습니까. 꼭 낫게 해주세요. 구하면 주시는 아버님이시여!"

 아직 남을 의심할 줄을 모르는 소녀는 정성과 믿음을 다하여 어린 동생을 위하여 기도하였다.

2

　어린애의 목숨은 마침내 의사도 내던졌다. 과학과 숫자로 짜내어, 어린 만수의 목숨은 이제는 어떠한 힘으로라도 구할 수가 없다고 단안을 내렸다.
　그러나 은희는 그 말을 믿지를 않았다. 그 말의 뜻조차 알 수가 없었다.
　"믿음은 태산이라도 움직이느니라."
　"구하는 자에게는 주시며……."
　이러한 성경 구절은, 이이는 사와, 삼삼은 구보다도 은희에게는 더 정확하고 믿음직한 말이었다. 믿음은 가장 크다. 그 믿음으로서 어린애가 쾌복되기를 하나님께 구하는 이상에야 왜 쾌복이 안 되랴? 만수의 병은 쾌복된다. 만수는 가까운 장래에 다시 자기의 손에 끌려서 눈깔사탕을 사 먹으러 거리에 나간다. 의사? 의사의 말이 무에냐. 하나님의 오묘하신 예산을 의산들 어찌하랴. 은희는 더욱 정성을 다하여 하나님께 기도를 하였다.
　더구나 그의 아버지가 하는 기도에,
　"아버님이시여, 어린애의 영혼을 아버님 나라로 보내오니 받으시옵소서."
하는 말에는 은희는 기도고 무에고 내던지고, 아버지의 무릎 위에 몸을 쓰러뜨렸다. 그리고 안타까운 듯이 발버둥을 쳤다. 왜 만수를 살려 달라 기도드리지 않고, 영혼을 받아 달라고 기도드리느냐는 것이 은희의 발버둥치는 까닭이었다.

아버지는 은희의 머리를 쓸어 주었다.

"그럼 구하는 자에게는 주시지…… 구하는 자에게는 주시지만……."

아버지는 이뿐, 입을 닫았다. 그리고 한참 은희의 머리만 쓸어 주다가 다시 입을 열었다.

"주시기는 하지만 이미 억만 년 전부터 작정하신 일이야. 우리 소소한 인생들이 구한다고 어떻게 주시겠느냐. 우리는 정성껏 억지나 써 보고, 주시고 안 주시는 것은 하나님께 달렸느니라."

아버지는 한숨과 함께 이렇게 말하였다.

그러나 이 말은 은희에게는 알아듣지 못할 말이었었다. 어른에게는 어른의 지식과 판단과 이론이 있는 것과 같이 어린애에게는 어린애로서의 지식과 판단과 이론이 있었다. 만약 아버지의 말이 옳다 할진대 성경에,

'구하는 자에게는 경우에 따라서 주시기도 하느니라.'

고 하지 않으면 안 될 것이었다. 반드시 주실 것이기에 주시마 했지, 경우에 따라서야 주실 것이면 성경에 그렇게는 쓰여 있지 않으리라는 것이 은희의 이론이었다.

그러나 이 은희의 이론을 무시하고 어린애는 저녁에 마침내 죽었다. 집안이 둘러앉아서 어린애의 영혼을 위하여 기도하는 가운데서, 어린애는 마침내 이 세상을 버렸다.

그날 밤 은희가 정신을 못 차리고 울리라는 부모의 예기에 반하여, 은희는 울지 않았다. 하얀 헝겊을 덮어 놓은 어린애의 시체의 머리맡에 꼭 붙어 앉아서, 은희는 눈도 깜빡 않고

있었다.

울음은커녕 한숨조차 쉬지 않았다.

'구해도 안 주신다.'

그는 이런 생각을 하고 있었다.

"이전 수고도 했다. 며칠을 못 자더니 오늘은 좀 자라."

어머니가 이렇게 말할 때에도 은희는 못 들은 듯이 그냥 앉아 있었다. 만수와 함께 세상의 광명의 전부를 한꺼번에 잃어버린 그에게 졸음이 올 리가 만무하였다. 그의 입술과 혀는 바짝바짝 말랐다. 콧속이 껄껄 붙었다.

이튿날 장례를 따라갈 때에도 그는 눈물 한 방울을 흘리지 않았다. 말도 한 마디도 안 하였다.

'구하라. 그러면 주시리니.'

허공과 같이 된 그의 머리에는 아무 실마리 없이 때때로 이 성경 구절이 획 하니 지나가곤 하였다. 그러나 그뿐, 그 생각에는 앞도 없고 꼬리도 없었다.

3

만수를 잃은 뒤에도 은희의 집안의 생활은 그다지 변화가 없었다. 학교에 갔다가 돌아와서는 혹은 놀고 혹은 공부하고 수요일의 저녁과 일요일은 예배당에를 출석하고…… 이러한 그의 생활의 프로그램에는 아무 변동도 안 생겼다.

그러나 사랑하는 동생 만수의 죽음이, 어린 은희의 마음에

영향된 그 그림자는 컸다. 아직껏 남을 의심할 줄을 모르던 은희의 마음에는 이때 비로소 의심의 종자가 뿌려졌다.

의심은 지식의 근원이라고 옛날 철인이 우리에게 가르쳤다. 온갖 사물을 정면으로 받아서 그냥 들어삼키던 은희는 만수의 죽음에서 처음으로 모든 것의 뒤에는 저것이 있다는 것을 무의식중에 깨달았다. 물론 이러한 생각이 그의 머리에 명확히 들어박힌 바는 아니었다. 그러나 은연중 그는 온갖 사물과 이야기를 들어삼키기 전에, 그것을 씹어 보는 방법을 배웠다. 그리고 그것이 어느덧 그의 버릇으로까지 되었다.

예배당에도 여전히 다녔다. 사경회에도 다녔다. 새벽 부흥회에도 어린 눈을 비비며 다녔다. 식전 식후와 잠자리 전후와 출입 전후에 드리는 기도도 역시 여전하였다. 그리고 자기로서도 신앙에 대한 흔들림이 생긴 줄은 뜻도 안 하였다.

"아버님께서 이런 맛있는 음식을 주시니 고맙게 먹겠습니다."

"오늘 하루를 아버님의 은총 중에 무사히 지낸 것을 감사하오며, 이 밤도 또한 넓으신 사랑 가운데 편히 쉬게 하여주시기를 바라옵나이다."

이러한 기도를 때를 갈라서 정성껏 드렸다.

그러나 만수의 죽음에서 생겨난 어린 마음에 받은 바의 커다란 상처와, 그 상처의 산물인 회의는, 그의 마음에서 그도 모르는 틈에 점점 성장하였다. 습관에 의지한 그의 종교 의식적 생활과는 독립하여, 그의 마음의 한편에서는 그와 반대되는 마음이 차차 자랐다.

"예수를 믿으세요. 예수를 안 믿으면 지옥에 갑니다. 천당에 가려거든 예수를 믿으세요."

전도회 때마다 길에 지나다니는 사람들을 붙들고 맑은 눈을 치뜨고 이렇게 전도하는 자기의 마음에 신앙에 대한 흔들림이 생겼다고 누가 은희에게 들려주는 사람이 있으면, 은희는 오히려 그 사람을 미친 사람으로밖에는 볼 수가 없을 것이었다. 그러나 그러한 가운데서도 신앙에 대한 회의는 점점 더 커 갔다.

그것은 만수가 죽은 지 이태 뒤의 일이었다. 은희와 같은 조에 다니던 생도 하나가 병이 위독하였다. 보름을 상학을 못한 뒤에 마침내 학교에 이제는 살아갈 가망이 없다는 기별이 왔다.

선생의 인솔 아래 그 조 생도들은 모두 병든 벗을 위문키 위하여 그 생도의 집으로 찾아왔다. 야위고 야윈 그 생도는 많은 동무들이 온 것도 모르는지, 앓는 소리도 못 내고 눈을 감은 채로 숨만 허덕이고 있었다. 이불의 들썩거리는 푼수로 보아서 여윈 가슴의 들먹거리는 모양을 짐작할 수가 있었다.

선생의 지휘 아래 위문 온 애들은 앓는 동창의 위독한 목숨을 구하여 달라 엎드려 하나님께 기도를 드렸다. 생도들은 거의 다 흐득흐득 느껴 울었다. 소리를 내어 우는 생도까지 있었다. 그것은 과연 비창하고도 경건한 시간이었다.

종교적 정열과 소녀로서의 감정에 들뜬 생도들은, 그 집에서 나오면서 모든 경건한 마음 가운데서, 우리가 이만큼 정성을 다하여 기도하였으면, 그 애의 병도 좀 나으리라고 수군들

거렸다.

그러나 은희만은 그 말에 참견치 않았다. 아까 기도할 때에도 그는 머리를 수그렸으나 눈은 말똥말똥 뜨고 있었다.

"구하는 자에게는 주시리니……."

이러한 가운데서 그는 이태 전의 일을 다시금 머리에서 꺼내 보았다.

4

은희는 보통학교를 마치고 고등학교로 갔다.

과학적 지식의 진보는 종교적 정열의 소멸을 뜻함이었다. 삼에 삼을 가하면 육일 것이다. 삼에서 삼을 감하면 영일 것이다. 삼을 삼 곱하면 구일 것이다. 삼을 삼분하면 일일 것이다. 이 원칙에 어그러지는 일은 지식으로서 받아들일 수는 도저히 없었다. 더구나 어렸을 때에 벌써 회의라 하는 문을 열고 들어선 은희는, 감정적으로보다 오히려 이지적으로 발달된 처녀이었다.

그의 표면적 의식적 생활에는 여전히 커다란 변동은 없었다. 소녀기로 들어선 그 변화에서 생긴 변동은 있었으나, 눈에 나타날 만한 변동은 없었다.

그는 교회의 찬양대에 들었다. 아직 채 피지도 못한 소녀로서의 까무퇴퇴한 은희의 얼굴은 예쁘지는 못하였다. 웃을 때에는 입이 몹시 넓었다. 좌우 입가에는 웃을 때마다 커다란 주름이 몇 개씩 보였다. 턱과 목에도 살이 올라붙지 않았다. 어깨에도 뼈의 그림자가 적삼 위까지 두드러졌다.

그러나 그의 눈만은 놀랄 만큼 맑고 크고 광채가 있었다. 그 위에 장식된 눈썹도 검고 예뻤다. 목소리는 (누가 캘리쿨치라고 별명을 지었을 만큼) 아름다웠다. 그리고 이 아름다운 눈과 목소리는 찬양대의 가장 나이 어린 은희로 하여금 가장 남의 눈에 뜨이게 하였다.

찬양대에 든 뒤부터는 예배당에 다니는 재미가 더하여졌다. 매 일요일이 몹시도 기다려졌다. 그리고 일요일마다 어머니가 내어주는 새옷을 입은 뒤에 예배당에 가서, 꾀꼬리와 같은 목소리를 돋우어서 찬양대의 찬양을 더욱 아름답게 하는 재미는, 여간한 다른 재미와는 비교하지 못할 것이었다.

더구나 학교 주최로서 종교에 대한 웅변회가 열렸을 때에, 은희는 종교 신앙에 대하여 열변을 토하였다. 종교 신앙을 가지지 못한 사람의 마음의 불안과, 신앙에서 받은 바의 안심에 대하여 그는 까무퇴퇴한 이마에 핏줄을 일어세워 가지고 열변을 토하였다. 그리고 각색 종교 가운데 예수교가 가지고 있는 지위와 가치를 논하였다.

"장래의 큰 일꾼."

"하나님의 귀한 기둥."

교역자들은 그의 머리를 쓰다듬어 주며 은희를 이렇게 칭찬하였다. 그리고 그의 장래를 많이 촉망하였다.

그러나 이때는 은희는 예수에게 대한 신앙은 온전히 잃었을 뿐 아니라, 의식으로도 자기가 예수교의 신앙에 흔들림이 생긴 것을 깨닫기 시작한 때였다. 예수교를 반대하는 사람들 앞에서는 그의 목에 핏줄을 세워 가지고 예수교를 변호하였다. 반대하는 사람의 반대 이유를 깨뜨려 버리기 위해, 그는 미약하나마 자기 머리에 들어앉은 과학 지식의 전부를 다 썼다. 그러나 예수교를 칭찬하는 노파들 앞에서는 또한 노골적으로 예수의 결점을 들추어내기를 결코 주저치 않았다. 그리고 어려서부터 예수교의 품안에서 생장한 은희는 과학적 해부안과 비판력이 생기기만 하면, 그 결점을 드러내기에는 가장 적당한 사람에 다름없었다.

역시 종교를 배경으로 한 학교에 다녔다. 역시 예배당에 다녔다. 찬양대의 화형대원이었다. 유년 주일학교의 선생이었었다. 전도대로 나서면 그 상쾌하고 똑똑한 변설로 가장 새로 믿는 자를 많이 끌어오는 일꾼이었다. 그러한 은희는 교회에서는 가장 사랑받는 처녀의 한 사람이었다. 그러나 그의 마음에만은 예수에 대한 신앙의 정열은 하나도 없어졌다. 그의 하는 모든 종교 의식은 흥미―흥미로써 설명이 안 된다면, 다만 전부터 하여 오던 일이매 그냥 계속하여 행하는 데 지나지 못하였다.

'구하는 자에게는 주어?'

여기 대한 분노는 지금은 한낱 비웃음으로 도수가 낮아는 졌지만, 낮아진 도수는 종교에 대한 정열과 상쇄된 분량에 다름없었다.

5

 은희의 나이가 열여덟이 되었다.
 까무퇴퇴하던 그의 살빛은 부옇고 희게 빛났다. 웃을 때에 생기던 입가의 주름 대신으로 왼편 볼에는 예쁘다랗게 우물이 생겼다. 턱을 달걀같이 장식한 그의 살은 목까지 넘어가서 목의 윤곽을 아름답게 하고, 어깨를 둥그렇게 하였다. 거기 맑고 광채 나는 두 눈은 시꺼먼 눈썹 아래서 그의 얼굴을 더욱 화려하게 꾸미었다.
 그 해 봄, 그는 고등학교를 끝내고 그 학교 음악과로 들어갔다.
 예쁜 가운데도 그래도 좀 갈린 듯한 고음이 섞여 있던 그의 목소리는 이제는 원숙하여졌다. 음악과 가운데에서도 그는 가장 아름다운 목소리의 주인이었다.
 이 해를 중축삼아 가지고 그의 마음에는 커다란 변동이 생겼다. 원숙한 처녀의 마음은 누구든 숭배하고 존경할 대상을 요구하였다. 자기로서는 그 까닭을 알지 못하였지만, 은희는 때때로 예고 없이 자기를 엄습하는 감정의 물결에 위압되어, 책상에 기대고 운 적이 많았다. 앉을 둥 말 둥, 자기의 몸과 행동을 지배할 판단을 얻지 못하여 마음이 뒤숭숭하여지는 때도 흔히 있었다. 밤중에 밝은 전등 아래서 거울과 마주 앉아서 기껏 편 자기 얼굴을 들여다볼 때는, 이 뜻없고 흥미 없이 지나가려는 청춘 때문에, 마음으로 발을 동동 구른 때가 여러 번 있었다.

그러나 마음의 경건함은 조금도 줄지를 않았다. 때때로 이름만은 아는—혹은 알지도 못하는 사내에게서 편지를 받은 일이 있었다. 그러한 편지를, 그는 속은 펴 보지도 않고 그냥 불살라 버렸다. 편지를 보냈음직한 사내를 길에서 혹은 예배당에서 볼 때에는 얼굴에 탁 침이라도 뱉아 주고 싶었다. 이러한 천박한 행동에 대한 경멸감은 비록 종교의 신앙을 잃었다 하나 경건함을 자랑하는 은희에게는 타기할 일에 다름없었다. 찬양대에 나서서 찬송을 할 때에도 한 번도 남자 쪽을 곁눈질도 해 보지 않았다.

"구하기 쉽잖은 처녀."

은희의 이름은 이러한 명색 아래서 차차 더 높아 갔다.

그 해 크리스마스에 그 학교에서는 종교극을 하였다. 은희는 성모 마리아로 분장하였다.

그것은 거룩하고도 엄숙한 장면이었다. 예수는 세상 사람의 죄악을 대신하여 십자가에 못박혀서 세상을 떠났다. 그 십자가 아래, 성모 마리아는 사랑하는 아드님의 최후를 통곡하였다. 비록 예수의 죽음은 커다란 의(義)에서 나온 일이라 하되 마리아의 견지로 보면, 그것은 다만 사랑하는 아들의 죽음이라는 것밖에는 아무 뜻도 없었다. 사랑하는 아들의 비참한 최후에 마리아는 목을 놓아서 통곡하였다.

관중도 눈물을 머금었다. 그것은 성극이 아니요, 인정극이랄 수가 있는 장면이었다. 이 장면을 할 때에 은희는 스스로 감격되어 (연극이 아니요) 정말로 목을 놓아 처울었다. 이날을 기화로 은희의 마음은 뒤집어 놓은 듯이 변하였다.

그는 찬양대원의 자리를 사임하였다. 유년 주일학교의 교사라는 명목도 집어던졌다. 이러한 경박한 혹은 한낱 의식에 지나지 못하는 명색들을 집어치우고, 한 개의 진실한 교인이 되고자 한 것이었다.

예수의 비참한 희생은 그의 마음을 움직인 것이었었다. 다른 온갖 것을 보지 않더라도 세상을 위하여 자기의 목숨을 바쳤다 하는 것은 처녀 은희의 마음을 움직이기에 넉넉하였다. 몸소 성모 마리아로 분장을 하고 그 비통한 장면을 실연할 때에, 그때에 받은 감격은 그로 하여금 예수의 다시 보지 못할 커다란 희생에 대한 존경과 애모의 열을 솟아나게 한 것이었었다.

"예수시여……."

때때로 몸을 고민하듯이 떨며 하소연하는 자기를 그는 발견하게 되었다.

6

그 뒤부터는 은희는 눈에 뜨이는 새로운 성화는 할 수 있는 대로 구해다가 자기 방에 장식하였다. 성모의 품에 안긴 예수, 열두 살 때에 학자들과 지식을 다루는 예수, 제자들을 가르치는 예수, 십자가를 진 예수, 가시관을 쓴 예수, 십자가 위에 달린 예수, 승천하는 예수…… 가지각색의 크고 작은 성화는 그의 방 사벽에 장식되었다.

그는 할머니 같아졌다. 그와 동갑네의 처녀들이 멋을 부리느라고 예배당에를 다니고 찬양대에 들고 전도대에 다닐 동안, 그는 예배당 한편 구석 어둑어둑한 곳에 박혀서, 떨리는 듯한 경건한 마음으로 묵도를 하고 있었다. 부활제에 새벽 찬송을 하러 돌아다니자는 권고도 단연히 거절하여 버렸다. 그러한 모든 유흥 기분이 섞인 행동을 그는 독신으로 보았다.

처녀의 온 정열을 예수에게 바친 은희는 세상사는 매우 무심하였다. 연애를 하느라고 울며불며 하는 동무를 대단한 경멸감으로써 내려다보는 은희였다.

"은희는 꼭 올드 미스같어."

친구들이 이렇게 놀리는 말도 은희는 코웃음으로 들을 수가 있었다.

한때 청춘의 은희에게 일어났던 떨리는 듯한 괴상한 감정은, 그의 마음에 예수에 대한 애모의 염이 일기 시작한 뒤부터는 어느덧 사라져 없어졌다. 그리고 그때의 그 정열은 죄다 예수에게 부어졌다.

"예수시여……."

그는 때때로 몸을 고민하듯이 떨면서, 예수의 존영을 쳐다보며 이렇게 하소연하였다. 어떤 날 저녁이었다. 밤 기도회에서 좀 늦게 돌아온 은희는 책상귀에 의지하고 앉았다. 그의 꼭 눈 맞은편에 다 빈치의 소화(疎畵)인 예수의 존영의 사진판이 걸려 있었다. 그것은 예수의 다른 존영과 달리 수염이 없는 존영이었다. 좀 머리를 한편으로 갸웃하고, 눈을 감고, 얼굴에는 고민하는 표정이 나타나 있는 것을 그린 존영으로서, 표정의 위재 다 빈치의 붓끝으로 된 만큼, 고민하는 가운데서도 온화함과 사랑에 넘치는 얼굴은 넉넉히 알아볼 수가 있었다. 그리고 그 존영은 은희가 가장 좋아하는 예수의 화상이었다.

은희는 책상귀에 의지하고 앉아서 그 존영을 바라보고 있었다. 깊은 밤 고요한 데서 바라보는 존영은, 다른 때에 보는 것과도 그 받는 감명이 달랐다. 한참을 정신없이 바라볼 동안, 그림의 예수의 눈이 조금 벌려졌다. 그리고 그 조금 벌려진 틈으로 눈동자를 천천히 굴려서 은희를 바라보았다.

은희는 몸을 떨었다. 그의 눈은 미칠 듯이 광채가 났다. 얼굴에는 차차 피가 떠오르기 시작하였다. 숨소리조차 차차 높아 갔다.

"예수시여……."

은희가 펄떡 정신을 차린 때는, 그는 어느덧 그 존영을 끌어다가 뺨에 대고 정신없이 그 존영에다가 자기의 '처녀의 부드러운 뺨'을 비비고 있던 것이었다.

그는 자기가 방금 행한 독신의 죄를 뉘우칠 여유도 없었다. 자기가 한 행동이 어떤 것인지 살펴볼 여유조차 없었다. 펄떡 정신을 차리는 순간 그는 그 자리에 쓰러져서 처녀의 북받쳐 오르는 정열을 울었다. 울고 또 울었다.

7

은희는 스무 살 나는 해 봄에 결혼하였다.

그의 남편 되는 사람은 역시 예수교의 어떤 교역자의 아들이었다. 나이는 스물여덟, 은희와는 두 번째의 결혼.

은희의 정열은 자기 앞에 나타난 이 이성의 위에 마침내 맹렬하게 불붙어 올랐다. 그의 앞에는 처음으로 정당히 사랑할 사람이 나타난 셈이었다.

신혼의 생활은 꿈과 같았다. 남편은 아내를 사랑하였다. 아내는 남편을 사랑하였다. 그리고 두 사람은 한결같이 그리스도를 믿고 힘입었다. 수요일 저녁과 일요일마다 새로운 부처는 팔을 걸고 예배당에 다녔다. 그리고 돌아올 때마다 예수의 넓은 덕을 칭송하였다.

신혼한 색시의 방에도, 처녀 시절에 자기 방에 장식하였던 그리스도의 존영을 장식하는 것을 은희는 결코 잊지 않았다. 그리고 이로써 남편과 자기의 사이의 의사가 더욱 소통되는 듯이 여기고 있었다. 같은 신자로서 같은 사람을 존경하고 사모하는 것은 그들로 하여금 더욱 밀접히 하는 돌쩌귀가 될 것이므로……

그러나 혼인한 지 얼마 뒤에 어떤 날 어디 나갔다가 돌아온 은희는 방 담벽에서 다 빈치의 그리스도의 존영을 발견하고, 그것을 들여다볼 동안, 그 존영이 몹시도 낯설어진 데 오히려 놀랐다. 동시에 그는 처녀 시절에는 매일 무시로 바라보고 사모하던 그 존영을, 이즈음 두 달이나 거의 한 번도 살펴보지 못한 것을 경이에 가까운 마음으로 기억에 일으키지 않을 수가 없었다. 거기서 생겨나는 외로움조차 느꼈다.

그날 밤, 그의 남편은 무슨 일로 좀 늦게 돌아오게 되었다.

그 조용한 틈을 타서 은희는 다 빈치의 예수의 존영을 내리어서 전등 가까운 데 갖다가 걸었다. 그리고 그 앞에 앉아서 그 그림을 바라보았다. 처녀 시절에 그 그림으로 말미암아 생겨나던 정열을 한 번 다시 느껴 보고, 그 감격에 다시 한 번 잠겨 보고자 한 것이었다. 아무리 그리스도에 대한 경애의 염은 사라지지 않았다 하나, 은희는 결혼한 이래로 아직 한 번도 예전 처녀 시절에 맛보던 것만한 정열과 애경을 그리스도에게 느껴 본 적이 없었던 것이었다. 그러나 예수의 존영에 눈을 던졌던 은희는, 그 던졌던 눈을 곧 다시 다른 데로 옮기지 않을 수가 없었다. 눈은 감고 있다 하나 수염도 없고 아주 예쁘장스런 사내의 고민하는 얼굴과 온화한 표정은 인처(人妻)인 은희로서는 정면으로 바라볼 수가 없었다. 그리스도의 예쁘장한 화상을 바라보고, 거기에 대하여 괴상한 감정이 북받치려 할 때에, 은희의 마음에 물건의 그림자와 같이 움직인 것은 그의 남편이었다. 그리고 화상의 그리스도는 그때의 은희의 눈에는 성자도 아니요, 신도 아니요, 한 개의 미남자에 지나지 못하였다.

그는 남편에게 대하여 큰 죄를 범한 듯이, 그리스도의 존영을 내리어서 곧 책상 위에 엎어 놓고 말았다.

이튿날은 다 빈치의 예수의 존영이 들었던 비단 사진틀에는, 은희의 손으로 은희의 남편의 사진이 들어갔다. 그리스도의 존영은 책갈피에 끼어서 책상 속으로 들어갔다.

 책상 위에 놓인 남편의 사진을 바라볼 때에, 은희는 이전 처녀 시절에 예수의 화상을 바라볼 때에 느낀 바 감정과 근사한 감정을 느꼈다.

 그 뒤 어떤 일요일날 은희는 예배당에서 문득 아무 까닭 없이, 공중에서 흐느적거리는 다 빈치의 그리스도의 화상을 보았다. 은희는 머리를 힘있게 저어서 그 그림자를 머리에서 지워 버리려 하였다. 그러나 지우려면 지우렬수록 그 그림자는 더욱 분명히 보였다. 예쁘장하게 닫힌 입과, 온화하게 감긴 눈은 고민하는 듯한 얼굴을 배경으로 더욱 분명히 은희의 눈에 보였다. 은희는 예배를 끝내지도 않고 그만 집으로 돌아오고 말았다.

8

 그 뒤에도 예배당에 갈 때마다 은희는 그리스도의 화상을 공중에서 보았다.

 예쁘장스런 사내의 화상……. 남편에 대한 애정과 의무는, 은희로 하여금 남편이 아닌 예쁘장한 사내를 화상으로나마 바라보는 것을 용서할 수가 없었다. 은희는 마침내 그 불유쾌한 일을 피하기 위하여 예배당을 그만두었다.

 "예배당에 안 가려우?"

 그 일요일날, 예배당에 갈 차림을 하지 않고 앉아 있는 아내에게 남편은 이렇게 물었다.

"머리가 좀 아파서요."

아내는 홀리는 애교를 담아 가지고 남편을 쳐다보며 이렇게 대답하였다.

그의 남편으로서 만약 독신자일 것 같으면 이 자리에서 당장에 아내를 꾸짖어서 예배당에 가도록 하지 않으면 안 될 것이었다. 그러나 남편 역시 아내가 안 가겠다는 것을 다행인 듯이, 자기도 번듯 그 자리에 넘어졌다.

"나도 머리가 휑뎅하군. 오늘 하루 예배당을 그만둘까?"

이러고는 아내의 의견을 요구하는 듯이 아내를 바라보았다. 아내는 미소로써 응하였다.

그 다음 일요일도 아내는 머리가 아프고, 남편은 머리가 휑뎅하였다. 그리고 일요일마다 까닭 없이 예고 없이 쏘고 휑뎅해지는 그들의 머리는, 그 뒤에는 늘 일요일만 되면 발병되고 하였다.

이리하여 은희의 신앙에는 마침내 최후 결단이 난 것이었다.

"은희, 왜 예배당에 부지런히 안 다니나?"

"누님, 이즈음 왜 게으르시우?"

교역자들에게 이런 말을 들을 때마다 은희는,

"살림살이를 하자니깐 참 바빠서 자연히 게으르게 돼요. 가야겠다 생각은 하면서도……."

하면서 얼굴을 붉히며 웃었다. 그러나 그런 때마다 처녀 시절에 제 온 정성을 바치던, 예쁘장스런 그리스도의 화상이 눈앞에 어릿거려서, 그로 하여금 그 그림자를 지우기 위하여 머리를 젓게 하는 것이었었다. 그리고 그런 때마다 그리스도의 화상 뒤로는 그의 남편의 그림자가 나타나서 은희의 정조적 양심을 움직이게 하는 것이었다.

"살림살이가 아무리 바빠도 예배당에는 빠지지 않고 다녀야지, 게으르면 되나?"

교역자들이 은희의 말을 무시하여 버리고 이렇게 다시 권할 때는, 은희는 그 교역자들을 어서 돌려보내기 위하여 이다음 주일부터는 꼭 다니겠노라고 맹세를 하는 것이었다.

그러나 그 다음 주일이 되면 은희의 머리는 또 아팠다.

남편의 머리는 또 휑뎅하였다.

어떤 때는 은희의 머리가 아프기 전에 남편의 머리가 먼저 휑뎅해지는 때도 있었다.

"우리, 집에서라도 예배 봅시다."

그래도 미안스러운지 아내는 비교적 엄숙한 얼굴로 남편에게 이런 말을 하였다.

"그럽시다."

남편도 귀찮은 듯이 대답하고 아내와 마주 앉고 하였다. 그러나 급기야 예배를 시작한 뒤에는 단둘이 빽빽 소리를 지르며 찬미를 하는 것이 우스워서, 누구든 한 사람이 픽 하니 웃어 버리는 것이었다. 그런 뒤에는 예배고 무엇이고 내어던지고, 두 사람은 허리를 두드리며 웃는 것이었다.

9

결혼한 지 일 년 반이 지나서 은희는 첫아이를 낳았다. 그 것은 밀동자와 같이 매끈한 아들이었다. 비교적 미남자로 생 긴 은희의 남편을 닮아서 갓난애는 살결이 희고 눈정이 맑았 다.

한 사람의 속에 발휘할 애정의 분량이 얼마씩이나 들었는 지 그것은 알 수 없다. 은희는 아직껏 자기의 속에 있는 바의 애정의 전부를 제 남편 위에 부은 줄만 믿고 있었다. 그러나 그의 몸에서 나온 이 고깃덩이 위에, 은희의 애정은 또다시 한량없이 부어졌다. 남편에게 대한 애정은 조금도 줄지 않았 는데도, 어디서 생겨난 애정인지 이 새로운 고깃덩이 위에 또 부을 수가 있었다.

한 달 된 어린아이는 한 달 된 만큼 사랑스러웠다. 두 달 된 어린아이는 두 달 된 만큼 사랑스러웠다. 반년이 지난 뒤에는 또한 반년이 지난 만큼 사랑스러웠다. 그 사랑스러울 때마다,

'이보다 더 크면 이젠 재미없으려니.'

하고 근심하여 보았지만, 작으면 작은 이만큼 크면 큰 만큼 어린애는 사랑스러웠다.

여덟 달이 지난 뒤에는 어린애는 지척지척 걸어다니기를 배웠다. 그 어린애의 허리를 띠로 매어 가지고 걸음걸이를 연 습시키는 젊은 어머니의 눈에는 천하에 많고 많은 다른 일은 존재할 가치조차 없었다. 이 어린애만이 천하에 유일한 존재 였다. 비록 혼자 있을 때라도 온갖 태도와 옷차림의 단정함을

자랑하던 은희도, 어린애를 기르기 위해서는 오줌똥 묻은 앞치마를 그냥 입고, 머리를 구수수하게 한 채로, 저고리 고름조차 단정히 매지 못하고 어린애를 따라다녔다. 어떤 때는 그 꼴을 한 채로 어린애를 따라서 대문 밖까지 나가 본 적도 있었다.

"이 애가 오늘은 쩌어쩌어 해요. 말 한 마디 더 배워서 인전 야단났군."

"쩌어? 그게 무슨 말일까?"

"무슨 말이란, 젖이란 말이지."

"옳아! 쩌어라. 그럴 테지."

젊은 부처는 대수롭지 않은 일이라도 어린애의 하는 일이라면 서로 외고 기뻐하고 하였다.

"하나님께서 훌륭한 아들을 주셔서……."

교역자들이 그들 부처를 심방을 왔다가 이런 축사를 드리고 돌아가면, 돌아간 뒤에는 젊은 남편은 어린애를 끌어다가 어리둥둥을 하였다.

"하나님이 줘? 내가 만들었지. 여보, 그렇지 않소? 응? 어때?"

"뭐이 또……."

얼굴을 새빨갛게 해 가지고 남편의 말에 대답을 하는 아내는, 남편에게 어린아이를 달라고 손을 내미는 것이었다.

"내 아들 내가 좀 데리고 노는데 왜 달라고 이리 성화야?"

"어째서 당신 아들이란 말이오? 내 아들이지."

"내 아들 아니구?"

"어째서?"

"내가 만들었거든."

"뭐이 또!"

이리하여 젊은 부처는 사랑하는 아들을 가운데 놓고 각시놀음과 같은 재미있는 살림을 하였다. 예수교의 신앙은 형태만 남았던 것조차 이제는 다 없어졌다.

사랑할 대상을 둘씩이나 가진 그들은, 이제는 그 둘 이외의 다른 곳으로 보낼 사랑을 가지지도 못하였다.

한때 은희의 눈앞에 어릿거려서 은희로 하여금 남편에게 대한 미안을 느끼게 하던 다 빈치의 그리스도의 화상도, 이제는 다시 은희의 눈앞에 나타나지도 않았다. 한 번 무슨 책을 얻노라 책장을 뒤적이다가 거기서 그때의 그 존영을 발견하고, 잃었던 물건을 얻은 듯이 불유쾌와 정열의 교착된 마음으로 은희가 그 존영을 들여다볼 때에도, 그 존영은 은희의 마음에 아무런 감동도 일으키게 하지 못하였다.

그 존영은 은희의 생활과 감정과는 아무 관련이 없는 한 국외의 물건에 지나지 못하였다.

10

'필립'—은희네 부처가 금과 같고 은과 같이 귀히 여기는 아들의 이름은 이것이었다. 물론 그 이름의 배경에는 예수교가 있고, 이름만으로는 그 아이는 독신자의 자식으로 보겠으나, 필립의 부모는 이때에는 벌써 노골적 무신론자였다.

필립은 나날이 자랐다. 그리고 자라면 자랄수록 예뻐 갔다. 필립이 한 돌이 조금 넘었을 때에는 벌써 성큼성큼 뛰어다녔으며 쉬운 말은 다 하였다.

"파파, 신문."

"맘마, 화장."

이러한 말, 시골 어른도 모를 말까지 알았다. 살결이 희고 뺨에 살이 풍부하고 눈이 어글어글한 필립은 남의 주의까지 몹시 끌어서, 길에서 보는 모르는 사람도 '그놈 잘생겼다.'고 칭찬하곤 하였다. 이러한 가운데서 그의 부모의 득의는 입으로 이를 수가 없었다.

"언제까지나 이렇듯 예쁘고 사랑스러울까?"

은희에게는 이런 걱정이 때때로 났다. 지금 기쁨과 사랑의 절정에 오른 그는, 그 이상 필립이 예뻐질 수는 도저히 없을 것 같이만 생각되었다. 그리고 이젠 더 예뻐질 가능성이 없는 데 대한 막연한 외로움조차 느끼고 그 때문에 때때로 남모르는 한숨까지 쉬었다.

그러나 자식에게 대한 부모의 사랑은 무엇으로도 비길 수가 없었다. 그 뒤에도 필립이 새로 시작하는 온갖 시늉이며 행동에 은희는 이전보다 더욱 예뻐 가는 것을 발견하고 차라리 놀랐다. 한 마디씩 배워 가는 노래, 어머니가 새 예쁜 옷이라도 입으면 한사코 그것을 달려들어서 더럽혀 놓고야 마는 사랑스런 심술, 잠자면서 헛소리를 하노라고 입을 들먹거리는 양, 길에서 본 일에 대한 시늉―때때로는 다른 사람이 보면 어린애로서는 바스러진 짓이라고 눈을 찌푸릴 만한 행동까지 은희에게는 사랑스러웠다.

"어디서 주워들었는지, 필립이 아까 아리랑 타령을 해요. 제법……."

"아리랑을? 나도 좀 들을걸."

"인제라도 시킵시다그려. 필립아, 너 착하지. 어디 또 한 번 해 봐라. 아―리랑, 아―리랑……."

그러면 필립은 어글어글한 눈을 무엇을 생각하는 듯이 치뜨는 것이었다. 그리고 한참 동안 벼르다가 노래를 시작하는 것이었다.

"나를 버리고 가시는 님은 십 리도 못 가서 발병 난다."

하하하하! 커다란 만족과 웃음의 가운데서, 남편은 필립을 끌어다가 입을 맞추며 사랑의 눈초리를 부은 채로 묻는 것이었다.

"너, 님이 무엔지 아느냐?"

"알잖구?"

"뭐야?"

"좋아하는 여편네지 뭐야?"

필립은 어린애에게 당찮은 님의 의의를 막연이나마 알았다. 그러나 이것조차 은희의 부처에게는 더할 나위 없이 사랑스러웠다.

"하하하하! 조그만 놈이…… 그래 너 님 있느냐?"

"없어. 난 없어두…… 그래두."

"그래두? 그래두 어때?"

"파파야 있지?"

"파파 있어? 그래 누구란 말이냐?"

"맘마가 파파 님 아냐? 난 다 알아."

"하하하하! 요놈, 벌써 그런 소릴 해서는 못써."

비록 못쓴다고 꾸짖는 양은 하나, 그것은 결코 꾸짖는 것이 아니었다. 사랑에 넘치는 부모의 눈에는, 어린애의 여하한 행동도 예뻐만 보였다. 이런 언행도 필립의 부모의 눈에는 조달로 보였다. 그리고 자기네 아들 필립은 천동(天童)이거니 하고 기뻐하였다.

이러한 관대한 부모 아래서 필립은 나날이 성장하였다. 무럭무럭 보이게 컸다.

11

필립의 세 돌도 지났다.

어떤 날 길에 필립을 끌고 나갔다가 은희는 귓결에, '조달한 아이는 단명한다.'는 말을 들었다. 조달한 아이를 가진 어머니의 귀에는 이 말은 결코 그저 넘기지 못할 말이었다. 거기서 어떤 불안증을 받은 은희는, 집에 돌아와서 남편에게 그 말을 외어 보았다.

남편도 그 말을 들은 뒤에는 한순간 눈살을 찌푸렸다. 그러나 곧 웃어 버렸다.

"그게 다 바보 자식을 둔 부모가 부러움 끝에 꾸며 낸 말이야. 별걱정을 다 하네."

남편은 이렇게 단언하여 버렸다.

그러나 그 속담 말을 맞추려는 듯이, 삼사 일 뒤에 어린 필립이 문득 독한 감기에 걸렸다. 즉일로 소아과의 이름 있는 의사가 필립을 위하여 왔다. 전속 파출 간호부 하나가 고빙되었다. 필립의 부모도 떠나지 않고 간호하였다. 과학의 승리를 자랑하는 가장 완전한 흡입기며 가장 정확한 체온기가 구입되었다. 그리고 의학의 할 수 있는 힘을 다하여 어린 필립을 독감에서 구하여 내려 하였다. 그러나 그런 모든 노력도 헛되이 필립의 병은 사흘 뒤에는 마침내 그의 기관지를 침범하였다. 사흘이 더 지나서는 마침내 필립의 어린 폐까지 침범하였다.

처음에는 피곤함에 못 이겨서 때때로 자며 깨며 사랑하는 아들의 병을 간호하던 은희도, 필립의 병이 폐렴으로까지 된 뒤부터는 한잠을 자지를 않았다. 아니 자지를 못했다.

이제부터 은희의 머리에는 지금부터 십수 년 전에 자기의 눈앞에서 자기의 간호 아래서 참혹히 저 세상으로 가 버린 어린 동생 만수의 모양이 무시로 비상히도 똑똑히 떠오르기 시작하였다. 헤적이던 입, 굳게 감겨 있던 눈……. 십수 년을 잊어버렸던 기억이 사랑하는 어린 아들의 위독한 병 앞에 문득 은희 머리에 소생하였다.

"필립아, 답답하냐?"

"필립아, 무얼 먹고 싶으냐?"

어린애의 뜨거운 뺨에 입을 대고 이렇게 떨리는 소리로 묻는 어머니의 음성은 오히려 엄숙하였다. 그러나 어린애의 입은 봉하여진 듯이 열리는 일이 없었다. 병이 폐렴까지 된 뒤부터는 울지도 못하였다. 너무 답답할 때는 마치 어른같이 손으로 천천히 이불을 젖혀 놓으면서 기다랗게 한숨을 쉬며, 양손으로 두어 번 꺽꺽 허공을 잡아 보는 뿐, 그 능변이던 입에서는 한 마디의 말도 나오지 않았다. 그러나 어머니의 답답함도 결코 그 어린애의 답답함에 지지 않았다. 어린애가 답답함에 못 이겨 양손을 들고 꺽꺽 허공을 잡을 때마다 어머니도 안타깝고 답답함을 이기지 못하여 발가락을 까부라뜨리며 눈을 지리감고 하였다.

어린애의 병이 폐렴으로 된 뒤부터는 애의 아버지는 병실에는 일체 들어오지도 않았다. 사랑에서 연방 어멈을 들여보내서 어린애의 병을 알아보는 뿐, 들어오지조차 못하였다.

간호부를 고빙하였다 하나, 간호부는 곁에서 심부름을 하는 것뿐 직접 어린애를 간호하고 보호하는 것은 어린애의 어머니였다. 비록 간호부보다 그 솜씨는 숙련되지 못하다 하나 고등한 교양을 받은 은희는 간호부의 간호와 어머니의 간호가 병든 어린애의 마음에 주는 영향과 결과를 잘 앎으로였다. 더구나 혈통상 아무 연락이 없는 다만 간호부의, 다만 한낱 의무적 간호에 사랑하는 아들의 목숨을 내어맡길 수는 도저히 없었다. 사흘 낮과 사흘 밤을 무릎 한 번 움직이지 않고 미음을 먹어 가면서 은희는 어린애를 간호하였다. 지성은 감천이란 말이 거짓이 아닐진대, 하늘은 마땅히 은희의 정성에 감동치 않으면 안 될 것이었다.

12

그러나 이러한 정성도 하늘은 몰라보았다. 어린애는 폐렴이 된 지 사흘째 되는 저녁, 마침내 가망이 없이 되었다. 은희가 십수 년 전에 동생 만수의 최후에서 본 바의 현상—답답한 듯이 헤적이던 온갖 행동을 멈추어 버리고 비교적 평온하고 온화한 모양—을 지금 다시 필립에게서 발견한 것은 폐렴이 된 지 사흘째 되는 저녁이었다.

사흘을 미음만 조금씩 먹어 가면서 한잠을 자지를 않고, 다리 한 번을 펴 보지 못하고 병간호를 한 은희는, 이날은 벌써 자기로도 자기에 대한 온 판단력을 잃은 때였다. 아직껏 답답함에 못 이겨서 헤적이던 어린애가 비교적 평온하게 될 때에, 은희는 이젠 가망이 없다고 생각할 뿐, 그냥 움직이지 않고 그 모양대로 앉아 있었다. 비교적 평온한 숨을 규칙 바르게 쉬는 어린애의 얼굴을 때때로는 안개를 격하여 보는 듯이, 때때로는 비상히 똑똑히 바라보면서 앉아 있는 은희의 머리는 각 일각 나락의 밑으로 떨어져 들어갔다.

"만수야, 너 필립하고 싸우지 마라."

때때로 이런 생각을 한 뒤에 펄떡 정신을 차렸다가는 무릎을 조금 움직일 뿐, 다시 어렴풋이 어린 필립을 내려다보고 하였다.

문득 필립의 주위에는 불이 있었다. 그것은 무서운 불이었다. 시뻘겋게 불붙는 가운데 필립의 얼굴만 두드러지게 나와서 답답한 듯이 양손을 헤적이며 어머니를 찾고 있었다. 필립의 주위에 있는 불은 더욱 맹렬히 타올랐다. 필립의 옷에도 불이 당긴 모양이었다. 몸이며 사위를 온통 불에 둘러싸인 필립은 머리와 양손만 이불 밖으로 내어놓고 누구를 찾는 듯이—틀림없이 어머니를 찾는 듯이 헤적였다.

은희는 사랑하는 아들을 그 무서운 불에서 구하려고 맹연히 어린아이에게 달려들었다. 동시에 그는 새빨간 천이불을 덮고 고요히 누워 있던 어린아이의 뺨을 손으로 쓸어안았다. 그가 시뻘건 불이라 본 것은 전등에 반짝이는 비단 천이불이었다.

필립이 눈을 떴다. 그의 눈에는 오래간만에 웃음의 그림자가 있었다. 일주일 내외에 무섭게 여윈 필립은 그 여윈 뺨에 주름을 내며 빙긋이 웃었다.

"맘마, 왜 그래?"

"응 필립이냐. 자라, 나 여기 있다."

"유황불이다! 필립은 지옥에 간다. 나의 사랑하는 아들 필립은 영원히 솟아날 길이 없는 지옥의 유황불 구렁텅이에 빠진다."

은희는 벌떡 몸을 일으켰다.

"간호부! 간호부!"

피곤함을 이기지 못하여 엎드려 잠이 들었던 간호부가 덤비는 대답으로 일어났다.

"네? 네?"

"나가서 선생님 좀 여쭈어."

선생님이라 함은 은희 자기의 남편을 가리킴이었다. 선생님이라는 것이 의사를 가리킴인지 주인을 가리킴인지 잘 알아듣지 못한 간호부가 망설일 때에 은희가 덜컥 성을 내었다.

"이 애 어른 좀 여쭈어 와요! 잠만 쿨쿨, 에이 귀찮어."

무슨 영문인지는 모르지만 간호부는 주인 아씨의 분부대로 황망히 머리를 쓰다듬으면서 나갈 동안 은희는 안타깝고 급함을 견디지 못하겠다는 듯이, 손발을 오들오들 떨면서 미친 사람같이 휘번득이는 눈을 사랑하는 어린 아들의 위에 붓고 있었다.

13

"아무 철도 없는 어린아이, 아직 죄악이라는 것을 모르는 어린아이―아직 걸음걸이에도 온전히 기운이 들지 않은 잔약한 아이―세상의 복잡한 의의를 아직 알지 못하는 천진한 아이―이 아이가 죽으면 어디로 가나? 다행이 내세라는 것이 없으면이거니와, 불행히 내세라는 것이 있고, 내세에는 천당과 지옥이라는 것이 있다면 이 아이는 어디로 가나? 유황불 구덩이의 지옥? 혹은 사시장춘의 천당?

내세라는 것이 있고 천당 지옥의 구별이 있으며, 이 아이가 죽은 뒤에 아직 아무 죄악도 없었다는 이유 아래 천당으로 가게 되면 다행이거니와, 불행히 지옥으로 간다면 이를 어쩌나? 아직 걸음걸이에도 기운이 들지 못하였던 이 잔약한 아이가 영원히 유황불 구덩이에 들어간다면 이를 어쩌나? 이

애는 아직 세례를 받지 않았다. 비록 아직 아무 죄도 범치는 않았다 하나 천국에 들어가는 제일 도정인 세례도 받지 않았다. 이 애의 부모는 하나님을 두려워할 줄 모르는 무신론자다. 아니 한때 가졌던 바의 신앙을 의식적으로 내어던진 반역자다. 처음부터 주의 도를 모른 것부터도 더욱 무서운 죄악이다. 이러한 부모의 자식으로 아직 세례도 받지를 못한 이 어린아이가 죽으면 어디로 가나?"

간호부의 전언에 의하여 그의 남편이 황황히 들어왔다.

"에? 에? 왜 그러우?"

미칠 듯이 휘번득이던 눈을 은희는 남편에게로 천천히 옮겼다.

"목사님 좀 여쭤다 주세요."

남편도 뜻 안한 은희의 요구에 놀란 모양이었다. 그의 눈도 커졌다.

"왜?"

"이 애가 임종이어요. 세례라도 줘야지……."

"……."

"이 어린 게 지옥에라도 가면 어떡합니까? 아무 철도 모르고 아직……."

은희는 말을 맺지를 못하였다. 그러나 남편은 아내의 말의 뜻을 알아채었다. 더욱 크게 한 눈을 아내에게서 위독한 어린애에게로 잠시 옮겼다가 남편은 잠에서 깨듯 얼른 돌아섰다.

"그럼 내 얼른 다녀올게."

"얼른 다녀오세요. 모자……."

그러나 남편은 모자를 쓸 생각도 안 하였다. 그냥 휙 돌아선 채 꼬리가 빠지게 밖으로 나갔다. 곧 대문 소리도 철컹하니 났다.

 "원장님 좀 모셔올까요?"

  간호부가 근심스레 가까이 와서 볼 때에, 은희는 증오로 불붙는 눈으로 간호부를 노려보았다. 그리고 부르짖었다.

 "목사, 목사!"

  그리고 그것으로도 시원치 않은 그는 행랑아범을 불러서 빨리 남편의 뒤를 따르게 하였다.

 "달음박질해서 서방님이 미처 못 쫓아오신대두 혼자라도 앞서서 가서…… 목사님 좀 얼른 와 주십사구…… 얼른? 늦으면…… 늦으면……."

  늦으면 어떻게 하겠다는 적당한 저주의 문구가 생각나지 않은 그는 두어 번 침을 삼킨 뒤에 왈카닥하니 문을 닫아 버렸다.

  지금은 어디쯤, 지금은 어디쯤……. 한창 목사댁을 향하여 달려갈 행랑아범을 머리에 그려 놓고, 그 통과할 곳을 머리에 그리고 있는 은희는, 자기 집안의 시간이 지독히도 빨리 가는데 밖의 시간이 도무지 가지 않음이 안타깝기가 한량없었다.

  두루마기 입는 목사, 모자 쓰는 목사, 신을 신는 목사…….

 '어서! 신이 바로 신겨지지 않거들랑 맨발로라도! 필립은 지금 임종이외다. 한 초를 다투지 않을 수 없는 급한 경우이외다. 왜 두루막 고름 같은 것은 오면서라도 매지 않습니까.'

  목사가 오기까지도 필립은 고요히 잠들어 있었다.

14

한 초를 유예할 수가 없는 은희는 들어서는 목사를 채근하여 어린 필립에게 세례를 주기로 하였다.

"성부와 성자와 성신의 이름으로 네게 세례를 주노라."

곱게 눕힌 뒤에 세 사람은 어린아이의 영혼을 위하여 기도드렸다.

"이 아이를 맡아 주시옵소서. 아버님의 뜻대로 지금 아버님께 돌려보내오니, 이 어린 영혼을 아버님의 나라에 받아 주시옵소서."

이러한 기도―은희는 아직껏 많고 많은 기도를 드렸지만, 이만큼 경건하고 엄숙하고 진심에서 우러나온 기도를 드려 본 적이 없었다.

어린아이는 이 기도와 세례를 기다리노라고 쓸데없는 목숨을 아직껏 붙여 가지고 있었던 듯이, 세례와 기도가 끝난 뒤에 고요히 이 세상을 떠났다. 한 마디의 신음도 없이, 살결 희고 예쁜 얼굴에 미소를 띠어 가지고 이 세상을 떠났다.

그날 밤 간호부까지 돌려보내고, 부처 단 두 사람에서 어린애의 밤경을 하였다. 하얀 보자기로 덮어 놓은 어린 시체 앞에, 두 젊은 부부는 경건한 태도로 꿇어앉아 있었다. 그들은 가장 사랑하던 아들을 잃은 애통 아래서도, 이상히도 지금 일종의 안심조차 느낀 것이었었다.

사랑하는 아들을 잃은 것은 쓸쓸하고 아프다. 그러나 그 애가 혹은 하늘 나라에 들어가서 기쁘게 놀지도 모르겠다 할 때에 그들은 애통 가운데서도 일종의 안심을 느낀 것이었다.
"여보세요."
아내는 눈물 머금은 눈을 천천히 남편에게로 향하여 남편을 찾았다.
"응?"
"우리도 이 다음 주일부터는 예배당에 다닙시다."
"그럽시다."
"천당 지옥이 없으면이거니와, 천당 지옥이 있고 우리 필립이가 천당으로 갔다 하면 얼마나 우리를 기다리겠어요? 그리고 우리가 다른 곳으로 가면 그 애가 얼마나 섭섭하겠어요. 우리가 지옥으로 간다는 것보다 그 애가 기다릴 생각을 하면 차마……."
아내는 목이 메려 해서 말을 맺지를 못하였다.
"그럽시다. 꼭 다닙시다. 그 애가 기다리는 건 둘째 두고라도 우리가 그 애를 천당에 두고 어떻게 다른 곳으로 가겠소? 나는 다른 데 못 가겠소."
남편도 이렇게 응하였다. 은희의 마음에는 지금 당장 절실한 필요 때문에 그 사이 오래 잃었던 신앙이 부활되었다. 사랑하는 아들과 갈라지기 싫은 어버이로서의 애정…… 여기서 생겨난 신앙이 그의 마음에 움돋았다. 자식에게 대한 부모의 사랑은 가장 크다. 세상의 무엇보다도 큰 이 애정에서 생겨난 신앙에 잠긴 은희의 얼굴은, 자식을 잃은 비통 가운데서도 장래에 대한 희망으로 적이 빛났다. 밤은 고요히 깊어 갔다.

K박사의 연구

"자네 선생은 이즈음 뭘 하나?"

나는 어떤 날 K박사의 조수로 있는 C를 만나서 말끝에 이런 말을 물어 보았다.

"노신다네."

"왜?"

"왜란?"

"그새 뭘 연구하고 있었지?"

"벌써 그만뒀지."

"왜 그만둬?"

"말하자면 장난이라네. 하기야 성공했지. 그렇지만 먹어 주질 않으니 어쩌나."

"먹다니?"

"글쎄, 이 사람아. 똥을 누가 먹어."

"똥?"

"자네 시식회에 안 왔나?"

"시식회?"

C의 말은 전부 '?'였었다.

"시식회까지 모를 적에는 자네는 모르는 모양일세그려. 그럼 내 이야기해 줄게 웃지 말고 듣게."

이러한 말끝에 C는 K박사의 연구며 그 성공에서 실패까지의 이야기를 들려주었다.

맬더스라나.

'사람은 기하학급으로 늘어 가고 먹을 것은 수학급으로밖에는 늘지 못한다.'

고 이런 말을 한 사람이 있지 않나. 박사의 연구도 이 말을 근본삼아 가지고 시작되었다네.

어떤 날(여름일세), 박사는 책을 보고 있고 나는 다른 생각을 하면서 같이 앉았었노라는데 박사가 머리를 번뜻 들더니,

"자네 똥 좀 퍼 오게."

하데그려. 이게 무슨 말인지 알 수 있겠나. 그래서 똥이란 대변이냐고 물었더니 대변 아닌 똥도 있느냐고 하대. 그래서 무슨 검사라도 할 일이 있는가 하고,

"뉘 변을 말씀이외까?"

했더니 벌꺽 성을 내면서 뉘 똥이든 퍼 오라데그려. 너무 어망처망하여 가만있었지. 글쎄 (의사는 아니지만) 검사라도 할 양이면 뉘 변이든 지적을 해야 하지 않는가. 그래서 박사 얼

굴만 바라보고 있노라니깐 채근도 없어. 흥 잊었구나 하고 다시 앉으려 하니까,

"퍼 왔나?"

하면서 일어서데그려. 자 이렇게 채근까지 하는 것을 보면 농담도 아니야. 할 수 없이 변소에 가서 냄새나는 것을 조금 퍼다가 박사께 드렸네그려. 그것을 힐끗 보더니 조금만 퍼 왔다고 또 성을 내거든. 나도 슬그머니 결이 나데그려. 그래서 다시 가서 한 바가지 드북히 퍼 왔지. 그러니깐야 만족하다는 듯이 웃더니 실험 옷의 팔을 걷으면서 나도 연구실로 가자고 그러대.

자네가 알다시피 내야 이학상 지식이야 어디 조금이라도 있나. 단지 박사의 서기로 들어가 있는 사람이니깐 좌우간 알든 모르든 따라 들어갔지. 박사는 똥을 떠 가지고 현미경으로 시험관에 넣어서 끓이며 세척하며 전기로 분해하며 별별짓을 다 해 보더니 그래도 마음대로 되지 않는지 저녁까지 굶어 가면서 밤새도록 가지고 그러데그려. 아무리 전기 환기 장치를 했다 해도 그 냄새는 참 죽겠데. 코가 저리고 눈이 쓰리고 나는 참다못해서 슬그머니 나와 버렸네그려. 그랬더니 새벽 두 시쯤 찾겠지. 그래서 가 보니깐,

"이게 새 똥이냐, 낡은 똥이냐?"

하고 또 묻데그려. 내니 어찌 알겠나, 변소에서 퍼 온 뿐이지. 변의 신구(新舊)야 알 리가 있겠나. 그래서 모르겠다고 그러니깐,

"낡은 겐 모양이군. 다 썩었어. 낡은 게야."

하고 혼자서 중얼중얼하더니 나더러 새 똥을 좀 누라데그려. 나도 성미가 그다지 곱지 못한 사람이라 마렵지 않노라고 해 버리니깐 박사는 근심스러이 머리를 기웃기웃하더니,

 "나두 그리 마렵지 않은걸."
하면서 그릇을 가지고 저편 방에 가더니 마렵지 않다던 사람이 웬걸 그다지 누었는지 한 그릇 무더기 담긴 것을 가지고 들어오데그려. 아, 우습기도 하고 잠 못 자는 것이 일변 성도 나고 그래서,

 '밤참으로는 넉넉하겠습니다.'
고 쏘아 주려다가 그래도 박사가,

 '마지메.'
하게 들여다보고 있는 것을 보니깐 그러지도 못하겠어. 그래서,

 "전 먼저 자겠습니다."
하고 나와서 내 방으로 가서 자 버렸지.

 그 이튿날부터는 박사는 꼭 연구실에 틀어박히었는데 음식까지 그 냄새나는 방에서 먹고 하는데 오히려 불쌍하데.

 땀을 뻑뻑 흘리면서 더러운 물건을 이리 주물고 저리 주무는 양은 우습기도 하거니와 한쪽으로 생각하면 그 사치하게 길러나고, 아무 고생이며 더러움을 체험해 보지 못한 박사가 연구 때문에 얼굴을 찌푸리고 냄새나는 방에서 음식까지 먹으며 밤잠까지 못 자며 돌아가는 것은 어떻게 엄숙해 보이기도 하고 존경할 생각도 나데.

 이러구러 몇 달이 지났네. 무얼 하는지는 모르지만 대변을

분석해 가지고 무슨 유효 성분을 얻어 보려는 것은 알겠데. 좌우간 낡은 똥은 쓸 수가 없다 해서 그 뒤부터는 집안 하인의 변까지 죄 그릇에 누어서 박사의 연구실로 들어가게 되었네그려. 그러니깐 변소는 늘 소변밖에는 아무것도 없었지. 집안 사람이래야 박사와 나와 행랑 식구 세 사람과 식모 하나, 침모 하나와 사환애 둘이었는데, 때때로는 그 아홉 사람의 것으로도 부족할 때가 있어, 그런 때는 박사는 가족이 이십 인이며 삼십 인이며 하는 사람들을 슬며시 부러워하는 기색까지 보이는데 연구 자료가 부족해서 박사가 안타까워하며 발을 동동 구를 때는 너무 미안스러워서 될 수만 있다면 서너 동이씩 만들어 보고 싶데.

그러는 동안에 시골 계신 할머님이 세상을 떠나서 나는 시골 내려가서 한 달쯤 있다가 가을에야 다시 올라왔네그려. 그래서 곧 박사네 집으로 가서 짐을 푼 뒤에 복동이(사환애)에게 물으니깐 박사는 역시 연구실에 있다 하기에 들어가서 인사를 드렸네. 박사는 무엇을 먹고 있었는데 몹시 반겨하면서 와서 같이 먹자고 그러대. 오래간만에 맡으니깐 냄새는 꽤 지독하데.

연구실 한편 모퉁이에 조그만 책상을 놓고 거기서 박사는 점심을 먹고 있는데 나도 오라기에 교자를 하나 끌고 그리로 갔지. 점심조차 떡 비슷한 것인데 맛은,

'고깃국물을 조금 넣고 만든 밥.'

이랄까, 좌우간 그 비슷한 맛이 나는, 아직껏 먹어 보지 못한 물건이야. 그래서 혹은 양식인가 하고 두어 덩이 소금을 찍어

서 먹으니깐,

"맛 좋지?"

하고 묻데그려. 그래서 괜찮다고 하니깐,

"똥내도 모르겠지?"

하고 또 웃데그려.

"?"

아닌게아니라 냄새가 좀 나기는 하는 것을 이 방 안의 공기 탓이라고 하고 그냥 먹었네그려.

그렇지만 박사의 그 말을 듣고 나니깐 혀 아래서 맑은 침이 핑그르르 돌더니 걷잡을 새 없이 구역이 나겠지. 그래서 변소로 가려고 일어서려다가 그만 그 자리에 욱 하니 토해 버렸네.

"왜 그러나? 왜 그래. 야 복동아, 수남아."

하면서 박사는 일어서서 나를 붙들어다가 소파에 누이려는데그려. 아, 결도 나고 성도 나고 그래서 괜찮다고 하고 박사를 밀쳐 버리고,

"대체 그 먹은 것이 무엇입니까?"

하고 물었네. 둔감한 박사는 내가 토한 원인을 그때야 처음으로 안 모양이데그려.

"먹은 것? 응 그것 말인가? 그것 때문에 토했나? 난 또 차멀미로 알았군. 그건 순전한 자양분일세, 하하하하하(박사는 웃을 경우에는 웃을 줄을 모르고, 웃지 않을 경우에는 잘 웃는 사람이라네). 건락, 전분, 지방 등 순전한 양소화물로 만든 최신최량 원식품."

"원료는…… 그…….."

"그렇지, 자네도 알다시피 그…….."

나는 그 말을 채 듣지도 않고 다시 일어서면서 토했지. 좀 메시껍기도 하고 성도 나는 김에 박사의 얼굴을 향하여 토했네그려. 박사도 놀란 모양이야.

"아, 이 사람두. 야, 수남아…… 복동아…….."

그때 결나는 것을 보아서는 박사를 한 대 쥐어박고 싶기는 하지만 꿀꺽 참고 내 방으로 돌아와서 이불을 쓰고 눕고 말았지. 그 뒤 사흘 동안 음식 하나 못 먹고 앓았네. 글쎄, 구역에 음식을 어찌 먹겠나. 아무것이라도 뱃속에 들어만 가면 잠시를 머물러 있지 않고 도로 입으로 나오데그려. 아무것을 먹어도 그 냄새가 나는 것 같아.

박사는 미안한지 진토제를 주면서 잠시도 내 곁을 떠나지 않고 몸소 간호하겠지. 그러면서 연거푸 자양분만 뽑아 정제한 것이니깐 아무 불쾌할 리가 없다고 설명해 주네그려. 아닌 게아니라 그러고 보면 나도 미안하데. 무슨 악의로서 내게 그것을 먹인 바도 아니요, 박사 자기도 먹으면서 내게도 좀 준 것이니, 말하자면 원망할 것도 없어. 박사의 말마따나 무슨 부정한 것이 섞인 바도 아니요, 과학의 힘으로써 가장 정밀히 만든 것이겠으매 웬만한 음식점의 음식들보다는 훨씬 깨끗할 것일세. 그저 내 비위에 맞지 않는다는 것뿐이지……. 그것을 책임 관념상 박사가 그렇게 미안해하는 것을 보니깐 오히려 내가 미안해 오데그려. 그래서 사흘째 되는 날 일어났지.

"그 음식이 더럽다는 것이 아니라 내 비위에 맞지 않는 것뿐이니깐 그 마음성만 고치면 되겠지요."

 그리고 일어나서 먹기 싫은 음식을 억지로 먹으면서 연구실에 드나들기 시작하였네그려. 처음에는 참 역하데. 박사는 점심은 역시 손수 만든 음식을 먹는데, 그것을 보기만 해도 구역이 탁탁 가슴에 치받치는데 참 못 견디겠어. 박사는 먹기는 먹으면서도 미안한지,

 "이제 어떻담, 하하하하하."
하면서 먹곤 해.

 그러는 가운데서도 박사는 실험을 거듭하여 몇 가지 조미료를 가해서 맛에 대한 연구를 쌓데그려. 그리고 한 가지의 조미료를 더 넣을 때마다 자기가 몸소 맛본 뒤에는 연대 감정인으로 차마 내게는 먹어 보래지 못하고 복동아, 수남아 하여 가지고는 애들에게 먹어 보래지, 벌게지면서 주인의 명령이라 거역하지는 못하고 입에 조금 넣는 것처럼 한 뒤에는 삼키지도 않고,

 "먼젓번 것보담도 좋은걸요."
하고는 달아나고 하는 양은 가련해. 그럴 때마다 정직한 박사는 '득의만면' 해 가지고 그러려니 그러려니 하면서 상금으로서 그 애들에게 오십 전씩 준다네, '감정료' 지.

 박사의 말을 의지하건대 똥에는 음식의 '불능 소화물' 즉, 섬유며 '결체 조직'이며 각물질이며 '장관 내 분비물의 불요분' 즉 코라―고산, 피스린 '담즙 점액소'들 밖에 부패 산물인 스카톨이며 인돌이며 지방산들과 함께 아직 많은 건락과 전분과 지방이 남아 있는데 그것은 사람사람에게 따라서 혹

은 시간에 따라 각각 다르지만 그 양소화물이 삼 할에서 내지 칠 할까지는 그냥 남아서 항문으로 나온다네그려. 그리고 그 대변 가운데 그냥 남아 있는 자양분은 아무도 돌아보는 사람이 없이 헛되이 썩어 버리는데 그것을 어떤 방식으로 추출할 수만 있다 하며는 그야말로 식료품 문제에 위협받는 인류의 큰 복음이 아닌가. 그래서 연지구지하여 그 방식을 발견하였다나. 말하자면 석탄의 완전 연소와 마찬가지로 자양분의 완전 소화를 계획하고 성공한 셈이지. 즉 대변을 분석해서 그 가운데 아직 삼 할 혹은 칠 할이나 남아 있는 자양분을 자아내어 그것을 다시 먹자는 말일세그려.

그러니까 사람이 하루에 세 끼씩 먹는 가운데 두 끼는 보통 음식을 먹고 한 끼분은 그 새로운 주식품을 먹으면 이 지구상의 식료원품이 삼 할 이상 늘어 가는 셈 아닌가. 이 지구에 지금보다 인구가 삼 할쯤 한 오천만 명쯤은 더 많아져도 박사의 연구가 실현만 되면 걱정이 없는 셈일세그려. 맬더스도 이후에 이런 천재가 나타날 줄은 몰랐기에 그런 걱정을 했지.

좌우간 그러는 동안에 조미에 대한 연구까지 끝나지 않았겠나. 나는 첫번 모르고 한 번 먹을 뿐 그 뒤에는 절대로 입에 대지도 않았고 박사도 내게는 권하지도 않았으니깐 모르지만 냄새는 마지막에는 꽤 좋은 냄새가 나데. 스키야키 비슷하고도 더 침이 도는 냄새야. 냄새만으로는 구미도 돌데. 그만큼 되었으니깐 이제 남은 것은 '발표' 라 하는 과정일세그려. 박사는 어림도 없이 발명 경로를 신문에 발표한 뒤에 시식회를 열겠다고 그래. 그것을 내가 우쩍 말렸지. 나는 먹어도 못 보앉지만 짐작건대 맛은 괜찮은 모양인데…….

그러니깐 그 맛있는 것을 먼저 먹여 놓은 뒤에 이것의 원료를 발표해야지, 먼저 원료를 발표하면 시식회에는 한 사람도 나오지도 않을 것일세그려. 그렇지 않나. 그래서 말렸더니 박사도 그럴듯한지 내 의견대로 하자고 그러더구먼. 그리고 박사와 나와 의논한 결과 그 발명품의 이름은 박사의 이름을 따라 ××병이라 하기로 하고, 그 ××병에 대한 성명서를 박사가 초하였네. 지금 똑똑히 기억지는 못하지만 대략 이런 뜻이야.

생거라 하는 폭녀가 나타나서 산아 제한을 주장한 것을 일부 인도주의자는 눈살을 찌푸렸지만 거기도 상당한 근거가 있는 것을 어찌하랴. 위생 관념이 많아 가면서 연(年)년이 사람의 죽는 율은 주는데 그에 반하여 이 지구는 더 커지지 않으니까 여기 사람의 나아갈 세 가지의 길이 생겼으니 하나는 '도로 옛날로 돌아가서 이 세상에서 위생이라 하는 것을 없이하고 살인 기관으로 전쟁을 많이 하여 사람의 수효를 도태하는 것'이요, 또 하나는 '사람의 출세를 적게 하는 것'이요, 나머지는, '아직껏 돌아보지 않던 데서 식원료를 발견하는 것'이다. 여인인 생거는 이미 있는 인명을 없이하자 할 용기는 못 가졌었다. 여인인 생거는 신국면 발견이라 하는 천재적 두뇌도 못 가졌었다. 그는 마지막으로 고식적 구제책을 발견하였으니 그것이 '산아 제한론'이다.

그러나 독창력과 발명력을 가진 오인(吾人)은 그러한 고식

책으로서는 만족하지 못할지니 오인의 연구는 여기서 비롯하였다. 오인의 매일 배설하는 대변에는 아직 많은 자양분이 남아 있으니 그 전 분량의 삼 할 내지 칠 할—평균 잡아서 오 할 약(弱)이나 되는 자양분은 헛되이 땅 속에서 썩어 버린다.

(그리고 대변에 대한 분석표며 그 밖 숫자가 있지만 그것은 약해 버리세.)

이것을 헛되이 썩혀 버릴 필요는 없다. 이것을 자아낼 수만 있다 하면 자아내어 가지고 오인의 식탁에 올리는 것이 오인의 가장 정당한 행위라 아니할 수 없다. 각가지로 각 방면에서 일어나는 온갖 고식적 문제도 그 근본을 캐자면 인류의 식료품 결핍이라는 무서운 예감 때문에 생겨난 신경 과민적 부르짖음이라 할 수 있으니 인류의 생활이 유족하여지면 온갖 문제와 그 문제의 근본까지 저절로 사라질 것이다. 오인의 연구는 여기서 출발하였다.

(그리고 연구의 경로도 약해 버리지.)

이러한 동기 아래서 이러한 경로를 밟아서 생겨난 이 ××병을 귀하의 식탁에 바치노니 고평을 바란다. 운운.

이것을 인쇄소에 보내서 썩 맵시나게 인쇄를 해 왔겠지. 그리고 크리스마스를 기화로 박사댁에서 시식회를 열기로 각 방면에 초대장을 보냈네그려. 그 초대장에는 그저 ××병이라 할 뿐, 원료며 그 동기에 대해서는 찍 소리도 없는 것은 다시 말할 필요도 없겠지.

크리스마스 한 사나흘 전부터는 꽤 분주하데. 겨울이라 대변의 자양분이 썩을 염려는 없어. 그래서 소제부에게 부탁해서 열 통을 사들였네그려. 그리고 그것을 분석하고 처리하고 하노라고 사나흘 동안은 박사, 나, 수남이, 복동이, 임시 조수 두 사람 모두 다 똥 속에서 살았네그려. 더럽기가 짝이 있겠나. 에이 구역나. 생각만 해도 구역이 나서 못 견디겠네. 박사도 미안하긴 한 모양이야. 누가 청하지도 않는데 연방 조선호텔 한턱 쓰지 하면서 복동아, 수남아 하면서 돌아가데그려.

크리스마스 전날은 밤까지 새워 가면서 모두 만들어 놓은 뒤에 당일 아침에는 집을 씻느라고 또 야단이지. 글쎄, 이방 저방 할 것 없이 모두 똥내가 배어든 것을 어찌하나. 아닌게 아니라 독한 놈의 냄샌데 한 번 배어든 다음에는 빠지질 않아. 물로 약품으로 씻다 못해서 마지막에는 향수를 막 뿌려서 냄새를 감추도록 해 버렸지.

오후 한 시쯤 손님들이 왔네. 원래 착하고 교제성이 없는 박사는 정신을 못 차려 이리 왔다 저리 갔다 하며 일변 웃으며 연거푸 복동아, 수남아를 찾으며, 조수들을 꾸짖으며 어리둥둥한 모양인데.

신사 숙녀 한 오십 명쯤 초대한 사람이 거의 모인 뒤에 두 시에 식당은 열렸네. 박사의 취지 설명이 있은 뒤에 I신문사 주필 W씨의 답례로써 시식회가 시작되었어. 그런데 시작되자마자 어떤 신문 기자 한 사람이 박사를 찾데그려.

"K박사."

"네?"

"이 ××병에서 향기롭지 못한 냄새가 좀 납니다그려."

"……."

 이때의 박사의 얼굴의 변화는 내 일생에 잊지 못하겠네. 문득 하얘지더니 웃음 비슷한 울음 비슷한 변한 얼굴을 하더니 별한 신음을 하면서 벌떡 일어서서 연구실로 가. 그래서 나도 따라가려니까 박사는 가던 발을 다시 돌이키며 나를 붙잡더니 내 귀에다 대고 작은 소리라고 하기는 하지만 그리 작은 소리도 아니야. 그런 소리로써,

"야단났네그려. 스카톨이나 인돌의 반응은 없었지?"
하더군. 내야 인돌이 뭔지 스카톨이 뭔지 아나. 박사가 시키는 대로 할 뿐이지. 더구나 반응인지야 알 리도 없잖아.

 그래서 박사의 그 표정을 보니깐 모른다고 그러지도 못하겠데. 그래서,

"확실히 없었습니다."
고 그랬네. 그러하니깐 그래도 아직 미안한지,

"야단났네. 큰일났어."
하면서 어쩔 줄을 모르데그려.

"아 선생님 걱정하실 게 뭡니까, 지금 모두들 맛있게 잡숫는데……."

 사실 말이지, 한 사람이 그런 질문을 하기는 했다 하지만 다른 사람들은 모두 맛있게 먹고 있어. 내 말을 듣고 그 양을 보고서야 박사는 마음이 놓이는지 숨을 내어쉬며,

"좌우간 반응은 없었것다. 확실히 없었어. 여보게 C군, 그 성명서 돌리게."
하데그려.

문제는 이게 문제일세. 한창 맛있게들 먹는 판에 당신네들이 먹고 있는 것이 똥이외다고 알게 하여 놓으면 무사할는지 이게 의문이야. 그러나 안 돌릴 수도 없고, 그래서 그 인쇄물을 갖다가 복동이와 수남이를 시켜서 돌렸네그려. 그러니깐 어떤 사람은 받아서 주머니에 넣고, 어떤 사람은 식탁 위에 놓고, 어떤 사람은 읽어 보는데 나는 슬며시 빠져서 다른 방으로 가 버렸지. 달아는 났지만 그래도 마음이 놓이지 않아 귀를 기울이고 있노라니깐 무엇이 왝왝하며 콰당콰당해 뛰어가 보았지. 하니깐 부인 손님 두 사람과 신사 한 사람이 입에 손수건을 대고 게워 내는데, 그리고 몇 사람은 저편으로 변소 변소 하면서 달아나고, 다른 사람들은 영문을 모르고 중독되었다고 의사를 청하라고 야단인 가운데 박사는 방 한편 모퉁이에 눈만 멀찐멀찐하면서 서 있데그려. 이게 무슨 꼬락서닌가. 망신이데그려. 그래서 박사에게 가서 웬 셈입니까고 물었더니 박사는 우둘우둘 떨면서,

"야단났네. 망신이야, 큰일났어, 야 수남아."
하더니, 우물쭈물 저편 방으로 달아나 버리고 말데그려. 그래서 하는 수 있나. 그래도 이런 일이 생기지나 않을까 해서 내가 몰래 진토제를 준비해 두었던 것이 있기에 내다가 임시 조수며 복동이, 수남이를 시켜서(초대받았던 의사 몇 사람까지 협력해서) 간호들을 한 뒤에 박사는 몸이 편치 않아서 못 나온다고 하고 사과를 한 뒤에 손님들을 보내 버렸지.

 시식회는 이렇게 흐지부지 끝이 났네그려.

 그런 뒤에 박사의 침실에를 가 보았더니 박사는 몸에 신열

까지 나고 헛소리를 탕탕하고 있지 않겠나. 나도 미안스럽기도 하거니와 딱하데. 그래서 얼음을 갖다가 박사의 머리를 식히면서 한참 간호하니깐야 정신을 좀 차려. 그리고 연하여 야단이다, 망신이다, 어쩌다를 연발하는데 거북상스럽데. 한참 정신없이 눈을 한 군데만 향하고 있다가는,

"여보게 C군, 이 일을 어쩌나, 야단났네그려. 이런 괴변이 어디 있겠나?"

하고 하는데 난들 무어라고 대답하겠나.

"뭘 하리까?"

이런 대답은 하지만 참 거북상스럽기가 짝이 없데. 소위 사회의 일류라는 사람들을 초대해다가 똥을 먹여 놓았으니 이런 괴변이 어디 있겠나. 세상사에 어두운 박사는 이렇게까지 될 줄은 뜻도 안하였겠지만 나 역시 뜻밖일세그려. 아니, 나는 이런 일이 있지 않을까 예감은 있었지만 박사의 그 걱정하는 태도를 보니깐 예상 이외로 나도 겁이 나데그려. 내 생각으로는 대상인 피해자(?)를 개인개인으로 여겼지 그것이 합한 '사회'라는 것을 생각 안 했네그려. 그러니 이제 사회의 명사 숙녀들을 똥을 먹여 놓았으니 말썽이 안 생기겠나.

그러는 동안에는 연하여 신문 기자가 찾아오며 전화가 오는 것을 복동이를 시켜서 모두 거절하여 버린 뒤에 그날 오후 종일과 밤을 새워 가지고 협의한 결과 말썽이 좀 삭아지기까지 박사와 나와 어떤 시골에 한두 달 숨어 있기로 작정을 하였네. 그리고 목적지는 박사의 토지가 몇백 정보 있는 T군의 박사의 사음의 집으로 작정하였네그려. 그리고 이튿날 아침

첫차로 그리로 뺑소니쳤지.

 그런데 우리의 생각으로는 신문에서 꽤 왁자지그르할 줄 알았더니 비교적 말이 없데그려. I신문 잡보란에 조그맣게 ××병 시식회라 하는 제목 아래 간단히 기사가 날 뿐 그 괴상한 사건이며 ××병의 원료에 대해서는 한 마디도 없어. 아마 신문사에서도 창피스럽던 모양이야. K역에서 내려서 T군에 가는 자동차를 기다리기 위해서 어떤 여관에서 묵은 뒤에 이튿날 아침에야 우리는 그 신문 기사를 보았는데 이 기사를 보더니 박사는 적이 안심이 되는지 처음으로 조금 웃데그려. 그러더니 갑자기 T군은 그만두고 그 역에서 멀지 않은 Y온천장으로 가자데그려. 내야 이의가 있을 리가 있나. 온천으로 갔지.

 온천에서도 박사는 생각만 나면 그 이야기만 하자데그려.

 "C군, 스카톨의 반응은 확실히 없었지? 혹은 좀 있었던가. 왜들 토해. C군, 반응은 확실히 없었나? 아무래도 있는 모양이야."

 "반응은 있었는지 모르지만 혹은 없었다 해두 게우는 게 당연하지요. 누가……."

 "C군!"

 박사는 이런 때는 꼭 역정을 내데그려. 그러나 이렇게 되면 내 성미도 그리 곱지는 못하니까 막 쏘아 주지.

 "똥 먹구 구역 안 날 사람이 어디 있어요!"

 "똥?"

한 뒤에는 일어서서 뒷짐을 지고 한참 그치데그려. 그러다가,

"자네 오헬세. 과학의 힘으로 부정한 놈은 죄 없애 버린 게 왜 똥이야, 오헬세."

한 뒤에는 또 이유도 없이 하하하하 웃지.

"선생님, 그렇지 않아요. 분석해 보면 아무리 정한 게라 해두 똥으로 만든 것을 먹고야 왜 구역을 안해요? 세상사는 그렇게 공식대로만 되는 것이 아니니깐요."

"공식? 아무리 생각해두 자네 오해야. 그렇진 않으리."

"그럼 왜들 게웠어요?"

"글쎄, 반응은 없었는데, 혹은 있었던가……."

단순한 박사는 아직껏 손님들의 게운 이유를 스카톨이나 인돌이 좀 남아서 대변 특유의 냄새가 난 데 있는 줄만 알데그려.

하인은 연정을 '오매불망'이라고 형용했지만 박사와 ××병의 새야말로 오매불망인 모양이야. 우두커니 앉았다가도 문득 스카톨이 있었나 하고는 한숨을 쉬고 하데. 자다가도 세척이 부족한 모양이야, 하면서 벌떡 일어나데그려. 곁에서 보는 내가 참 미안하고 딱하데. 너무 민망스러워서.

"선생님, 인전 그 생각은 잊어버리시구려."

하며는,

"잊지 않자니 헐 수 있나?"

하고는 또 한숨을 쉬데. 여간 민망스럽지 않았네. 사실 말이지 귀한 발견이야, 귀한 발견이 아닌가. 아무도 돌아보지 않고 헛되이 땅 속에서 썩어 버리는 폐물 가운데서 평균 오 할 약의 귀중한 자양분을 얻어낸다 하는 것은 인류 경제 문제의 얼마나 큰 발견인가. 우리의 인습 때문에 비위가 받지를 않으니 말이지, 그것을 만약 어떤 사람이 원료를 비밀히 해 가지고 대량으로 만들어서 판다 할지면 우리 인류에게 얼마나 큰 공헌인가. 그래서 어떤 날 저녁을 먹다가 박사에게 그 떡을 학문광의 나라 독일 학계에 발표해 보면 어떻겠느냐고 물어보았지. 하니깐 대답도 없어. 그리고 나도 그 말만 한 뿐 잊어버리고 말았었는데 박사는 잊지 않았던 모양이야.

그날 밤 한잠 들었다가 목이 너무 말라 깨어서 물을 먹으려는데 박사가 그냥 안 잤댔는지,

"독일도 틀렸어."

하데그려. 나야 자다 주먹이라 무슨 뜻인지를 알겠나. 그래서 그저 네네 하면서 물을 먹고 다시 누우니까,

"××병은 독일도 재미가 없어."

하고 다시 주를 놓데그려. 그 소릴 들으니까 펄떡 졸음이 천 리 밖으로 달아나는데 그렇지 않아도 이즈음 늘 민망스럽던 판에 박사가 밤에 잠도 안 자고 그 생각을 하고 있었나 하니깐 막 눈물이 나오려데그려. 그래서 왜 그렇느냐고 물으니까,

"독일서는 공기에서 식품을 잡는 것을 연구해서 거의 성공했다니까 이것은 그다지 센세이션을 일으킬 것이 못 될 것 같아."

하면서 또 한숨을 쉬데그려. 나도 할말이 없어서 그것도 그렇겠습니다, 하고 다시 먹먹히 있노라니깐 또 찾지 않겠나.

"C군, 자나?"

"네?"

"안 자나?"

"네."

"일본은 어떨까, 나라는 좁고 백성은 많은……."

"말씀 마십쇼. 일인에게는 소위 결백이라는 게 있지 않습니까? 어림도 없습니다."

"그래도 일인들은 더러운 목간물을 벌컥벌컥 들이마시지 않나?"

"그게야…… 그래도 ××병은 안 먹습니다."

"안 먹을까……."

"안 먹지 않고요."

박사는 또 한숨을 쉬데.

"선생님, 그것을 미국에다 발표해 보면 어떻겠습니까?"

"미국놈은 먹어 줄까?"

"먹을진 모르지만 그놈들은 아무것이든 신기한 것과 과학이라는 데는 머리를 싸매고 덤벼드는 놈이니깐 혹은 좋다 할지도 모르지요."

"글쎄……."

이러한 말을 주고받고 하다가 아무런 해결도 얻지 못하고 자고 말았지.

온천에는 한 달 남짓이 묵어 있었는데 박사의 ××병에 대한 집착은 조금도 줄지 않데그려. 그 지독한 집착이야…… 이러구러 한 달 넘어나 지난 뒤에 인제는 돌아가자고 온천을 출발해서 K역까지 왔다가 여기까지 온 이상에는 박사의 토지도 돌아볼 겸 T군까지 다녀가자는 의논이 생겨서 우리는 군으로 갔었네그려.

 양력 이월 초승인데 혹혹 쏘는 바람을 안고 자동차로 두 시간이나 흔들리면서 T군까지 가니깐 정신이 다 없어지데. 눈이 보이지를 않고 다리가 뻣뻣하며 코가 굳어진 것 같고 몸의 혈액 순환까지 멎은 것 같어. 그것을 겨우 자동차에서 내려서 (면장 노릇 하는) 박사의 사음의 집을 찾아갔지. 머리가 횅한 정신이 없는 것을 그 집을 찾아 들어가니깐 반갑게 맞으면서 자기네들은 모두 건넌방으로 건너가며 큰방을 우리에게 내어 주어. 그래서 우리는 들어가서 다짜고짜로 자리를 펴고 누웠지.

 방을 절절 끓여 놓고 두어 시간 자고 나니깐 정신이 좀 들데. 박사도 그때야 정신이 드는지 부스스 일어나더니 토지를 돌아보러 나가자데그려. 세수들을 하고 옷을 든든히 차린 뒤에 사음의 아들을 불러서 앞세우고 그 집을 나서려는데 개가 한 마리 변소에서 뛰쳐나오면서 컹컹 짖겠지. 보니깐 변소에서 똥을 먹고 있던 모양이라 입에 잔뜩 발라 가지고 그 더러운 입을 쩍쩍 벌리며 따라오데그려. 사음의 아들은 개를 쫓아 버리느라고 야단인데 박사에게 나는, 개도 ××병을 먹다가 온다고 그러니깐 박사는 눈살을 찌푸리더니,

 "에 더러워. C군, 실험실과는 다르네. 이놈의 개 오지 마라. 가!"

 하며 슬슬 피하며 나가는 모양은 요절하겠데. 박사의 토지라는 것은 꽤 크데. 이백 몇십 정보라는데 말은 쉽지만 눈으로 덮인 무연한 벌판인데 어디까지가 경계인지 좀체 모르겠

데. 그것을 한 번 다 돌아보고 사음의 집까지 돌아오니깐 벌써 저녁때가 되었어. 몸도 녹일 틈이 없이 저녁상을 들여왔데그려. 시장하던 김이라 상을 움켜안고 먹었지. 더구나 내가 좋아하는 개고기가 있데그려. 그래서 밥은 제쳐놓고 고기만 뜯어먹고 있었지. 박사도 괜찮은 모양이야. 글쎄 한 달 넘어를 일본 여관에 묵노라고 고기는 맛까지 거의 잊게 되었네그려. 그런 판이니까 오래간만에 만나는 고기라 박사도 한참 고기만 뜯더니,

"C군."

하고 찾데그려.

"왜 그러십니까?"

"이런 시골서도 암소를 잡는 모양이야."

"……."

"고기 맛이 썩 부드러운데 암소 고기야."

"선생님, 개고기올시다."

"개?"

"아까 그 짖던 개요. 돌아올 때는 안 보이지 않습디까."

"아까 그? 그 똥 먹던?"

"그럼요."

박사는 덜컥 젓가락을 놓데그려. 그러더니 얼굴이 차차 하얘지더니 힐끈 저편으로 돌아앉겠지.

그리고 학학 두어 번 숨을 들여쉬더니 확 하니 모두 토해 버리데그려.

왜 그러십니까고 나도 먹던 것을 집어치우고 박사에게로

가서 잔등을 쓸어 주니까 가만 있게. 하면서 연하여 힉힉 소리를 내데그려. 그것을 한 십 분 동안이나 쓸어 주니깐 좀 진정되는지,

"안됐네. 이것 주인 몰래 치우세."

하면서 손수 걸레로 모두 훔쳐서 문 밖에 내어놓기에 나는 그것을 집어다가 대문 밖에 멀리 내버리고 도로 들어오니깐 박사는,

"에 속이 편찮어. 야—수남아—상 치워라."

하더니 베개를 내리고 벌떡 눕고 말데그려. 상을 치운 뒤에 사음이 불을 켜 가지고 들어왔는데 박사는 돌아누운 대로 그냥 모른 체하기에 몸이 곤하신 모양이라고 사음을 내보내고 나도 베개를 내려서 드러누웠더니 한참 있다가 박사가 돌아누운 대로 찾아,

"C군."

"네?"

"개고기하고 돼지고기하고 어느 편이 더 더러울까?"

"글쎄, 돼지가 더 더러울걸요."

"그럴까. 둘 다 마찬가지겠지. 마찬가지야, 쇠고기두 마찬가지구."

혼잣말같이 이렇게 중얼거리더니 또 잠잠해지데. 나도 곤하던 김이라 어느 틈에 잠이 들었는지 모르지. 좌우간 나는 입은 채로 잠이 들고 말았는데 아마 박사가 그렇게 한 게야. 자리를 모두 펴고 옷을 벗겨서 이불 속에 집어넣었데그려. 내야 알 리가 있나. 이튿날 아침에 깨어서야 처음 알았지.

이튿날 아침 눈을 부스스 뜨니깐 박사는 언제 깼는지 벌써 깨어 있다가 내가 눈을 뜨는 것을 보고 C군, 하데그려. 그래서 대답을 하니까,

"일인도 안 먹을 게야."

또 자다 주먹일세그려.

"네?"

"××병은 일인도 안 먹을 게야. 목간물은 벌컥벌컥 먹어두."

"네…… 아마……."

"돼지고긴 좋아두 개고긴 못 먹겠거든. 자네 개고기 잘 먹나?"

"육중문왕(肉中文王)입니다."

"그럴 게야."

하더니 한숨을 내어쉬데그려.

그때부터 박사의 입에서는 ××병의 문제는 없어졌네그려.

그 뒤에 집에 돌아와서도 박사는 ××병의 문제는 집어치우고 전자와 원자의 관계의 연구를 쌓는 중이니깐 이제 언제 거기 대한 발명이나 발견이 나올 테지. 그리고 이번 것은 그 ××병과 같이 실패에 안 돌아가기를 진심으로 바라네.

이것이 C가 들려준 바 K박사의 연구의 성공에서 실패로 또다시 일전하여 회개까지의 경로였다.

배회

'노동은 신성하다.'

이러한 표어 아래 A가 P 고무 공장의 직공이 된 지도 두 달이 지났다.

자기의 동창생들이 모두 혹은 상급 학교로 가고 혹은 회사나 상점의 월급쟁이가 되며, 어떤 이는 제 힘으로 제 사업을 경영할 동안, A는 상급 학교에도 못 가고 직업도 구하지 못하여 헤매다가 뚝 떨어지면서 고무 공장의 직공으로 되었다.

'노동은 신성하다.'

'제 이마에서 흐르는 땀으로 제 입을 쳐라.'

'너의 후손으로 하여금 게으름과 굴욕적 유산에 눈이 어두워지지 않게 하라.'

이러한 모든 노동을 찬미하는 표어를 그대로 신봉한 바는 아니지만, 오랫동안 헤매다가 마침내 직공이라는 그룹에서 그가 자기 자신을 발견하게 되었을 때는, 일종의 승리자와 같은 기쁨을 그의 마음속에 깨달았다. 그것은 사회에 이겼다느니보다도, 전통성에 이겼다느니보다도 한 번 꺾여지면서 일종의 반항심보다도, 자기도 이제는 제 힘으로 살아가는 한 개사람이 되었다는 우월감에서 나온 기쁨이었다.

'우으로 우으로.'

생고무를 베어서 휘발유를 바르며 혹은 틀에 끼워서 붙이며 이제는 솜씨 익은 태도로 끊임없이 움직이며 그는 때때로 소리까지 내어 중얼거렸다. 그러나 이 공장에 들어와서 한 주일이 지나고 열흘이 지나고 한 달이 지나는 동안에 그는 여기서 움직이는 온갖 게으름과 시기와 허욕을 보았다. 힘을 같이 하여 자기네의 길을 개척해 나가야 할 이 무리의 사이에도 온갖 시기와 불순한 감정의 흐름을 보았다. 남직공들이 지은 신은 비교적 공평되이 검사되었지만, 여직공이 지은 신은 그의 얼굴이 곱고 미움으로 '합격품'과 '불량품'의 수효가 훨씬 달랐다. 생고무판의 배급에도 불공평이 많았다. 서로 남의 신을 깎아 먹으려고 서로 틈을 엿보았다. 자기가 일을 빨리 하기보다 남을 더디게 하기에 더 노력하였다. 혹은 남의 지어 놓은 신을 못 보는 틈에 자리를 내어놓는 일까지 흔히 있었다. 점심 시간에는 서로 입에 담지 못할 음담으로 시간을 보냈다.

이런 모든 엄벙뗑의 거친 감정과 살림 아래서 A는 오로지 자기의 길을 개척하려고 힘썼다. 사람으로서의 감정과 사랑과 양심을 잃지 않으려, 그리고 밖으로는 늙은 어머니와 사랑하는 처자의 입을 굶기지 않으려 휘발유 브러시 롤러는 연하여 고무판 위에 문질러지며 굴렀다.

'우으로 우으로!'

그것은 A가 이 공장에 들어온 지 두 달이 지난 어느 봄날이었다. 일을 끝내고 한 달에 두 번씩 내주는 공전을 받은 뒤에 그가 막 집으로 돌아가려고 도시락갑을 꽁무니에 찰 때였다.

"여보게 A, 놀러 가세."

A와 같은 상에서 일하는 B가 찾았다. C, D 두 사람도 문 밖에서 기다리고 있었다.

"나? 나도 놀러 가잔 말인가?"

"같이 가기에 찾지."

"그럼 내 집에 잠깐 들러서."

"이 사람 걱정 심할세. 잠깐만 다녀가게. 이 사람, 그렇게 비싸게 굴면 못써."

"그래라."

그는 다시 무슨 말을 못 하고 따라갔다. 그들은 그 공장에서 그다지 멀지 않은 어떤 집까지 이르러서 주인을 찾지도 않고 줄레줄레 신발을 문 안에 들여 벗은 뒤에 들어갔다. A는 의외의 얼굴을 하였다.

그 집 안주인은 공장 근처에 있는 서른 댓쯤 난 여인이었다.

B는 그 여인에게 엄지손가락을 쳐들어 보였다.

"어디 갔소?"

"내보냈지. 놀다 오라구 오십 전 줘서."

"잘 됐어. 넷만 데려다 주."

"넷? 넷이 있을까? 하여간 잠깐 기다려요. 가보구 오께."

여인이 일어나서 옷을 갈아입고 밖으로 나갔다.

"A도 앉게나. 왜 뻣뻣이 서 있어."

"B, 난 먼저 가겠네."

"또 나온다. 앉게."

"참 가 봐야겠어."

"몹시도 비싸다. 사람이 비싸면 못써."

"비싼 게 아니라……."

A는 하릴없이 주저앉았다.

잠깐 다녀오마고 나간 주인 여인은 한 시간이나 넘어 지난 뒤에야 겨우 돌아왔다.

"자 한턱내야지."

그 여인의 이런 소리와 함께 뒤로는 다른 젊은 여인 넷이 들어왔다.

"저 얼간이와 또 맞선담. 좌우간 이리 와."

B는 선등 서서 들어오는 젊은 여인을 손짓하며 웃었다.

"저 싱검둥이와 또 놀아? 에라 놀아 줘라."

얼간이란 그 여인도 대꾸를 하면 B의 곁으로 내려와 앉았다. C도 하나 맡았다. D도 하나 맡았다. 그리고 A의 몫으로 남은 것은 같은 P공장의 여직공으로 다니는 십팔, 구 세 난 도순이라는 뚱뚱한 계집애였다. 그러나 공장에서 일할 때와 달리 비단옷을 입고 얼굴에는 분도 약간 발랐다. 이것을 한번 둘러본 뒤에 A는 불쾌함을 참지 못하여 몸을 일으켰다.

"B, 난 먼저 가겠네."

"에이 못난 자식, 가고 싶으면 가……. 여보게, 우리 좋은 친구끼리 놀러 왔다가 혼자 먼저 간다면 우리가 재미있겠나. 한 시간만 있다가 같이 가세."

A는 일으켰던 몸을 하릴없이 다시 주저앉았다.

남녀 여덟 명은 둘러앉았다. 술상도 들어왔다. 잡수세요, 먹어라, 먹자, 먹는다, 술은 돌기 시작하였다.

"샌님 먹게."

술잔은 연하여 A에게 왔다. A는 한 잔도 사양하지 못하고 다 받아 먹었다. 그러나 첫 잔부터 불쾌한 기분 아래서 받은 술은 그 수가 많아 감과 함께 불쾌함도 따라 늘어갔다. 술을 먹을 줄을 모르는 A는 차차 자기가 취해 들어가는 것을 똑똑히 의식하면서 주는 대로 받아 마셨다. 사양하려면 B가 막았다. 술잔을 받아 놓고 주금이라도 지체하면 여인들이 채근했다.

"하하하! 맛있지?"

A가 술을 삼킬 때마다 낯을 찡그리는 것을 보고 B가 재미있는 듯이 손뼉을 치고 하였다. 여인들도 깔깔 웃어댄다.

될 대로 되어라. 몇 잔 안 되어서 벌써 얼근히 취한 A는 마음의 불쾌와 몸의 불쾌가 가속도로 늘어가는 것을 마치 남의 일과 같이 재미있게 관찰하면서, 오는 술잔은 오는 대로 다 받아 먹었다. 다섯 잔이 열 잔이 되고 열 잔이 스무 잔이 됨에 따라 그의 눈쌀은 더욱 찌푸려졌다.

'이게 무슨 일이냐, 무슨 거친 생활이냐? 너희에게는 너희의 봉급을 기다리는 어버이나 처자가 없느냐? 술? 환락? 술 보다도 환락보다도 먼저 너희의 사람으로서의 인격을 완성시키는 것이 너희의 할 일이 아니냐? 우으로! 우으로!'

술에 취한 몽롱한 눈으로 어두운 등잔 아래서 뭉기며 헤적이는 몇 개의 몸집을 바라보던 그는 뜻하지 않고 숨을 길게 쉬었다.

"망측해, 우시네."

곁에 앉아서 술을 따르고 있던 도순이가 A의 얼굴을 쳐다보았다.

"뭐? A가 울어?"

B가 이편으로 머리를 홱 돌렸다. A는 얼굴을 돌렸다. 눈물이 나오는 바는 아니었지만 취한 그들에게 얼굴을 보이기가 싫었다.

"A, 우나? 도련님, 샌님. 하하하! 또 한잔 들게⋯⋯ 도라지, 도라지, 도라지⋯⋯ 짜. 은율 금산포 도라지⋯⋯ 까(콧노래를 부르며) 하하하. 뚱뚱보, 그렇지? 또 한 잔 먹어라."

"B, 난 정 먼저 가겠네."

"가? 가갸거겨는 언역지 초요, 이마털 뽑기는 난봉지 초로다⋯⋯. 이 자식, 글쎄 가기는 어딜 간단 말이냐? 푸른 술 있것다, 미희 있것다⋯⋯. 야, 너무 비싸게 굴지 말아라. 천 냥짜리다. 만 냥 짜리다. 십만 냥 줘라. 자, 또 한 잔."

A는 또 받아 마셨다.

"하하하, 십만 냥이라는 바람에 또 먹었구나. 먹은 담에는 열 냥 짜리다. 그러나 A, 내 말 듣게. 나도⋯⋯나도⋯⋯."

B는 지금껏 뚱뚱보에게 걸고 있던 왼팔을 풀어서 양 팔굽으로 술상을 짚었다. 그리고 얼굴을 A의 앞으로 가까이하였다.

"A, 정말 우나? 울지 말게."

울지도 않는 A에게 울지 말라고 권고하는 B는 자기 눈에 갑자기 괸 눈물을 의식하지 못하는 모양이었다.

"울 게 아니네……. 세상사가 다 그렇다네. 나도 상당한 학부를 졸업한 사람일세. 처음에는 자네와 같은 생각을 품고 있었지. 세상을 좀더 엄숙하게 보자고……. 그러나 틀렸어. 세상에 어디 엄숙이 있나? 예수? 석가여래? 모두 다 샌님이야. 이 뚱뚱보 얼건이보담도……."

B는 한 번 탁 계집을 붙안았다가 놓았다.

"듣기 싫어, 심검둥이……."

"꼴이 비싸게 구네. A! 자네 밥만 먹고 살겠나? 반찬도 있어야 하고 물도 있어야 하고 돈도 있어야지. 돈 있는 놈의 반찬은 명월관 식도원에 있고 우리 반찬은 이 뚱뚱보, 말라꽁이세그려. 자네네 그 올빼미…… 도순이 말일세, 오죽이나 얌전한가? 우리 얼간이하구 바꾸어 볼까? 하하하, 또 한잔 먹게. 탄력 있는 몸집, 그래 어때?"

B는 술을 따라서 A에게 주지 않고 자기가 마셨다. 하하하하. 쾌활히 웃는 그의 오른편 눈은 그 웃음에 적당하게 쾌활한 빛이 있었지만, 커다랗게 뜬 왼편 눈에서는 눈물이 뺨으로 흘러내렸다.

"A, C, D, 그리구 이 요물들아, 내 말을 들어라. 오늘이 우리 아버지 생신이다. 저녁에 고등어 사 가지고 가마 했다. 그러나 고등어가 다 뭐냐! 술이다. 술이야. 어따 A, 너 또 한 잔 먹어라."

"B, 그럼 자네도 집에 가야겠네 그려?"

"나? 내일 저녁에 가지. 남의 걱정까지는 말고 술이나 먹어라. 그렇지만 A, 이까짓 자식들……."

B는 손을 들어서 C와 D를 가리켰다.

"자식들과는 이야기할 게 없지만 때때로 생각하지 않는 바가 아니야. 상당한 학부까지 마치었다는 자식이 그래 십여 년을 배운 것을 써먹지도 못하고 고무신을 붙여서 한 켤레에 오 전씩 받는 것, 이것을 가지고…… 이런 술도 안 먹고야 어쩌겠나. A, 울지 말게, 울지 마."

B는 손수건을 내어 제 눈물을 씻었다.

좀 뒤에 도순의 집까지 몰아 넣으려는 것을 몸을 빼쳐서 피한 A는 취한 술을 깨우기 위하여 공원에 갔다.

고요한 밤의 공원이었다. 전등불에 비치어서 A는 그 나무들의 늘어진 가지에서 장차 터지려는 탄력을 보았다. 겨울의 혹독한 바람 아래서도 자포(自暴)를 일으키지 않고 오랫동안 기다린 그 가지들의 겨우내 간직하였던 힘과 생활력을 한꺼번에 써 보려는 그 자랑을 보았다.

"우으로……우으로, 좀더 사람다이."

이 나뭇가지의 용기와 아까의 B의 자포적 기분의 두 가지를 마음속에 그려 놓고 비교할 때에는 어느 편을 도울지 알지를 못하였다. B의 말에는 그럴듯한 근거가 있었다.

"아무 바람과 광명을 발견할 수 없는 이 환경 아래서 혼자서 위로 광명으로 손을 저으며 헤매며 그것이 무슨 쓸데가 있으랴. 필경에는 실망에 실망을 거듭한 뒤에는 또다시 탐락의 생활에 빠져 들어가지 않을 수가 없지 않으냐? 그러면 도대체 장래의 실망이라는 것을 맛보지 않게 지금부터 탐락의 생활을 시작하는 것이 도리어 옳지 않을까? 위로? 위로? 무엇이 위로냐?"

"술이다, 술이야."

아까 B가 부르짖던 부르짖음은 A 자기의 '위로 위로'라고 부르짖는 그 부르짖음보다도 더 침통하고 진실한 부르짖음이 아닐까? 더 범인적인 부르짖음이 아닐까? A는 연하여 딸국질을 하며 취하여 쓰러지려는 몸을 다시 일으키고 일으키고 하였다.

이튿날 종일을 A는 불쾌하게 지냈다. 먹을 줄 모르는 술을 과음하였기 때문에 얼굴은 뚱뚱 부었다. 가슴이 별하게 쓰렸다.

그는 공장에서도 일하던 손을 뜻하지 않고 멈추고는 눈을 껌벅껌벅하였다.

"어때, 샌님?"

B가 찾는 것도 들은 체도 안 했다. 몇 번을 저절로 눈이 도순이 있는 편으로 쏠리다가는 혼자서 혀를 차고 하였다.

주위의 인생이란 인생, 여인이란 여인이 모두 더럽게만 보였다.

"그러고도 사람이냐? 더러워! 위로! 위로!"

그는 몇 번을 혀를 차고 주먹을 부르쥐고 하였다. 일이 끝나고 집에 돌아가려 할 무렵에 B가 문 밖에서 기다리고 있다가,

"또 가볼까?"

하였지만 A는 대답도 없이 지나가 버렸다.

"하하하하!"

뒤에서 B의 웃음소리가 들렸다.

"위로…… 위로……."

A는 머리를 숙이고 걸음마다 힘을 주면서 집으로 돌아왔다.

어떤 날 점심 때 점심을 끝낸 장화공들은 넓은 방에 앉아 잡담들을 하고 있었다.

그때 어느 여공이 이런 말을 꺼냈다.

"이즈음 불량품이 많이 나."

"당신은 면상이 멍텅구리거든."

어느 남직공이 놀렸다.

"아니야, 나도 많이 나는데."

이번은 얼굴 좀 빤빤한 계집애가 이렇게 말하였다.

"그럼 당신은 얼마나 예쁘우?"

아까의 남직공은 또 놀렸다.

"아이구, 당신은 입이 왜 그리 질우?"

"질지 않아 물이면 어때?"

한참 이렇게 주고받을 때에 B가 쑥 나섰다.

"그런 것들이 아냐. 내게서도 이즘 불량품이 많이 나는데 아마 배합이 나쁜가 봐."

사실 이즈음은 불량품이 많이 났다. 그것은 얼굴 미운 여공에서만 많이 나는 것이 아니요, 남직공이며 얼굴 예쁜 여직공에게서도 검사에 불합격되는 신이 많이 났다. 불량품 한 켤레를 낼 때마다 그 직공은 '불량품을 낸 벌'로서 한 켤레와, '불량품이 된 원료에 대한 보상'으로서 한 켤레―이렇게 두 켤레를 공전을 안 받고 만드는 것이 고무 공장의 내규였다. 그런지라, 한 켤레의 불량품을 내면 그 직공은 공전 못 받는 세 켤레(불량품까지)를 만드는 셈이었다. 잘 해야 하루에 십 칠, 팔 켤레 이상은 못 붙이는 그들이 어떻게 해서 하루에 세 켤레만 불량품을 내어놓으면 그날은 공전 받는 일은 칠, 팔 켤레밖에는 못한 셈이 되는 것으로, 사실 불량품이 많이 난다 하는 것은 직공들에게 대하여는 큰 문제였다.

"배합이 나빠."

B의 말을 따라서 제각기 일어섰다.

"난 어제 네 켤레 퇴짜 맞았는데."

"난 그저께 여섯 켤레."

한 시간 전까지는 불량품 낸 것을 수치로 생각하고 수효를 줄이거나 감추려던 그들은 그것의 책임이 자기네에게 있지 않는 것을 아는 동시에 각각 그 수효의 많음을 자랑하였다. 세 켤레다, 네 켤레다, 제각기 들고 일어섰다.

"여러분들, 이럴 것이 아니라…… 이렇게 지껄이기나 하면 뭘 하오. 그러니까 우리는 어떻게 그 대책을 연구합시다."

"대책이래야 배합사를 두들겨 주는 수밖에 수가 있나?"

누가 이런 말을 하였다.

"두들겨라."

"때려라."

몇 사람이 응하였다. 하하하, 웃는 사람도 있었다.

"담뱃불 좀 주게."

딴소리하는 사람도 있었다.

"좀 조용들 해요. 우리 문제를 좀 구체적으로 생각해 봅시다그려."

그들은 머리를 모으고 의논하였다. 제각기 의견을 제출하였다. 그러던 끝에 마침내 B의 의견을 좇아서 지배인에게 배합사를 주의시켜 달라기로 결정되었다. 그리고 그 대표자로는 A가 뽑혔다. A는 그 직책을 달갑게 받았다.

모든 장화공들의 성원 아래 그들을 문 밖에 남겨 두고 A는 지배인의 앞에 갔다. 지배인은 무슨 일이 났는가 하고 눈이 둥그렇게 되며 장부를 집어 치웠다.

"무슨 일이어?"

"저 다름이 아니라……."

A는 분명하고 똑똑하게 이즈음 유화할 때에 불량품이 많이 발견되며, 이 때문에 장화공들이 받는 손해가 막심하니 배합사를 불러서 좀 주의하도록 명하여 달라고 말하였다.

지배인의 명으로 배합사가 왔다.

"이즈음 배합이 나빠서 불량품이 많이 난다는데……."

이 지배인의 말에 대하여 배합사는 즉시로 반대하였다.

"네? 그럴 리가 있습니까? 꼭 저울로 달아서 이전과 같이 하는 배합에 변동이나 착오가 있을 리가 없습니다. 아마 네〔鍊〕리가 부족한 모양입지요."

"네리? 그러면 네리공을 불러."

네리공이 왔다.

"네리를 이즈음 어떻게 하나?"

"전과 같습니다."

"그래두 생고무 품질이 나빠서 불량품이 많이 난다는 말이 있는데."

"네리에는 부족이 없습니다. 그럼 혹은 유화가 혹은 과하거나 부족하거나 하지 않습니까? 유화시킬 때의 취급이 너무 거칠지는 않습니까?"

"어디 유화공을 불러 봐."

유화공이 왔다.

"이즈음 유화를 어떻게 하나?"

"네?"

"이즈음 불량품이 많이 나는 건 알겠지?"

"네?"

"왜 잘 유화시키지 않아?"

"천만에, 붙이기를 잘못 붙이는지는 모르겠습니다만 유화에는 잘못이 없습니다. 기압 오십 파운드로 한 시간 반씩 과부족이 없습니다."

배합에서 네리로, 유화로, 이 세 책임자의 말을 듣는 동안 A의 머리는 점점 수그러졌다. '내가 무엇 하러 여기 들어왔는가? 서로 책임을 밀고 주고…… 여기 들어온 나부터가 벌써 마음을 잘못 먹지 않았나? 사람이란 당연히 제가 져야 할 책임까지도 남에게 밀지 않고는 살아가지 못하나. 여기 들어온 나부터가 잘못이다. 아무리 배합이 나쁠지라도, 아무리 네리가 부족할지라도, 아무리 유화가 잘못되었을지라도 성심껏 붙이기만 하면 안 붙을 바가 아니었다. 왜 그 책임을 남에게 밀려 했는가? 위로? 위로? 좀 더 사람이다.' 감격하기 쉬운 그의 눈에는 눈물까지 괴려 하였다.
　"자네도 듣다시피 제각기 잘 했노라니까 어느 편이 잘못 했는지 모르겠네그려. 허허허."
　지배인은 수염을 쓰다듬었다.
　"네 듣고 보니 아마 붙이기를 잘못한 것 같습니다."
　A는 머리를 숙인 채 돌아서서 지배인실을 나왔다.
　그가 머리를 숙이고 직공들 틈을 지나갈 때에, 어떤 여공이 그를 멍텅구리라 하였다. A는 그 말을 들은 체도 않고 빨리 공장으로 돌아와서 제 모자를 뒤집어쓰고 도시락갑을 꽁무니에 찼다. 그리고 막 밖으로 나오려다가 B와 마주쳤다.
　"잘 만났네. 술 안 먹겠나? 내 한턱냄세."
　"뭐! 술, 만세, 좌우간 오늘 일을 끝내고……."
　"에 불쾌해!"
　"왜 그러나? 하하하, 제각기 책임을 밀던가? 그런 거라네, 사람이란 건…… 거기서 네 장화공들이 붙이기를 잘못하였나

보이다 하던 자네의 태도는 예수 그리스도이데, 예수 그리스도야. 예수, 석가여래, 하하하하, 하여간 좀 있다 술을 잊어서는 안 되네. 그리스도의 술을 얻어먹기가 쉽겠나?"

 이튿날 아침 몹시 목이 말라서 깬 때는, A는 뜻밖에도 도순의 집에 있는 자기를 발견하였다. A는 벌떡 일어났다.
 정신이 아뜩하였다.
 "이게 무슨 일이냐? 이게 무슨 짓이냐?"
 무한한 자책과 불쾌 때문에 가슴이 찢어지는 듯하였다. 증오에 불타는 눈을 도순의 얼굴에 부었다. 얼굴에 발랐던 분이 절반만큼 지워져서 버짐 먹은 것같이 된 면상에 미소를 띠고 있는 도순을 보매 불쾌감이 더욱 맹렬하여졌다. 그 얼굴에 침을 탁 뱉고 싶었다.
 A는 황급히 일어났다. 무엇이라 그의 등을 향하여 도순이가 부르짖었지만 듣지도 못하였다. 문 닫고 가란 말만 간신히 들렸다. 잠에 취한…….
 그 집을 뛰쳐나온 A는 자, 어디로 가나 하였다. 밤을 다른 데서 보내고 이제 어슬렁어슬렁 제 집으로 돌아가기에는 그의 양심은 너무도 맑았다. 지금껏 아내 이외의 딴 계집을 접해 본 일이 없는 그였다.
 "무슨 짓이냐, 이 내 꼴은?"
 불쾌하였다. 침이 죽과 같이 걸게 되었다. 마음은 부단히 향상을 바라보면서도 행위에 있어서 양심과 상반되는 일을 저지르는 제 약함을 스스로 꾸짖어 마지않았다. 그는 불쾌한 감정 때문에 연하여 사지를 떨면서 골목에서 거리로, 거리에서 골목으로 빙빙 돌고 있었다.

"아아, 거친 삶이다. 바보, 바보, 왜 나는 좀더 사람답게 못 되는가. 사람으로서의 사랑과 감정과 양심…… 이것을 왜 기르지를 못하느냐? 위로, 위로, 좀 사람다이!"

그는 메시꺼운 듯이 침을 뱉곤 하였다. 하릴없이 공장으로 갔다. 하루종일 불쾌하게 지냈다. 공장에서 일할 동안 저편 여직공들의 일터에서 무엇이 좋다고 재재거리는 도순의 뒤 태도를 증오에 불붙는 눈으로 수없이 흘겼다.

"벌써 잊었느냐? 에잇 더러워. 한 사내와 한 계집의 결합이라는 것은 결코 농담이 아닐 것이다. 무지로다. 더럽다."

소리까지 내어서 중얼거리고 하였다. 여전히 천하를 태평히 보자는 B는 일손을 멈추고 A를 돌아보며 웃었다. 그러나 A는 그의 미소에는 응하지 않고 타는 듯한 증오의 눈을 B에게 보낼 뿐이었다.

"오늘밤도 또 가려나?"

응하지 않는 것을 탓하지 않고 B가 두 번이나 말을 붙일 때에, A는 몸까지 홱 B편에서 돌리고 말았다.

그러나 그날 밤, A는 혼자서 몰래 술을 몇 잔을 먹은 뒤에 또다시 도순네 집의 문을 두드렸다. 아직 양심이 썩지 않은 A는 자기의 양심이 어긋나는 이 행동에 대하여 억지로 자기 스스로를 속일 핑계라도 없지 않을 수가 없었다. 그는 자기 스스로를 속여서 도순에게 한 사내와 한 계집의 결합이라는 것은 좀더 엄숙히 볼 문제라는 것을 설교해 주겠다고 핑계를 만

들었다.

 배합사와 장화공 사이의 문제는 A의 철저하지 못한 태도와 지배인의 허허허 하는 웃음소리로 한 단락을 맺은 듯하나 그것으로 온전히 끝이 난 것이 아니었다. 이튿날도 불량품을 낸 직공에게마다 배합사에 대한 원성이 나왔다. 그 이튿날도 마찬가지였다. 이리하여 날이 지날수록 그들의 원망은 차차 더하였다. 그러나 거기 대하여 구체적으로 어떻게든지 하자는 사람은 없었다.

"제길 도적놈!"

이것이 그들의 최고의 원성이었다.

 A는 지배인에게 향하여 이제부터는 잘 붙여 보겠노라 하고 나온 뒤로 정성을 다하여 붙였다. 전에는 하루 열여섯 켤레 붙이던 그가 그 다음부터는 열두 켤레를 한하고 붙였다. 그러나 이틀에 한 켤레씩은 역시 불량품이 나왔다. 아무런 일에든지 '되는 대로'를 표방하고 지나는 B에게서는 하루 평균 세 켤레가 났다.

 어떤 날, 브러시 질을 하던 손을 멈추고 B를 찾았다.

"여보게 B, 이러다가는 참 안 되겠네."

"뭐이?"

"불량품 문제 말일세."

"하하하, 자네도 걱정이 되는가? 붙이기만 잘 붙여 보게나……. 아닌게아니라 걱정일세. 그래서 어저께 나 혼자 몰래 지배인을 찾아갔다네. 그자(지배인)하구 우리집하구는 본시 세교집 안이기 때문에 내가 아무리 일개 직공이라 해도 그리

괄시를 못 한다네. 그래서 담판을 했지. 배합사를 내쫓아 달라구. 그랬더니 그 대답이 이렇더구만. 지금의 배합사는 이 공장이 창설될 때 공장에서 일부러 고베까지 보내서 수천 원을 삭여 가면서 배합법을 도둑질해 온 거라구. 그래서 보통 배합사라면 한 달에 월급 일백 이십 원은 줘야 하는데 그자에게는 월급 그 반액 육십 원밖에 안 준단다. 십 년 동안을 육십 원씩 주고 그 뒤부터야 보통 배합사의 월급을 준다네. 그런 사정이 있으니까 내보낼 수가 없대."

"B, 난 어젯밤에 이런 생각을 해봤는데 어떨까. 우리 장화공의 수효가 삼백 명이 아닌가. 그 삼백 명이 한 달에 네 켤레씩 불량품을 낸다면 그 공전 손해가 육십 원이지? 그리고 불량품을 낸 배상으로 이천 사백 켤레의 공짜 신까지 합하면 매달 일백 팔십 원이라는 돈이 떠오르네그려. 그 떠오르는 돈으로 즉 우리 돈으로 말일세. 우리 돈으로 우리가 배합사 한 명과 네리공 한 명을 야도해 보면 어떨까 하는 말이야. 공장 측 배합사와 네리공을 감독하는 셈일세그려. 우리가 지금 배합이나 네리가 나쁜 탓으로 받는 손해가 한 달에 한 사람 네 켤레는 될 걸세그려."

"만세! A 만세! 씨르럭 프르럭 톨스토이 식의 헛소리나 하는 자넨 줄 알았더니 이런 지혜도 있었나? 만세 만세, 만만셀세. 그렇지만 역시 공상가의 생각일세. 도련님 생각이야. 샌님 도련님, 직공들이 말을 들을 줄 아나? 배합이 나빠서 한 달에 일만 원을 손해를 볼지언정 그것을 개량할 비용으로 십 전은커녕 일 전도 안 낸다네."

"그럴 리야 있겠나?"

"그러기에 자네는 샌님이라지. 하하하하."

"사리를 설명해."

"사리? 사리를 알 것 같으면 자네 같은 철학자나 나 같은 주정꾼이 되지. 좌우간 말해 보게나. 나쁜 일은 아니니깐."

A는 다시 브러시를 들었다. B의 이야기는 독단이었다. 사람의 사람으로서의 신성함을 무시하는 독단이었다. A는 다시 그 이야기를 B에게 안 하려 하였다. 그리고 이튿날 공장에 출근할 때는 그는 어저께 B에게 이야기한 것과 같은 규맹서를 작성하여 가지고 왔다. 점심때를 이용하여 그는 B에게 도장 찍기를 원하였다. B는 웃으면서 찍었다. 그러나 다른 사람에게는 좀처럼 도장을 받지 못하였다.

"도장을 못 가져왔구려."

어떤 사람은 이렇게 대답하였다.

"다들 찍으면 나도 찍지요."

어떤 사람은 이렇게 대답하였다.

"집에 가서 의논해야겠네."

어떤 사람의 대답은 이것이었다.

이리하여 그가 받은 도장은 삼백 명 직공 가운데서 겨우 열서너 사람에 지나지 못하였다.

그날 일을 끝내고 몹시 불유쾌하여 돌아가려 할 때에 B가 따라왔다.

"어때, 몇 사람이나 받았나?"

"에잇, 더러워! 짐승만도 못한 것들."

"하하하하, 안 찍던가? 글쎄 내가 그러지 않던가? 안 찍네, 안 찍어."

"돼지, 개!"

"몹시 노여우신 모양일세그려. 술 먹고 싶지 않은가, 한턱 내게나."

A는 B의 얼굴을 바라보았다. 그리고 B의 얼굴에 뱉으려고 준비하던 침을 탁 땅에 뱉은 뒤에 돌아서서 빠른 걸음으로 집으로 향하였다.

도순과의 일이 있는 뒤부터 A는 자주 도순을 찾았다. 도순이 집을 다녀온 이튿날마다 몹시 불쾌하여 다시 안 가려고 맹세하고 하였다. 그러나 그의 발은 뜻하지 않고 그리고 향하여지고 하는 것이었다. 공장에서는 도순과 A는 서로 모른 체하였다. 처음 한동안은 도순이가 말을 붙여 보려 하였으나 A가 부끄러워 피하고 하였다. 그 뒤부터는 도순이도 모르는 체하였다. 간간 도순이가 A의 곁으로 지나다가 꼬집고 하는 것뿐이었다.

그것은 오월 단오가 가까운 어느 날이었다. A가 저녁을 먹고 거리(?)에라도 나갈까 하고 망설이고 있을 때에 아내가 찾았다.

"어디 또 나가려우?"

"응."

"여보, 응이 대체 뭐요, 응이 뭐야? 집안 꼴 좀 봐요. 쌀이 있소, 내일 모레가 명절인데 아이 옷이 있소?"

"우루사이 온나다나(귀찮은 여편네로군)!"

"할 말 없으면 저런 말을 한담."

아내는 어이없는지 핏 하고 웃었다. A도 그만 웃어 버렸다. 그리고 싱겁게 귀둥이(그의 두 살 난 아들)를 두어 번 얼려 본 뒤에 집을 나섰다.

집을 나선 그는 B를 찾아가서 B를 문간까지 불러냈다.

"여보게 B, 돈 한 이 원만 취해 주게."

"밤중에 돈은 해서 뭘 하겠나?"

"집에 쌀이 떨어졌네그려."

"뭐? 쌀? 그거야 되겠나? 가만있게, 이 원으로 되겠나? 한 오 원 줄까?"

A는 B의 얼굴을 바라보았다. 천하 만사를 되는 대로 해 나가는 듯한 B······. 그가 집에는 생활 비용을 여유 있게 남겨 두며, 친구의 청구에 두말없이 꾸어 주는 그의 태도, 눈물이 나오려 하였다.

"오 원이면 더 좋지."

"잠깐 기다리게."

B는 들어가서 제 아버지(?)와 중얼중얼하더니 오 원을 가지고 나왔다.

"자, 쓰게. 딴 데는 쓰지 말게."

"이 사람아."

이런 일에 감격키 쉬운 A는 눈물이 나오려는 것을 막고 B에게 사례를 하고 돌아섰다.

집에 들어서면서 장한 듯이 홱 내던진 그 물건들을 아내는 생긋이 웃으면서 집어치웠다. 제 저고릿감에 대하여는 그는 그다지 기뻐하는 듯이 보이지 않았다. 한순간 펴 볼 뿐, 곧 집어치웠다. 자리에 누워서도 당신의 옷이나 끊어 오지요 할 뿐, 제것에 대한 치하는 안 했다. 이튿날 아침, A가 깨어서 세수를 하려고 문을 열 때였다. 혼자서 불을 때며 제 저고릿감을 뒤적이고 있던 그의 아내는 A가 나오려는 바람에 얼른 감추어 버렸다. 얼굴이 주홍빛이 되었다. 말도 없고 표정도 없었지만 얼마나 좋아하는지가 역력히 보였다.

집을 나서서 공장으로 가는 동안, A의 마음은 명절을 맞은 어린아이들과 같이 괴상히도 들먹거렸다. 무한 명랑하고 기뻤다. 단 일 원, 그것으로 아내의 마음을 그만큼 기쁘게 할 수가 있는 것이었다. 싸지 않느냐.

그는 문득 도순을 생각하였다.

연애? 그것도 아니었다. 성의 불만? 그것도 아니었다.

유쾌? 오히려 그 반대였다. 여성 정복이라는 일종의 병적 쾌감이 그를 도순에게 끄는 유일의 원인이었다. 그것은 더러운 감정이었다.

"위로……위로……."

이리하여 그는 도순의 집을 다시 가지 않았다. 공장에서도 될 수 있는 대로 도순을 보지 않으려 하였다.

집에 누워서 때때로 그 도순의 일을 회상하고는 심란해질 때는 언제든지 귀동이를 찾았다.

"야, 귀동이!"

"어?"

"응, 너 착하지."

"까…… 따…… 빠……."

"뭘?"

"따…… 떼여이!"

"그렇지 따, 떼, 여이지."

그리고 그는 거기서 도순과 만났을 때와는 온전히 종류가 다른 만족과 희열을 발견하였다. 귀동이의 까, 따, 빠는 도순의 흥에 지지 않을 매력이 있었다. 제 아내에게 무슨 물건을 사줄 때마다 본체만체하는 아내의 태도는 사다 주는 물건에 입을 맞추며 기뻐서 날뛰는 도순이보다도 A에게는 은근스럽고 흡족하였다.

그의 생활은 다시 건전한 데로 돌아섰다.

여름도 절반이 갔다.

그 어떤 여름날 공장을 끝내고 돌아오는 길에 A는 문득 앞에 B가 도순이를 끼고 소곤거리면서 가는 것을 보았다.

집에 돌아와서 저녁을 먹은 뒤에 곤하여 자려 하였으나 그의 마음은 공연히 뒤숭숭하였다.

"아빠."

귀동이가 찾으면서 왔다. 그러는 것을 그는 밀었다.

"저리 가!"

"따 띠?"

"뭘?"

"여이 따……떼이."

"엄마한테 가."

"마?"

"응. 응."

A는 벌떡 일어났다. 더워하면서 그는 모자를 쓰고 집을 나섰다. 야시며 일 없이 거리를 빙빙 돌다가 아홉 시쯤 하여 도순의 집 앞에 가서 귀를 기울였다.

"올빼미 같으니."

"흥, 넌 싱검둥이지?"

안에서는 확실히 B와 도순의 목소리가 들렸다. A는 문을 두드렸다. 안의 소리들은 끊어졌다. A는 두 번째 두드렸다. 대답은 없었다. A는 또다시 두드렸다. 세 번째야 '누구요' 하는 소리가 건넌방에서 들렸다.

"도순이 있어요?"

"놀러 나갔소."

"언제쯤이오?"

"아까요."

A는 휙 돌아섰다.

'나를 따는구나. 있고도 없다고. 짐승들! 더러워! 더러워!'

거기서 돌아선 그는 그로부터 두 시간쯤 뒤에 도순의 집에 이르렀다. 그때는 그는 먹을 줄 모르는 술에 정신없이 취해 있었다.

"도순이!"

그는 몸 전체로 대문을 받았다. 그리고 그 여력으로 넘어진 그는 주저앉은 채로 대문을 찼다.

"도순이!"

한 마디 부르고는 앉은 채로 서너 번씩 대문짝을 차고 하였다.

'지금 연놈이 끼고 누워 있나?'

"어이, 나가네."

이윽고 안에서 대답 소리가 났다. B의 목소리였다.

"이 사람아, 좀 기다려. 대문 쪼개지겠네."

안에서 문 여는 소리가 나고 신발 끄는 소리가 나고 대문이 덜걱덜걱하다가 열렸다.

"자, 들어가세."

A는 그만 싱겁게 일어났다.

"B인가. 난 누구라구. 가겠네. 어 취해."

"들어가세나."

"가겠네. 재미보게. 응, 재미봐."

A는 뿌리치고 돌아섰다.

"바보! 바보! 뭘 하러 거기까지 다시 갔던가? 이야말로 태산을 울린 뒤에 겨우 쥐 한 마리란 격이로구나."

술과 불쾌 때문에 그는 귀가 어두워지고 눈이 어두워졌다.

"바보! 바보! 이게 무슨 창피스런 꼴이냐?"

"집에만 돌아가면 즐거운 가정이 있지 않느냐? 귀동이가 있지 않느냐? 아내가 있지 않느냐? 시골에는 늙은 어미가 있지 않느냐? 그리고 그들은 모두 나 하나를 힘입고 살고 있지 않느냐? 나는 그들을 돌볼 권리와 의무가 있지 않느냐? 나는 사람이다. 위로!"

술과 노여움으로 흥분된 A는 혼자서 중얼중얼 말을 하면서 고개를 푹 숙이고 거리거리를 비틀거리며 돌아다니고 있었다. 그러다가 어디선지 쓰러져 자 버렸다.

이튿날, 새벽에 길로 뛰쳐나왔다.

A는 오늘은 공장을 쉴까 하였다. 공장에서 B를 만나기가 싫었다. 그러나 갈 데사 (이 이른 새벽에) 없어서 빙빙 돌다가 오정쯤 드디어 공장을 갔다.

"요!"

B는 여전히 손을 들어 인사하였다. 이것은 A에게는 의외였다. B는 부끄러워하려니 하였다. 그런 일이 있고 뻔뻔스럽게도 천연하랴? 그날 일을 하는 동안에 B에게 대한 시기가 차차 커 가다가, 그 시기가 노염이 되고 노염은 종내 대수롭지 않은 일로 폭발이 되었다. B는 자기의 브러시가 보이지 않았던지 A의 승낙도 받지 않고 A의 브러시를 집어 갔다.

"이 자식……남의 것 왜 집어 가는 거야?"

A는 붙이던 신을 상 위에 놓은 뒤에 팔을 내밀었다. B는 브러시를 빼앗기지 않으려는 듯이 손을 돌렸다.

"자네 것이면 좀 못 쓰나?"

"내 해, 내 것, 내, 내, 내 해야."

A는 숨을 덜컥덜컥하였다.

"야, A, 비싸게 굴지 마라."

"뭘, 이리 못 내겠느냐?"

"내 쓰고 주지 않으랴."

"에잇!"

A는 주먹으로 B를 쥐어박았다. 눈이 충혈되면서 일어섰다. 이통에 다른 직공들도 와 하니 일어서서 둘러섰다. 큰 구경이 난 것이다. 그 가운데서 일단 넘어졌던 B는 옷의 먼지를 털면서 일어났다. A는 B가 달려들 줄 알고 그 준비를 할 때에, B는 옷을 털고 나서 앞에 놓인 꽤 굵은 쇠뭉치를 잡았다. 그리고 무릎을 쇠뭉치의 중간에 대고 양손으로 쇠뭉치의 양끝을 잡아 힘껏 당겼다. 쇠뭉치는 그 두려운 힘에 항복하는 듯이 구부러졌다.

"A, 이봐, 내가 힘으로 너한테 지는 바는 아니다. 그렇지만 너한테 차마 손을 못 대겠다. 네 브러시를 쓰지 않으면 그뿐이 아니냐. 예따, 받아라! 네 브러시로다."

B는 브러시를 A에게 던졌다. 그리고 제 브러시를 얻어 가지고 방금 그 분쟁을 잊은 듯이 제 일을 시작하였다.

그 오후, A는 일할 동안 몇 번을 B를 몰래 보고 하였다. A는 지금 브러시가 아니라 그보다 더한 것이라도 B가 달라기만 하면 곧 주고 싶었다. 아까의 제 행동을 뉘우쳤다. 부끄러운 일이라 하였다. 사람의 짓이 아니라 하였다. 저녁 때 일을 끝내고 돌아가려 할 때 A는 공장 문 밖에서 B를 기다렸다.

"여보게, B!"

"또 싸움을 하……."

"아까는 미안하이."

"하하하하, 사죄인가. 경우 밝은 녀석일세. 세 시간도 못 지나 사죄할 일을 왜 한담(또 콧노래 한 가락 하고 나서) 그런데 A, 브러시가 그렇게 아깝던가?"

A는 머리를 숙였다.

"B, 웃지 말고 대답해 주게. 도순……."

"하하! 아, 알았다. 아까 그 일이 거기서 나왔구나, 이 못난 자식아. 샌님이야, 술이나 먹으러 가자. 오늘은 내가 한턱하지?"

A는 술을 피하고 싶었다. 그러나 B에게 대한 미안한 생각은 A로 하여금 싫은 술좌석일지라도 기쁜 듯이 가지 않을 수가 없게 하였다.

그날 저녁을 기회로 A의 생활은 또다시 불규칙하게 되었다. 또다시 술, 계집…….

그날 저녁 B는 얼간이를 소개하였다. 얼간이는 싱겁게 웃은 뒤에 이를 승낙하였다. A는 순교자와 같은 비창한 마음으로 이를 승낙하였고, 대단한 불쾌와 그 가운데 약간 섞여 있는 호기심으로 얼간이의 집으로 갔다.

이날의 이 일은 A에게는 마치 아편의 독소와 같았다.

"위로……위로, 더욱 높은 데로!"

마음으로 여전히 향상을 바라고 부단의 자책과 공포를 느끼면서도 그의 이성, 그의 양심을 무시하고 그의 행동은 어긋나는 길로 가는 것이었다.

그날의 그 일은 A의 양심의 첨단을 갈아내는 줄이었다. 커다란 이 줄에 끝을 쓸리어 나간 그의 양심은 그로 하여금 얼굴 붉힐 일을 연하여 행하게 하였다.

아침 자리에서 일어날 때는 언제든 그는 이즈음의 제 생활을 돌아보고 커다란 부끄러움을 느끼고 하였다.

"고쳐야겠다. 이런 생활에서 어서 떠나야겠다."

이런 생각이 아침 일어날 때마다 그의 마음을 지배하였지만, 공장에서 돌아올 때에 동무들이 그의 어깨를 한번 툭 치는 것을 기회로 그의 양심은 자취를 감추고, 또다시 그들과 어깨를 끼고 좋지 못한 곳을 찾아가는 것이었다. 그런 뒤에는 술과 계집과 방탕이 시작되는 것이었다.

술은 언제든 A의 마음을 무겁게 하였다. 남들은 술이 들어가면 언제든 마음이 들뜬다 하나, A의 속에 들어가면 언제든 마음이 차차 무거워 갔다. 순교자와 같은 비창한 마음이 늘 생겼다. 술은 언제든 그의 양심으로 하여금 부기케 하였다. 제 거친 생활을 뉘우치게 하였다. 취기가 들면 들수록 그는 자기의 비열하고 참되지 못한 생활과 행동을 뉘우치게 하였다. 그리고 이런 곳에 같이 따라온 제 약한 마음을 채찍질하였다.

"위로……위로……."

"아아!"

지금은 주량도 무척 는 그였다.

불량품 문제는 이전의 그 자리에서 조금도 진척되지 않았다. 역시 불량품이 많이 났다. 그러나 거기 대하여 제각기 불평을 말하면서도 어떤 조처를 하자고 발의를 하는 사람도 없었고 생각조차 하는 사람도 없었다.

"제길! 또?"

이것이 그들의 가장 큰 원성이었고 가장 큰 반항이었다. 그 이상은 아무것도 없었다. 더구나 여름이라 하는 시절은 고무 공업은 한산한 시절이라 공장주 측에서도 아무런 조처도 없었다. 직공은 직공대로 다만 목잘리지 않기를 간구하였다. 이리하여 많은 '제기!'와 많은 불량품 가운데서 한산한 여름은 지나갔다.

어떤 날 낮, 배합사가 A와 B를 찾아서 저녁 때 좀 조용히 만나기를 청하였다. 저녁 때 배합사와 A와 B의 세 사람은 어떤 조용한 중국 요릿집에 대좌하였다. 처음에 두어 마디 잡담이 돌아간 뒤에 배합사는 옷깃을 바로 하며 눈을 아래로 떨어뜨리고,

"오늘 부러 두 분을 청한 것은 다름이 아니라, 특별히 부탁할 일이 있어선데 들어 주시겠습니까?"
하고 공손히 부탁하였다.

A는 B의 얼굴을 보았다. B는 배합사의 얼굴을 보았다. 그리고 아무 대답도 없는데 배합사는 또 말을 꺼냈다.

"들어 주시겠습니까가 아니라, 꼭 들어 주셔야겠습니다. 이것은 내게뿐만 아니라 노형들에게 해롭지 않은 일이외다."

"어디 말씀해 보세요."

B는 담배를 붙여 물고 배합사를 바라보았다.

"네, 두 분을 믿고 말씀드리리다. 다른 게 아니라, 그 배합에 대해서도 언젠가도 이야기가 났지만…… 불량품이 많이 나는 건 역시 배합사가 나빠서 그래요. 부끄러운 말씀올시다

만 내 집안 식구가 열셋이야요. 그런데 내가 여기서 받는 월급이 겨우 육십 원이겠지요. 그걸로 어떻게 열 세 식구가 살아갑니까? 보통 배합사면 아무 데를 가든지 월급은 백 원이 넘습니다. 그런데 이 공장과 나와의 사이엔 특별한 관계가 있어서…… 그 관계란 것이…….″

말의 순서를 잘 따질 줄 모르는 배합사의 선후며 연락이 없는 이야기를 종합하여 듣건대, 그리고 정 이해가 어려운 곳은 다시 묻고 하여 알아들은 결론에 의지하건대, 그의 말의 요지는 다음과 같았다.

먼저 그는 자기가 이 고장의 돈으로 고오베까지 파견되어 배합법을 배워 온 경우를 말한 뒤 말을 계속하여, ……자기는 분명 그 은혜가 크기는 크다. 금전으로 바꾸지 못할 귀중한 보배, 마를 길 없는 지식의 샘(배합법이라는), 공장의 덕으로 머릿속에 잡아넣기는 넣었다. 그 은혜의 큰 바를 모르는 바는 아니지만 한 달에 겨우 육십 원이라는 봉급으로는 열세 식구가 살아갈 수 없다. 그러나 십 년 만기까지는 이 공장에 팔린 몸이매 제 자유로 나갈 수도 없다. 은혜 내지는 의리와 현실 생활……이러한 딜레마에서 헤매던 그는 마침내 한 가지의 방책을 발견한 것이었다. 즉 공장에서 자기를 내쫓도록 수단을 쓰는 것이었다. 그래서 그는 부러 배합을 허투루 하여 고무가 붙지 않도록 하였다. 그리고 직공 측에서도 문제가 일어나기를 기다렸다.

그러나 그의 기대와 달리 잠시 일어나던 문제는 사라지고, 그러는 동안에 고무 공업계의 한산기인 여름이 되어서 그냥 잠자코 있었는데……. 아무리 하여도 육십 원 월급으로는 열세 식구가 먹고 살 수가 없으니, 직공 측에서 운동을 하여 자기를 내쫓도록 해 달라는 것, 이것이 배합사의 부탁의 뜻이었다.

"A, 자네 의견은 어떤가?"

배합사의 이야기를 들은 뒤에 B는 A에게 먼저 의견을 물었다. 모든 일을 농담으로만 넘겨 버리려는 B의 얼굴에도 이때만은 비교적 엄숙한 기분이 되었다.

"글쎄……."

A는 이렇게 대답할 뿐이었다. 이즈음 술과 허튼 생활로써 마비된 A의 머리로는 이런 일에 임하여 갑자기 옳은 판단을 내릴 수가 없었다. 온갖 일이 권태의 대상이요, '감동'이라 하는 것을 잃어버린, 한낱 기계와 같이 되어 버린 A의 머리에는 이러한 미묘한 감정에 얽힌 인생 문제는 판단내릴 수가 없었다.

"글쎄……."

또 한번 뇌면서 A는 곤한 듯이 담배를 붙여 물었다.

1. 열세 식구와 육십 원―이러한 괴로운 경지에서 배합사가 쓴 수단에 틀림없으나, 사랑하는 부모 처자의 구복을 위해서 할 수 없이 쓴 수단이니 배합사의 행위를 용납할 것인가?

2. 저부터 살고야 볼 것인가, 남부터 살릴 것인가?

3. 배합사는 공장의 덕택으로 일생을 써먹어도 마를 길이 없는 귀한 보배인 지식을 얻었다. 여기에 대한 의리와 의무를 벗어버리려는 배합사의 행위는 옳은 것인가, 그른 것인가?

만약 옳다 할진대 그것은 에고이즘이다. 그르다 할진대 너무 도학적이다.

4. 자기의 한 가족을 위하여 몇 달 동안 삼백여 명의 직공과 수천 명의 가족들을 괴롭게 한 그 행위는 밉다 볼 것인가?

5. 비열한 행동은 해서 못 쓴다.

6. 밥은 먹고야 산다.

7. 그러나 '정당한 행위'와 밥이 서로 배제될 때는 어느 길을 취해야 하나?

순서 없이 연락 없이, 그리고 한 토막의 해답도 없이 이런 생각이 머리에 얽혀 돌아갔다.

B가 지금껏 먹던 담배를 휙 내던지고 코를 두어 번 울리었다. 배합사를 찾았다.

"좌우간 여보 노형, 혼자를 위해서 몇 달 동안 배합을 못되게 해서 삼백여 명의 직공을 손해 입혔으니 그게 무슨 비열한 짓이오? 지금 새삼스러이 성내야 쓸데없는 일이지만, 미리 서로 어떻게든 의논했으면 좀더 달리 변통할 도리라고 있었지요."

"면목 없습니다."

"면목? 면목쯤으로 당하겠소…… 좌우간 우리는 어차피 노형을 배척은 해야겠소. 그건 노형을 위해서가 아니고 우리들을 위해서 하는 일이지만……이 뒤 다른 데 가서라도 그런 짓은 아예 다시 하지 마오. A, 자네 돈 가진 것 있나?"

A는 주머니를 뒤졌다.

"일 원밖에 없네."

"일 원 내게."

"뭘 하겠나?"

"글쎄, 내게."

B는 돈을 받아 가지고, 보이를 불러 가지고 회계를 명하였다. 배합사가 창황히 말렸다.

"이보세요, 이번 것은 내 내지요. 두 분께 부탁할 일이 있어서 부러 청한 것이니깐."

"걱정 마시오. 조합 식으로 합니다. 이런 부탁을 받으려고 음식을 먹었다면 우리도 속으로 불유쾌하니깐 삼분해서 내기로 합시다."

B는 눈을 들어서 A와 배합사를 번갈아 보았다. 커다랗게 뜬 오른편 눈을 약간 떠는 뿐, 아무 표정도 없는 B의 얼굴과 부끄러움으로 풀이 죽은 배합사의 얼굴을 번갈아 보는 동안, A의 마음에는 '감동'이라고밖에는 형용할 수 없는 괴상스런 감정이 생겼다. 그리고 그것은 이즈음 한동안은 그의 마음에서 발견할 수 없던 감정이었다.

A의 눈도 약하게 떨렸다.

삼, 사 일 동안은 그 배합사 문제는 A와 B 두 사람이 아는 뿐, 일체 누설치 않았다. 온갖 일에 대하여 자기의 푯대의 주장을 가지고 있는 B는 이런 일을 당할지라도 주저하지 않고 일을 진행시켰다.

A의 들은 바,

1. 임금 인상

2. 대우 개선

3. 배합사 해고

이 세 가지의 문제에 대하여 B는 웃어 버렸다.

"배합사 무조건 해고."

B의 주장은 이 단 한 가지 조건이었다.

"소위 개선이라 하는 건 한 가지씩 점진적으로 해야 된다네. 한꺼번에 여러 가지를 구했다가는 질겁을 해서 승낙을 안 해. 지금 우리에게 절박한 문제는 배합사가 아닌가. 게다가 공연히 '임금 인상'이며 '대우 개선'을 덧붙였다가는 공장주 측에서 질겁을 하고 물러서고 말 테니. 한 가지씩 한 가지씩 해 나가면 손쉽게 될 가능성이 있는 걸 공연히 섣불리 덤벼서 동맹 파업이라 무엇이라 하여 가지고 피차에 손해를 보면 긁어 부스럼이야. 우선 급한 문제만 해결하고 기회를 봐 가면서 서서히……."

그리고 또 이렇게 보태었다.

"또 공장주 측에서 배합사를 내쫓을 때 배합사를 유학시킨 비용을 증서로 받는다든가 하면 배합사가 불쌍하지 않은가! 우리 측에서 보면 배합사의 한 일은 괘씸하지만, 그것도 무슨 악의에서 나온 바가 아니고 자기의 밥을 위해서 한 거니까, 그 수단이 무지하기는 하지만, 그 사람의 장래도 생각해 줘야 할 거야. '악의'는 용서할 수 없지만 '무지'는 용서할 여지가 있는 일이야. 그 사람도 노동자일세."

A는 어떠한 B의 말을 들을 때에 막연하게나마 커다란 인류애를 느꼈다. 오른쪽 눈과 왼쪽 눈이 제각기 활동을 하는 사

팔뜨기 B의 표정에는 이런 때는 신성하고 엄숙한 기분이 넘쳤다.

　이러한 삼사 일 동안, A는 금년 여름을 보낸 그 들뜬 기분을 잊었다. 때때로 불끈 그 생각이 솟아오를 때 그는 얼굴을 붉혔다. 그의 마음은 마치 핸들을 잡은 운전사와 같이 긴장되어 있었다. 온갖 술과 계집의 허위와 너털웃음의 들뜬 생활—여름 동안은 그렇듯 그의 마음을 끌고 그의 온 정신을 유혹하던 그 생활—더구나 삼, 사 일 전까지도 계속되던 그 생활은 이제는 그에게는 이상한 애조로서 장사당한 한 옛적의 일과 같이 어떤 엷은 베일로 감추어져 버렸다.

　B는 아무 일에도 구애됨이 없이 낮에는 천연히 일하였다.

　"네 나이는 열 아홉, 내 나이는 스물하나니까. 너고 나고 언제는……."

　늘 콧소리로 흥얼거리면서, 한편 불량품을 연하여 내면서 때때로는 멀리 떨어져 있는 여공들의 일간을 향하여, 큰 소리로 농담도 던지면서 천연히 일을 하였다. A는 B를 부러워하였다. 아무런 일에 처하여도 자기의 본심만은 잃지 않는 B는 어떤 의미로 보아서는 A에게는 영웅으로까지 비치었다. 아무런 일이든 B는 그 일이나 마음을 지배하였지 거기 지배당하지는 않았다. 꼭 같은 일을 A와 B가 할지라도 A에게 있어서는 '그 일에 끌려서 행하는 것'에 반하여 B는 '그 사건을 지배'하였다. A에게는 B의 그 점이 몹시 부러웠다. 그리고 A는 막연하게나마 자기의 성격이라 하는 데 대하여도 처음으로 이해의 눈이 벌려지기 시작하였다. 공장 노동이라 하는 것은 자기에게 적당하지 않은 것을 어렴풋이 깨달았다. B와 같이 굳센 성격의 주인이거나, 그렇지 않으면 다시 소생할 여망 없이 타락한 사람이 아닌 이상에는, 공장 노동이란 십중팔구는 그 사람의 성격을 파산시키며 순진함과 향상욕을 멸망하게 하는 커다란 기관이란 것도 어렴풋이 짐작되었다. 검은 물은 들기가 쉽고, 따라서 무서운 전파력을 가졌다는 평범한 진리도 다시금 느꼈다.

 며칠 뒤, 좀 두드러진 직공 몇 사람을 모아 놓고 이번의 배합사 문제를 내놓고 배합사를 내쫓도록 공장 측에 요구하자는 의향을 그들 앞에 제출할 때에 반대가 있으리라고는 뜻도 안 하였다. 그 반대의 이유는 이러하였다.
 "그럼, 그 배합사는 부러 배합을 고약하게 해서 우리에게 손해를 입혔단 말이지? 그러면, 말하자면 배합사는 우리의 원수인데 우리가 애써서 그 사람을 내쫓아서 봉급 많이 주는 데 갈 수 있게 해줄 필요가 어디 있단 말인가?"
 거기 대하여 B는 이렇게 대답하였다.
 "여보게, 그렇게 생각할 게 아닐세. 우리는 우리를 위해서 그것을 요구하는 것이지 배합사를 위해서 요구하는 것이 아니네. 배합사는 잘 되건 못 되건 생각할 필요가 없고, 우리는 우리 문제 즉 불량품 많이 나는 문제만 없어지면 그뿐 아닌가. 배합사의 봉급 참견까지야 할 필요가 어디 있나?"
 "글쎄, 남의 일은 참견 말고 우리 일이나 하세 그려. 유조건 해고든, 무조건 해고든, 그것까지야 왜 참견하자나?"

어떤 직공이 또 이렇게 반대하였다. 그리고 제 말재간을 자랑하는 듯이 둘러보았다.

"그건 궤변이야. 궤변은 함부로 쓰면 못써."

"궤변?"

그 직공은 '궤변'의 뜻을 모르는 모양이었다. 싱거운 듯이,

"궤변 아니야."

할 뿐 잠잠하여 버렸다. 다른 직공이 또 반대하였다.

"노동자는 제 밥벌이만 해도 바쁜데 원수까지 사랑할 겨를은 없네. 우리는 예수 교인이 아니니까."

"이 사람아(B의 말이었다) 말을 왜 그렇게 하나? 아무리 겨를이 없다 해도 겸사겸사해서 해지는 일을 왜 피하겠나? 저도 좋고 나도 좋은 일은, 왜 나만 좋자고 그 사람의 일을 일부러 뽑겠나. 그 사람, 배합사도 노동잘세."

"그 사람은 양복 입었네."

또 반대였다.

"나도 양복이다."

B는 마침내 성을 내었다. 그는 발을 구르면서 죄다 해진 양복의 앞자락을 쳐들었다. 왁 하니 웃음소리가 났다. 그러나 A에게는 이것은 결코 웃지 못할 장면이었다. 다 해져서 걸레에 가까운 알파카 양복의 앞자락을 쳐들며 일어서는 B의 모양에는 웃지 못할 엄숙함이 있었다. 문제는 진행되지 않았다. 변변치 않은 문제에 걸려서 제각기 의견을 제출하고 반대하고 하노라고 그날은 종내 해결을 짓지 못하였다. 그리고 내일 다시 모이기로 하고 헤어졌다.

이튿날 다시 회의는 열렸다. 회의의 벽두에 누가 동맹 파업의 문제를 일으켰다. 그때에 뜻밖에도 동맹 파업이라 하는 것은 거기 모인 사람들의 흥미를 몹시 일으켰다. 뭇 입에서는 동맹 파업을 부르짖는 소리가 높았다.

처음에는 어이없어 방관적 태도로 입을 봉하고 있는 B가 너무도 모든 사람의 의견이 그리 몰리므로 종내 입을 열었다.

"여보, 일에는 순서가 있지 않소? 먼저 우리의 요구를 제출해서 그 요구가 용납되지 않으면 동맹 파업도 할 수 있는 일이지만, 동맹 파업부터 먼저 한다는 법이 어디 있소?"

"요구야 물론 안 들을 게지."

"아, 들어 줄지, 안 들어 줄지 지내 봤소? 대체 여보 당신네들이 알고 그러우, 모르고 그러우? 어쩔 셈이오?"

"알고 모르고가 있나?"

도리나레바(노래 가사)를 부르는 사람이 있었다.

"여보들, 순서를 밟아서 일을 하면 혹시 무사히 우리 요구를 들어 줄지도 모를 일을 파업부터 하면 뭘 하오?"

"그래야 혼내우지."

"하하하하. 설사 혼이 난다 합시다. 혼이 나면 그 동안 우리들의 집안 식구는 어떻게 무얼로 살아갈 테요?"

"그런 걱정까지 해서 큰일을 하나."

"아아, 이 무지여! 외래사상을 잘 씹지도 않고 그저 그대로 삼켜서, 그것이면 무조건하고 좋다고 자기의 환경과 입장을 고찰하지도 못하고 덤비는 이 무리들이여……."

A에게는 딱하고 한심하기가 끝이 없었다.

B와 A의 의견과 다른 직공들의 의견의 사이에는 현격한 차이가 있었다. 그 차이를 갖다가 맞붙이기는 힘들었다.

직공들의 대부분은 공연히 동맹파업이라는 생각에 들떠서 사리를 생각할 여유를 잃은 모양이었다.

문제는 해결짓지 못한 채로 셋째 날로 넘어갔다.

문제는 다섯째 날에야 겨우 타협점을 발견하였다.

1. 배합사의 해고에 '무조건'이란 문구를 뽑을 것.
2. 공장 측에서 직공의 요구를 듣지 않는 경우에는 동맹 파업을 하되 B와 A가 그 지도자가 되어 줄 것.

이러한 조건 아래 타협이 성립된 것이었다.

그날 밤, A와 B는 교외에 산보를 나갔다. 벌써 저녁때는 꽤 서늘한 절기였다. 달 밝은 밤이었다. 소나무들은 커다란 그림자를 땅 위에 던져 주고 있었다. A와 B는 잠자코 걸었다. 어떤 바위에까지 가서 걸터앉았다. 그러나 말은 없었다. 한참 뒤에 A가 먼저 입을 열었다.

"B, 나는 공장을 그만둘까 봐."

"찬성이네."

B는 간단히 대답하였다.

"그리고 시골로 내려갈까 봐."

"찬성이네."

"이즈음 한 주일을 거의 한잠도 못 자고 생각했는데 참 못 견디겠어."

"글쎄 시골로 가도 자네 같은 결벽의 사람에게 만족이 될지

안 될지는 의문이지만, 도회보다야 낫겠지. 가보게."

말은 또 끊어졌다.

한참 뒤에 이번엔 B가 말을 꺼냈다.

"자네 결벽도 무던하데. 좌우간 도회, 더구나 공장 노동자로서는 그런 결벽을 가지고는 사실 성격까지 파산하겠기에 그 결벽을 없이해 보려고 나도 꽤 애를 썼지만 자네 같은 벽창우 결벽가가 이 세상에 있으리라고는 뜻도 못 했네. 하느님의 초특작품인데."

A는 적적히 웃었다.

담배를 꺼내어 B에게 권하였다.

서너 모근 뻐끔뻐끔 빤 뒤에 A는 또 입을 열었다.

"어머님도 내려오시라고……."

"어머님? 참 어머님도 자네가 돌아난 것을 눈치챘겠지?"

"우리 처가 편지를 한 모양이야. 몹시 걱정하시던데……."

"부인은 나를 원망하겠네그려?"

"왜 안 원망하겠나?"

"하하하하, 나도 못된 놈이지."

B는 적적히 웃었다. A도 따라 적적히 웃었다.

"자네마저 가면 난 적적할세그려."

"피차."

B는 하늘을 우러러 콧노래를 불렀다.

"네 나이는 열아홉, 나는 벌써 스물셋이니까."

그러나 A에게는 이 노래가 몹시 구슬프게 들렸다.

A는 기지개를 켜면서 일어섰다.

이튿날 직공들은 공장에 자기네의 조건을 제출하였다.

공장 측에서는 한 주일의 유예를 청하였다.

한 주일 뒤에 가부간 회답을 하겠다는 것이었다.

그 기간이 끝나는 것을 기다리지 못하고—아니 기다리지 않고 A는 공장을 그만두고 처자를 거느리고 시골로 떠났다.

A가 시골로 내려간 지 두 주일쯤 뒤에 B에게서 편지가 왔다.

그 편지에는 이런 말이 씌어 있었다.

(상략) 공장 측에서는 직공 측의 요구를 다 승낙하였소. 그러나 직공 측에서는 역시 만족해하지 않소. 왜? 다름이 아니라, 직공 측에서는 '동맹 파업'이라는 것을 일종의 유희적 기분으로 기대하고 있었는데, 공장주 측에서 모든 조건을 승낙하니 '동맹 파업'을 일으킬 구실이 없어지기 때문이오.(중략)

무지의 위에 '외래 사상'을 도금한 것—이것이 도회 노동자의 모양이외다. 외래 사상을 잘 씹지도 않고 삼켜서 소화 불량증에 걸린 딱한 사람이외다.(하략)

이 편지에 대하여 한 A의 회답에 이런 말이 있었다.

(상략) 농촌도 도회 같지는 않으나 소화 불량증이 꽤 침입이 되어 있소. 좋은 의사가 생겨나서 좋은 약을 발견하지 않으면 큰 야단이외다.(하략)

벗기운 대금업자

"여보 주인!"

하는 소리에 전당국 주인 삼덕이는 젓가락을 놓고 이편 방으로 나왔습니다. 거기는 험상스럽게 생긴 노동자 한 명이 무슨 커다란 보퉁이를 하나 끼고 서 있었습니다.

"이것 맡고, 이 원만 주오."

"그게 뭐요?"

"내 양복이오. 아직 멀쩡한 새 양복이오."

삼덕이는 보를 받아서 풀어 보았습니다. 양복? 사실 양복이라고밖에는 명명할 수 없는 물건이었습니다. 걸레라 하기에는 너무 무거웠습니다. 옷감이라고 하기에는 벌써 가공을 한 물건이었습니다. 그것은 낡은 스코치 양복인데, 본시는 검은빛이었던 것 같으나 벌써 흰빛에 가깝게 되었으며, 전체가 속실이 보이며 팔꿈과 무릎은 커다란 구멍이 뚫린—걸레에 가까운 양복이었습니다. 그리고 아무리 높이 보아도 이십 전짜리 이상은 못 될 것이었습니다. 그러나 의리상 삼덕이는 그것을 뒤적여서 안을 보았습니다. 안은 벌써 다 찢어져 없어졌으며, 주머니만 네 개가 늘어져 있었습니다. 이것을 어이없이 잠깐 들여다본 삼덕이는, 그 양복을 다시 싸면서 머리를 흔들었습니다.

"저……다른 집으로 가보시지요."

"뭐요?"

"다른……."

말을 시작하다가 삼덕이는 중도에 끊어 버렸습니다. 그 손님의 험상궂은 눈이 갑자기 더 빛나기 시작한 때문이었습니다. 손님은 툇마루에 퉁 소리를 내며 걸터앉았습니다.

"여보, 그래 이 집은 전당국이 아니란 말이오?"

"네, 저, 전당국은 전당국이외다만……."

"그래 내 양복이 일 원 짜리가 못 된단 말이오?"

"못 될 리가 있습니까?"

"그럼 왜 말이 많아? 아, 그래……."

"가, 가, 가만 계세요. 누가 안 드리겠답니까. 혹은 다른 집에 가면 더 낼 집이 있을까 하고 그랬지요. 드리다뿐이겠습니까. 기다리십쇼. 곧 내다 드릴께."

삼덕이는 그 자리를 피하여 이편으로 와서 손철궤를 열어 보았습니다. 그 속에는 단 이십 삼 전!

"네, 곧 드리지요."

그는 손님에게 다시 한번 허리를 굽히어 보이고 안방으로 들어갔습니다.

"여보, 마누라. 돈 팔십 전만 없소?"

"돈이 웬 돈? 무엇에 쓰려우?"

"누가 양복을 잡히려 왔는데 이십 전밖에 없구려. 있으면 좀 주."

"없대두 그런다. 한데 대체 일 원짜리는 되우?"

"되게 말이지."

"정말이오? 당신이 일 원짜리라고 잡는 건 삼십 전 짜리가 되는 걸 못 봤구려!"

"내 나가 보지. 웬걸 일 원 짜리가 되리."

아내는 혼잣말같이 이렇게 보태어 가면서 가겟방으로 나갔습니다. 그러나 세 초가 지나지 못하여 아내는 뛰쳐 들어왔습니다.

"여보, 얼른 일 원 주서 보냅시다."

"일 원 짜리가 되겠습니까?"

"되겠기에 말이지. 또 안 되면 할 수 있소? 당신이 이미 작정한 이상에야."

하면서, 아내는 치맛자락을 들고 주머니를 뒤적이다가,

"육십 전밖에는 없구려. 팔십 전에는 안 될까?"

하면서 남편의 얼굴을 쳐다보았습니다.

"글쎄, 내야 일 원으로 작정하고, 이제 뭐라고 깎겠소. 당신 나가 보구려."

"망측해, 주인이 작정한 걸 여편네가 또 뭐라고 깎는단 말이오. 그러니 이십 전이 있어야지."

"철수께 없을까?"

"글쎄……."

이리하여 그들의 아들 철수에게 교과서 사라고 주었던 돈까지 도로 얼러서 거두어 십 분이 넘어 지나서야 동전 각전 합하여 일 원이란 돈을 쥐고, 절벅절벅하면서 손을 비비며 가게로 나왔습니다.

"참, 너무 오래 기다리셔서……돈을 은행에 찾으러 보내느라고……한데 주소는 어디세요?"

"표지는 일 없소. 당신 마음대로 오늘로라도 남겨서 팔우." 하고, 손님은 돈을 받아 쥔 뒤에 한 번 기지개를 하고 나가 버렸습니다. 그 뒷모양을 바라보면서 삼덕이는 기운 없이 한숨을 쉬었습니다.

"오늘도 또 일 원 손해났다."

삼덕이가 여기서 전당국을 시작한 것은 벌써 오 년 전이었습니다. 시골 농가의 둘째 아들로 태어난 그는, 집 한 채 밑천과 그 밖에 장사 밑천으로 천 원이란 돈을 물려 가지고 서울로 올라와서 이리저리 자기가 이제 하여 나갈 영업을 구하다가, 마침내 이 세민촌(細民村)에 전당국을 시작하기로 한 것이었습니다. 그의 머리가 생각되는껏 생각하고, 몇 번을 주판을 놓아 본 결과 그중 안전하고 밑질 근심이 없는 영업이 이 전당국이었습니다. 그것도 많은 밑천이면여니와, 단 천 원으로 전당국을 서울에서 시작하려면 이런 세민촌에 자리를 잡지 않을 수가 없었습니다. 오 전 짜리부터 이 원 짜리까지 이러한 표준 아래서 그는 영업을 시작하였습니다.

그러나 일 년 뒤에 결산하여 본 결과 그는 뜻밖에도 이백여 원이란 손해를 보았습니다. 삼 년 뒤에는 그의 밑천은 다 없어지고, 집조차 어떤 음침한 고리 대금업자의 손에 저당으로 들어갔습니다. 사 년째는 제 이 저당, 지금은 제 삼 저당⋯⋯ 이렇듯 나날이, 다달이 밑천은 줄어들어 가는 반대로 유질품(流質品)은 산더미같이 쌓였습니다. 그리고 또 그 유질품이란 것이 어찌된 셈인지 처분할 때마다 그는 원금의 삼 분의 일밖에는 거두지를 못하였습니다.

비교적 마음이 순진하리라 생각하였던 세민굴의 사람들은 그의 상상 이상으로 영리하였습니다. 그들은 전당국을 속이기에 온갖 수단을 다 썼습니다. 어떤 때는 사내가 와서 눈을 부릅뜨고 전당을 잡혀 갔습니다. 어떤 때는 여편네를 보내서, 눈물을 흘려 가면서 애원하였습니다. 사내의 호통에는 삼덕이는 물건을 검사하여 볼 여유도 없이 질겁하여 달라는 대로 주었습니다. 여편네의 눈물에는, 그는 때때로 달라는 이상의 돈까지 주어 보냈습니다. 사흘 뒤에는 꼭 도로 찾아간다, 혹은 이것은 우리 집안의 대대로 내려오는 물건이다, 이런 말을 모두 그대로 믿는 바는 아니었지만—그리고 한 가지의 일을 겪은 때마다 이 뒤에는 마음을 굳게 먹으리라고 단단히 결심을 하지만 급기야 그런 일을 만나기만 하면 그는 또다시 약한 사람이 되곤 하였습니다.

이리하여 오 개년 동안을 그 부근의 세민들에게 착취를 당한 그는, 지금 쓰고 있는 이 집조차 얼마 후에는 공매를 당하게 될 가련한 경우에 빠지게 되었습니다.

그 일 원 짜리 양복을 잡는 이튿날 삼덕이는 유질된 몇 가지의 물건을 커다란 보자기에 싸서 지고, 늘 거래하는 고물상으로 찾아갔습니다.

"이것 좀 사주."

그는 가게에 짐을 벗어 놓고 땀을 씻었습니다. 고물상은 솜씨 익은 태도로 보를 풀어 헤치고 물건을 하나씩 보기 시작하였습니다.

"아이구! 이게 뭐요? 고무신, 합비, 깨진 바가지, 학생 외투…… 가만, 이 학생 외투는 그다지 낡지 않았군. 구두, 모자, 이불…… 김주사가 가지고 오는 물건은 하나도 변변한 게 없어."

"좌우간 잘 값을 해서 주구려."

"잘해야 그렇지. 대체 원금이 얼마나 들은 거요……."

"원금이라……."

삼덕이는 주머니를 뒤적여서 종이 조각을 하나 꺼내었습니다.

"원금이 이십 칠 원 팔십 전이 든 건데……."

"내일 또 만납시다. 김주사도 농담을 할 줄 알거든."

"대체 얼마나 줄 테요?"

고물상은 주판을 끌어당겼습니다.

"그 학생 외투는 이것……."

하면서, 이 원이라고 주판을 놓았습니다. 그리고 한 가지 물건을 옮겨 놓을 때마다 이십 전 혹은 사십 전씩 가하여 나가서 마지막에 십 원 이십 삼 전이라 하는 숫자가 나타났습니다.

"십 원 이십 삼 전, 에라 김주사 낯을 봐서 십 원 오십 전만 드리지."

"십 오 원만 주구려."

"어림없는 말씀 마오. 십 오 원을 드렸다가는 내가 패가하게. 값은 이 이상 더 놓을 수가 없으니깐. 마음에 안 맞거든 이 다음에나 다시 만납시다."

"그러니 내가 억울하지 않소? 원금만 해도 이십 칠 원 각수가 든 것을 단돈 십 원이 뭐오?"

"그게야 김주사가 잘못 잡은 걸 뉘 탓할 게 있소?"

"그렇지만 조금만 더 놓구려."

"여러 말씀 할 것 없이 다른 집에 한 바퀴 돌아보구려. 나보담 동전 한푼이라도 더 놓는 놈이 있다면 내 모가질 드리리다. 특별히 봐 드려두……."

삼덕이는 기다랗게 한숨을 쉬었습니다. 그리고 얼굴이 별하게 싱거워지면서 다시 보를 싸 가지고 그 집을 나왔습니다.

그러나 두 시간쯤 뒤에 그는 다시 그 집에 들어갔습니다. 그리고 그 집에서 나올 때는 아까 들어갈 때 지고 있던 짐은 없어졌으며, 그 대신 그의 주머니 속에서는 십 원 오십 전이라는 돈이 들어 있었습니다.

어떤 날, 삼덕이가 가게에 앉아 있을 때에, 어떤 아이 업은 여인이 들어왔습니다.

"응 울지 마라. 이것 좀 보시고 얼마든 주세요."

여인은 업은 아이를 어르며 무슨 보퉁이를 하나 내어놓았습니다. 그 속에는 낡은 합비 하나와 고무신 한 켤레가 있었습니다.

"얼마나 쓰시러우?"

"오—십—전—만……."

여인은 말을 마치지를 못하였습니다.

"오십 전? 오 전 말씀이지요? 두 냥 반."

"아냐요. 스물 닷 냥 말씀예요. 부끄러운 말씀이외다만, 애 아버지가 공장에서 손을 다치셔서 보름째 일을 못 하는데…… 저흰 요 앞에 삽니다. 그런데 약값, 쌀값에 그 사이 모았던 것 다 없이 하구 어쩔 도리가 있습니까. 그래서 나리께 사정을 해 볼까 하고 왔는데, 물건을 보시고 주는 게 아니라 사람 한 식구 살리는 줄 알구 주세요. 애 아버지가 공장에 다니게만 되면 그날루 찾아갈 테니, 한 식구 살리는 줄 아시구……."

아직껏 우두커니 여인의 웅변을 듣고 있던 삼덕이는 휙 돌아앉아 버렸다.

"그러니 이걸로야 오십 전이 되겠소?"

"그저 사람 살리는 줄 아시고……."

삼덕이는 증오에 불붙는 눈을 여인의 얼굴에 부었습니다.

그리고 성가신 듯이 오십 전 짜리 은전을 한 잎 꺼내어 던져 주었습니다. 여인은 이 은혜는 죽어도 잊지 못하겠다고 뇌이면서 나갔습니다.

지금 그 여인의 하소연이 열의 아홉은 거짓말임을 삼덕이는 뻔히 알고 있었습니다. 그러나 급기야 그런 일에 닥치면 또한 거절 할 말을 발견할 만한 재능을 가지고 있지 못한 삼덕이었습니다.

가을이 되었습니다.
어떤 날, 문이 기운세게 열리며 학생 하나가 쑥 들어섰습니다.
"이것 내 주우."
삼덕이는 학생이 내놓은 표지를 받아서 보았습니다. 그것은 벌서 두 달 전에 유질되어 고물상에 팔아 버린 그 학생 외투의 표지였습니다.
"이건 벌써 유질되었습니다."
"유질이란? 지금이 입을 철이 아니오?"
"철은 여하코 기한이 두 달 전인 것은 아시겠지요?"
"여보, 두 달 전이면 아직 더울 때가 아니오? 더울 때 외투 입는 미친놈이 어디 있단 말이오? 지금이 외투철이길래 찾으러 왔는데, 유질이 무슨 당치 않은 소리요?"
"그럼, 왜 기한에 이자라도 안 물었소?"
"흥, 별소릴 다하네. 난 학생이야. 이놈의 집에선 학생도 몰라보나? 봅시다. 흥! 흥!"
학생은 두어 번 코웃음을 친 뒤에 나갔습니다.
이튿날 삼덕이는 호출로 말미암아 경찰서 인사 상담계에 가게 되었습니다.

"자네가 학생 외투를 전당잡았다가 팔아먹었나?"

"네."

"왜 팔아먹어?"

"기한이 넘어도 아무 말도 없고, 그러기에 고만……."

"기한 기한 하니, 그래 자네는 그 기한을 먹고 사나? 여느 사람과 달라서 학생은 학사 문제로 늘 곤란을 받는 사람들이니깐 외투철까지나 기다려 보구 팔 게지. 기한이 지났다고 그 이튿날로 팔아 버리는 건 너무 대금업자 곤죠오가 아니냐 말야!"

"지당하신 말씀이올시다."

"지당만 하면 될 줄 아나?"

"황공하옵니다."

"못난 녀석! 지당하다, 황공하다, 누가 자네한테 그런 소릴 듣자고 예까지 부른 줄 아나! 그래 어찌하겠느냐 말이야?"

"그저 처분만 해주십시오. 처분대로 받지요."

"그 외투를 어디다가 팔았어?"

"××정 ○○고물상이올시다."

"아직 그 집에 있겠지?"

"아마 있겠습니요."

"얼마나 잡아서 얼마나 팔았나?"

"일 원 구십 전에 잡아서 이 원에 팔았습니다."

"그럼 내 말을 들어."

"네."

"그 학생은 그 사이 여섯 달 이자까지 갚겠다니깐 아마 이 원 오십 전이야 주겠지. 그 돈으로 그 고물상에 가서 그 외투를 다시 사서 학생을 도로 내어 주란 말이야!"

"오늘 저녁 안으로 도로 외투를 물러 오지 않으면 잡아 가둘 테야!"

"네 황공하옵니다."

이리하여 땀을 우쩍 빼고 그는 경찰서를 나왔습니다.

그날 오후, 그는 그 고물상과 한 시간 넘어를 단판하고 애걸한 결과, 그 외투를 겨우 삼 원이라는 값에 도로 사기로 하였습니다. 그리고 원금 이십 원어치 유질품을 지고 가서, 그 외투와 현금 십 사 원 각수를 찾아 가지고 집으로 돌아왔습니다.

이튿날 ××신문 잡보난에 '사집행한 전당업자'라는 제목 아래 이런 기사가 났습니다.

사내 ○○정 ××번지에서 전당업을 하는 김삼덕은 어떤 학생에게 사소한 금전을 대부하였던 것을 기화로 그 학생의 외투 십 칠여 원 짜리를 사집행하였던 일이 피해자의 고소로 탄로되어 ××서에 인치되어 엄중한 취조를 받았다더라.

이 기사를 보고도 삼덕이는 성도 못 냈습니다. 너무 온갖 걱정과 고생에 시달린 그는, 지금은 모든 일을 되는 대로 내버려두자는 커다란 천리를 깨달은 때문이었습니다.

겨울이 이르렀습니다. 이제는 밑천이 없어서 새로 잡을 물건은 잡지를 못하고 유질품은 거의 처분하여 버린 그의 전당국은 마치 빈집과 같았습니다.

그는 아내의 얼굴을 보지 않으려고 하였습니다. 아내는 그의 얼굴을 안 보려 하였습니다. 서로 만나면 걱정을 안 할 수 없고, 걱정하여야 활로 발견할 수 없는 그들은, 서로 얼굴을 보지 않는 것으로 얼마의 근심이라도 덜어졌거니 하였습니다.

어떻게 마주앉을 기회가 생길지라도 그들은 서로 말을 하기를 피하려 하였습니다. 그러나 무거운 가슴을 참을 수가 없으면 먼저 한숨을 쉽니다.

"여보 어쩌려우?"

아내가 먼저 남편을 찾습니다.

"내가 알겠소? 설마 사람이 굶어야 죽으리."

"에이, 딱해……."

아내는 팔을 오돌오돌 떱니다.

그러면 귀찮은 듯이 못 본 체하고 한참 위만 쳐다보고 있던 남편은 허허허 하고 너털웃음을 번뜻 자빠져 버립니다.

이것이 이즈음의 그들의 살림이었습니다.

음력 섣달이 거의 가서 그들의 집은 마침내 공매를 당하였습니다. 그 삼사 일 뒤에 ××신문에는 커다랗게 이런 기사가 났습니다.

연말이 가까워 오면서 채귀(債鬼)에게 시달리는 여러 가지 비극이 많이 일어나는 가운데, 채귀가 채귀에게 시달려 유랑의 길을 떠나게 된 사건이 있어 일부 사회의 이야깃거리가 되었으니, 그 자세한 내용을 듣건대 시내 ××정 ××번지에서 전당국을 경영하던 김삼덕은 본시 ×× 출생으로, ××정의 빈민굴 가운데 전당국을 개업하고 온갖 포악한 일을 다하여 무자의 피를 빨아서 호화로운 생활을 하고 있었는데, 그 호화로움이 과하여 마지막에는 그 사이 모았던 재산 전부를 화류계에 낭비하고도 부족하여, 무산자의 입질물(入質物)까지 임의로 처분하여 많은 말썽을 일으키던 가운데, 마침내 인과응보로서 그 십 칠 일에 재산 전부를 다른 채권자에게 차압 공매된 바 되어 마침내 유랑의 길을 떠났는데, 일부 사회에서는 그것을 몹시 통쾌히 여긴다더라.

그로부터 한 달, 각 직업 소개소며 공장으로, 집안의 몇 식구를 행여나 살려 볼 방도가 생길까 하고, 삼덕이는 눈이 벌겋게 되어 돌아왔습니다. 그러나 말세에 태어난 슬픔을 맛볼 뿐, 한 가지의 직업도 그를 받아 주지 않았습니다.

이리하여 또 한 달이 지난 뒤에, 위로는 채권자에게 아래로는 프롤레타리아에게 여지없이 착취를 당한 이 소시민의 한 사람은 (그들과 같은 계급의 사람들이 같은 경로를 밟아서 행한 일의 뒤를 좇아서) 마침내 온 가족을 거느리고 사랑하는 고국을 등지고 만주를 향하여 유랑의 길을 떠났습니다.

시골 황서방

황서방이 사는 ×촌은, 그곳서 그중 가까운 도회에서 오백 칠십 리가 되고, 기차 연변에서 삼백여 리며, 국도에서 일백 오십 리가 되는, 산골 조그만 마을이었습니다.

　금년에 사십여 세에 난 황서방이, 아직 양복쟁이라고는 헌병과 순사의 측량기수밖에는 못 본 만큼 그 ×촌은 궁벽한 곳이었었다. 그리고 또한 그곳에서 십 리 안팎 되는 곳은 모두 친척과 같이 지내며 밤에 마을을 서로 다니느니만큼 인가가 드문 곳이 있었다. 산에서 호랑이가 내려와서 사람을 물어 갈지라도, 그 일이 신문에도 안 나리만큼 외딴 곳이었었다.

　돈이라 하는 것은, 십 원짜리 지전을 본 것을 자랑삼느니만큼, 그 동리는 생활의 위협이라는 것을 모르는 마을이었었다.

　한마디로 말하자면, 그 동리는 순박하고 질소하고 인심 후하고 평화로운 원시인의 생활이라 하여도 좋을 만한 살림을 하는 마을이었다.

　이러한 ×촌에, 이즈음 한 가지의 괴면이 생겨났다.

　×촌에 이즈음, 소위 도회 사람이라는 어떤 양복쟁이가 하나 뛰쳐 들었다. 그 사람은 황서방의 집에 주인을 잡았다.

　그 동리 사람들은 모두 황서방네 집으로 쓸어들었다. 그리고 그 도회 사람의 별스러운 옷이며 신이며 갓을(염치를 불구하고) 주물러 보며, 마치 그 사람은 조선말을 모르리라는 듯이 곁에 놓고 이리저리 비평을 하며 야단법석이었다.

　황서방은 자랑스러운 듯이(우연히 제 집으로 뛰쳐 들어온) 그 손님에게 구린내 나는 담배며, 그때 갓 쪄 온 옥수수며를 대접하며, 모여드는 동리 사람에게 그 도회 사람이 자기 집에 들어올 때의 거동을 설명하며 야단하였다.

　며칠이 지났다.

　그 도회 사람이 모여드는 이 지방 사람에게 설명한 바에 의지하건대, 그는 '흙냄새'를 그려서 이곳까지 왔다 한다.

　여러분들은, 흙냄새라는 것을…… 그 향기로운 흙냄새를 늘 맡고 계셨기에 이렇게 몸이 튼튼합니다. 아아, 그 흙의 향내……. 여보시오, 도회에 가 보오. 에이구! 사람 냄새, 가솔린 냄새, 하수도 냄새, 게다가 자동차, 마차, 인력거가 여기 번쩍, 저기 번쩍…… 참 도회에 살면 흙냄새가 그립소. 땅이 활개를 펴고 기지개를 하는 봄날, 무럭무럭 떠오르는 흙의 향내를 늘 맡고 사는 당신네들의 행복은 참으로 도회인의 얻지 못할 행복이외다. 몇 해를 벼르다가 나는 종내 참지 못하여 이렇게 왔소. 이제부터는 나도 당신들의 동무요…….

도회 사람은 이렇게 말하였다.

황서방은 이 도회 사람(우리는 그를 Z씨라 부르자)의 말 가운데서 세 마디를 알아들었다.

자동차와 인력거―황서방이 이전에 무슨 일로 백 오십 리를 걸어서 국도까지 갔을 때(그때는 밤이었는데), 저편에서 시뻘건 두 눈깔을 번득이며, 이상한 소리를 내면서 달려오는 괴물을 보았다. 영리한 황서방은 물론 그것이 사람이 타고 다니는 것임은 짐작하였다. 그러나 ×촌에 돌아온 뒤에는, 황서방의 입을 통하여 퍼진 소문으로는 그것이 한 괴물로 보였다. 방귀를 폴싹 폴싹 뀌며, 땅을 울리면서 달아나는 괴물로 소문이 퍼진 것이었다.

인력거라는 것은 그 이튿날 보았다.

그리고, 그 두 가지는 다(Z씨의 말을 듣고 생각하여 보매) 과시 사람의 생명을 위협하는 무서운 물건일 것이었다.

또 한 가지, 사람의 냄새가 역하다는 것. 사실 ×촌에 잔칫집이라도 있어서 수십 인씩 모이면, 역하고 고약한 냄새가 그 방 안에 차고 하던 것을 황서방은 보았다. 그러매, 몇 십만(십만이 백의 몇 곱인지는 주판을 놓아 보지 않고는 똑똑히 모르거니와)이라는, 짐작컨대 억조 동그라미와 같이 우글거릴 도회에서는 상당히 역한 냄새가 날 것이었다.

그 밖에는, 황서방에게는 한마디도 모를 말이었다. 흙냄새가 그립다 하나, 흙냄새도 상당히 구린 것이었다. 봄날 흙냄새는(거름을 한 지 오래지 않으므로) 더욱 구린 것이다.

전차, 하수도, 가솔린, 이런 것은 어떤 것인지 황서방은 짐작도 못 하였다.

그러나, 황서방은 Z씨의 말을 믿었다. 저는 시골밖에는 모르고, Z씨는 시골과 도회를 다 보고 한 말이매, 그 사람의 말이 옳을 것은 당연할 것이다. 흙냄새가 아무리 구리다 할지라도 도회 냄새보단 좋을 것이다라고 황서방은 믿었다.

길에 하루종일 자빠져 있으니, 시골서는 자동차에 치일 걱정이 있겠소? 순사에게 쫓겨갈 걱정이 있겠소?

그것도 또한 사실이고 당연한 말이 있었다. 황서방은, 그러한 시골서 태어난 자기를 행복스럽다 하였다. 그러나, 서너 달 뒤에 그 Z씨는, '몰랐거니와 흙냄새도 매우 역하다' 하였다. 도회에서는, 하루 동안에 한나절씩만 주판을 똑딱거리면 매달 오천 냥(백 원)씩 들어오는데, 여기서는 땀을 뻘뻘 흘리며 손을 상하며 일을 하여야 일 년에 겨우 오천 냥 돌아오기가 힘드니 시골이란, 재간 있는 사람이란 못 살 곳이라 하였다. 십 리나 백 리라도 걸어서밖에는 다닐 도리가 없으니 시골은 소, 말이나 살 곳이라 하였다. 기생이 없으니 점잖은 사람은 못 살 곳이라 하였다. 읽을 책도 없으니 학자는 못 살 곳이라 하였다. 양요리가 없으니 귀인은 못 살 곳이라 하였다.

이 말을 듣고, 황서방은 Z씨가 간 다음 며칠 동안을 눈이 퀭하니 밥도 잘 안 먹고 있었다. Z씨의 말은 모두 다 또한 참말이었다. 아직껏 곁집같이 다니던 최풍헌의 집이, 생각하여

보면 참 진저리나도록 멀었다. 십오 리! Z씨가 진저리를 친 것도 너무 과한 일은 아닐 것이다.

이야기로 들은 바, 기생이라는 것이 없는 것도 또한 사실이었다.

재미있는 책이라고는 〈임진록〉한 권이(그것도 서두와 꼬리는 없는 것) ×촌을 중심으로 한 삼십 리 이내의 다만 하나의 책이었다.

그러나 그 근처 일대에 주판 잘 놓기로 이름난 황서방이—도회에서는 (Z시의 말에 의하건대) 매달 오천 냥 수입은 될 황서방이, 손에 굳은살이 박히며, 땀을 흘리며, 천신만고하여 일 년에 거두는 추수가 육천 냥 내외였다. 게다가 감자를 먹고……거름을 주무르고…….

두 달이 지났다.

그때는 황서방은 자기의 먹다 남은 것이며 집이며 세간살이를 모두 팔아 가지고 도회로 온 지 벌써 한 달이나 된 때였다.

황서방이 도회로 온 돈은 육천 냥이었다. 그 가운데서 집세로 육백 냥이 나갔다. 한 달 동안 구경하며 먹어 가는 데 이천 냥이 나갔다.

여름밤의 도회는 과연 아름다웠다. 불, 사람, 냄새, 집, 소리, 모든 것은 황서방을 취하게 하였다. 일곱 냥 반을 주고 아이스크림도 사 먹어 보았다. 또한—소리, 불, 사람, 냄새……보면 볼수록 도회의 밤은 사람을 취하게 하였다. 아이스크림,

빙수, 진열장, 야시…… 아아, 황서방은 얼마나 이런 것을 못 보는 최풍헌이며 김서방을 가련히 생각했으랴.

동물원도 보았다. 전차도 잠깐 타 보았다. 선술집의 한잔의 맛도 괜찮은 것이고, 길에서 파는 밀국수의 맛도 도한 황서방에게는 잊지 못할 것이었다.

도회로 오기만 하면 만나질 줄 알았던 Z씨를 못 만난 것은 좀 섭섭하였지만, 그것도 황서방에게는 그다지 불편되는 일은 없었다.

아아, 도회, 도회…… 과연 시골은 사람으로서는 못 살 곳이었다.

황서방이 도회로 온 지 넉 달이 되었다. 이젠 밑천도 없어졌다.

"이제부터!"

황서방은 의관을 정히 하고 큰거리로 나가서 어떤 큰 상점을 찾아갔다. 그리고 자기는 주판을 잘 놓는데 써 달라고 부탁을 하였다. 그러나 뜻밖으로 황서방은 거절당하였다.

황서방은 다른 집으로 찾아갔다. 그러나 거기서도 도한 거절당하였다.

저녁때 집에 돌아올 때는 그의 얼굴은 송장과 같이 퍼렇게 되었다.

이런 일이 어디 있나? 첫마디로 승낙할 줄 알았던 일이 오늘 처음으로 이십여 집을 다녔으나 한 곳에서도 승낙 비슷한 것도 못 받고, 거지나 온 것같이 쫓겨 나왔으니, 이젠 어찌한

단 말인가?

이튿날의 경과도 역시 같았다. 사흘, 나흘, 황서방의 밑천은 한푼도 없어졌는데, 매달 오천 냥은커녕 오백 냥으로 고용하려는 데도 없었다.

굶어? 황서방은 이젠 할 수 없이 굶게 되었다. 아직 당하여 보기는커녕 말도 못 들었던 '굶는다'는 것을 황서방은 맛보게 되었다.

그런들 사람이 굶기야 하랴? 황서방은 사람의 후한 인심을 충분히 아는 사람이었다. 아직껏 그런 창피스런 일은 하여 본 적이 없지만, ×촌에서 이십 리 떨어져 있는 Q촌에 살 한 말 얻으러 갈지라도 꾸어 주는 것을 황서방은 안다. 사람이 굶는다는데 쌀 안 줄 그런 야속한 놈은 없을 것이다.

황서방은 곁집에 갔다. 그리고, 자기는 이 곁집에 사는 사람인데 여사여사하다고 사연을 말한 뒤에, 좀 조력을 하여 달라는 이야기를 장차 끄집어내려는데, 그 집에서는 벌써 눈치를 채었는지,

"우리도 굶을 지경이오!"

하고 제 일만 보기 시작하였다.

황서방은 그것도 그럴 일이라 생각하였다. 사실 그 집도 막벌이하는 집이었다.

황서방은 다시 한 집 건너 있는 큰 기와집으로 찾아갔다. 그가 중대문 안에 들어설 때에 대청에 걸터앉아 양치를 하고 있던 젊은 사람(주인인지)이 웬 사람이냐고 꽥 소리를 질렀다.

"네? 저…… 뭐……."

 황서방은 마침내 도회라는 것을 알았다. 도회에서 달아나던 Z씨의 심리도 알았다. 그러나 Z씨가 도시 도회로 돌아온 그 심리는? 그것도 Z씨가 도로 도회로 돌아올 때에 한 말을 씹어 보면 알 것이다. 도회는 도회 사람의 것이고, 시골은 시골 사람의 것이다. 천분, 천분을 모르고 남의 영분에 침입하였던 황서방은 이렇게 실패하였다.
 황서방은 이제 겨우 자기의 영분을 깨달았다. 그리고 사람은 저 할 일만 할 것임을 깨달았다.

 이튿날 새벽, 황서방은 해를 등지고 주린 배를 움켜쥐고 K국도를 더벅더벅 ×촌을 향하여 걷고 있었다.

작품 해설 및 작가 연보

작품 해설

구인환 (서울대 명예 교수)

1

한국의 근대 소설은 이광수와 현상윤의 초기 단편을 거쳐 최초의 장편 〈무정〉에서 새로운 모습을 보이다가 김동인에 이르러 그 장르를 형성하게 된다.

김동인이 주요한 등과 문예 동인지 《창조》를 발간하면서, 이광수가 민족주의를 내세우면서 소설을 사회 개혁의 수단으로 삼는다고 반기를 들고, 문학은 오직 문학을 위한 문학이 존재할 뿐이지 다른 목적을 가진 문학은 문학으로 인정할 수 없다며, 미적 즐거움을 주는, 문학을 위한 문학을 창조해야 한다고 강조하면서 〈약한 자의 슬픔〉을 발표하여 소설의 새로운 면모를 보여 준다. 이광수의 〈어린 희생〉이나 〈소년의 비애〉, 현상윤의 〈청류벽〉이나 〈핍박〉에서 새로운 구조에 의한 비극적인 삶을 부각하고 최초의 장편 소설인 〈무정〉에서 낡은 관습에 얽매었다가 새로운 자각을 하는 구여성인 영채와, 개성의 자각에 의해 자아를 성취시키려는 신여성인 병욱, 그리고 그 중간쯤의 의식을 가진 선형에 의한 삶의 파노라마에 매혹되게 하던 소설에 새로운 청량제를 가한 것이 김동인의 소설이다.

〈붉은 산〉이나 〈감자〉·〈벗기운 대금업자〉·〈배따라기〉등의 단편에서 볼 수 있듯이, 통일된 구조, 갈등의 심화, 대담한 압축에 의한 사건의 진행, 간명한 표현, 시점의 다양성은 근대 소설의 정립을 가져오게 한다. 지금까지 이광수의 소설에서 자아와 개성의 눈이 뜨기 시작한 독자는 김동인의 자아를 성취시키려는 욕구를 가로막는 윤리나 사회 상황 등과의 갈등에서 오는 비극적인 삶의 양상에 매혹되어 가게 된다.

김동인이 〈약한 자의 슬픔〉이나 〈마음이 옅은 자여〉·〈목숨〉 등 단편을 발표하여 반 이광수의 기치를 들자, 염상섭의 〈표본실의 청개구리〉, 현진건의 〈희생화〉, 나도향의 〈추도〉·〈젊은이의 시절〉 등 단편이 발표되어 근대 소설의 양식을 형성하게 된다. 각기 경향은 다르면서도 개성적이면서 독특한 스타일로, 새로운 시각으로 인생을 조명한다. 염상섭은 〈표본

실의 청개구리〉에 이어 〈암야〉·〈제야〉·〈죽음과 그 그림자〉·〈신혼기〉·〈금반지〉·〈전화〉·〈검사국 대합실〉 등 서민 생활에 얽힌 서민 생활을 사실적 기법으로 재현하고, 현진건은 〈희생화〉 이후 〈술 권하는 사회〉·〈타락자〉·〈유린〉·〈지새는 안개〉·〈할머니의 죽음〉·〈운수 좋은 날〉·〈불〉과 같은 생활과 역사 의식에 아로새겨진 단편을 부각하며, 나도향은 〈추도〉에 이어 〈젊은이의 시절〉·〈옛날 꿈은 창백하더이다〉·〈별을 안거든 울지나 말걸〉·〈여 이발사〉·〈행랑 자식〉·〈자기를 찾기 전〉 등 감상적이면서 현실을 투시하는 단편을 발표하여 한국의 근대 단편 소설의 새로운 시기에 접어든다.

김동인은 〈약한 자의 슬픔〉에서 새로운 소설을 제시한다고 선언한 이후에 〈마음이 옅은 자여〉·〈목숨〉·〈유성기〉·〈배따라기〉·〈태형〉·〈이 잔을〉·〈피고〉·〈유서〉·〈감자〉·〈명문〉·〈시골 황서방〉 등 새로운 유형의 단편을 발표한다. 더구나, 김동인은 《조선 문단》에 〈소설 작법〉을 연재하여 창작 이론을 겸비한 작가로서 구성의 긴밀과 통일, 그리고 시점에 대한 탁견을 창작으로 구현하여 근대 단편 소설의 정립을 가져온다. 흔히 단편 소설에서 사실적 기법으로 서민의 생활을 자세히 묘사하는 염상섭형, 인간의 갈등과 역사의식을 생활과 밀착하여 그리는 현진건형, 간명하고도 빠른 템포로 인간 생활을 압축하는 간결한 문제의 김동인형의 소설로 나누어서 말하듯, 근대의 단편 소설은 김동인 등에 의해서 그 양식이 정립되어 새로운 성숙의 단계에 접어든다.

2

김동인은 〈감자〉나 〈붉은 산〉·〈광염 소나타〉등 수많은 단편을 발표한 작가이자, 〈젊은 그들〉·〈운현궁의 봄〉·〈대수양〉 등 장편을 내어놓은 역사 소설가이며, 〈대동강〉·〈김삿갓의 설움〉·〈영웅 숭배〉 등의 수필을 발표한 수필가요, 〈춘원 연구〉·〈문단 30년사〉·〈소설 작법〉 등을 저술한 비평가이며, 만년에는 야담에까지 손을 댄 작가이다.

김동인은 문학을 사회 개혁의 수단이나 민족주의의 계몽의 방편으로 삼는다고 이광수를 비판하면서 문학은 오직 문학을 위해 존재할 뿐이지 다른 목적을 가진 것은 문학으로 인정할 수 없다고 반 춘원의 기치를 들고, 자비로 주요한 등과 문예

동인지 《창조》(1919)를 발간하여 주요한의 〈불노리〉, 김동인의 〈약한 자의 슬픔〉으로 근대 문학의 새로운 면모를 보여 준다. 오기와 고고, 기고 만장한 성격으로 술과 여인의 세계를 섭렵하면서 '예술은 인생을 위하여서도 아니고, 예술 자신을 위하여서도 아니오. 다만 예술가 자신의 막지 못할 예술욕 때문의 예술이외다' 라는 정열로 일곱 권의 《김동인 전집》을 남기고 있다.

금동 김동인은 1900년 10월 2일 평양 하수구리 6번지에서, 조부 때 부호의 가문에서 벼슬을 한 양반이며 평양 교외에서 초대 장로로서 오랫동안 활동한 김대윤의 2남으로 태어나 1951년 1월 5일 수복되었던 서울이 다시 적군의 손에 넘어 갔을 때, 부인 김경애 여사가 요 밑에 10만 환을 넣어 놓고 아이들과 같이 피난 간 홍익동의 자택에서 외롭게 세상을 마칠 때까지 술과 여인을 섭렵하고 광산에 미치면서도 문학의 정열은 지속되어 근대 문학의 거장이 된 것이다.

김동인의 자서전적인 〈여인〉에 나타나 있듯이 김동인의 여인 관계는 메리에서 세마루라는 여성에 이르는 김동인의 환상적 미의식을 키우게 했던 여인과 김옥엽, 황경옥, 노상홍과 같이 머리를 올려 주고 동거하면서 육적인 탐닉으로 깊어 가는 두 계열의 여인으로 나뉜다. 김동인은 이러한 여인에게서 풍기고 체취화한 영적인 미의 세계와 육적인 현실 세계의 양극의 정신 구조를 바탕으로 작품을 쓰고 있음을 알 수 있다. 그러나 동인의 여인 관계는 1930년 4월 평양 숭의 여중을 갓 나온 20세의 김경애와 재혼한 뒤 말끔히 씻어 버리게 된다. 그 뒤 분가하여 서울 서대문구 행촌동으로 이사하여 창작에 전념함으로써 김동인의 여인과 술의 방랑 생활이 끝난다.

김동인은 술과 여인뿐만이 아니라, 여행과 낚시, 경마를 즐겼고 의상, 레코드, 유기 그릇 등의 물건 수집과 화초 재배, 사진 등 다양한 취미를 즐기는 관서의 멋쟁이다. 꽃은 개화에 관심이 있어 필 수 있는 꽃이면 무엇이고 사들였고 사진도 손수 인화하고 현상까지 할 만큼 전문적이었다고 한다. 또한 김동인은 수필 〈대동강〉과 그의 많은 작품에서 볼 수 있듯이 모란봉을 굽이쳐 흐르는 대동강과 청류벽 등 유적의 향취에 젖은 평양 신사이다. 김동인 소설의 대화에 관서 지방의 사투리를 많이 쓰는 것이나 평양이 소설의 배경에 자주 나오는 것은 평양 신사의 정겨운 표현이요 회고이기도 하다.

김동인은 소설을 인생의 회화라고 보면서, 선이나 악이나 다 미의식에 포용될 수 있으며, 예술을 창조하는 요소는 자아

주의에 있음을 강조하고 자아의 완성의 길임을 역설하여, 소설을 민족주의 고취의 방편으로 삼은 이광수와는 달리 자아 성취에 그 목적을 설정하고 있다.

이광수에 반기를 들어 김동인은 자아 성취의 〈약한 자의 슬픔〉·〈마음이 옅은 자여〉, 탐미적인 생채가 농후한 〈배따라기〉를 지나 〈감자〉, 〈명문〉 등에서 자연주의적인 경향을 보이다가 〈광화사〉, 〈광염 소나타〉, 〈김연실전〉 등으로 탐미적 경향으로 귀결됨을 볼 수 있다. 물론 〈태형〉, 〈붉은 산〉, 〈운현궁의 봄〉 등과 같이 민족주의가 강력히 나타나는 경향도 있으며 〈배회〉나 〈벗기운 대금업자〉, 〈시골 황서방〉과 같이 일제 침략 속에서 각박하게 변모해 가는 시대상과 인간 생활을 비판하는 사회 의식이 엿보이는 경향도 적지 않다. 그러므로 김동인은 탐미적, 발생적 경향에서 민족 의식이나 현실 의식의 경향으로 변모되다가 다시 탐미적인 경향으로 귀결되었다고 볼 수 있다.

김동인이 반 이광수의 기치를 높이 들면서, 소설은 인생의 총화이어야 하며, 인생의 단순화라고 한 것은 내용 편중의 이광수 문학의 미몽에서의 문학적 자각이며 동시에 기법의 자각이기도 하다. 그의 소설이 복합 구성과 이야기 전달이 아닌 사건의 현장성, 요약과 장면의 알맞은 배합에 의한 극적 소설을 부각시키고 있는데 이것은 이광수 소설에서 볼 수 없는 소설의 새로운 양상이다. 이러한 김동인 소설이 지닌 특징을 몇 가지로 나누어 볼 수 있다.

첫째, 김동인의 문학적 자각은 기법적인 자각으로 시작된다. 이광수가 〈무정〉이나 〈개척자〉를 중심으로 소설을 사회 개혁의 수단으로 삼으려는 데 반하여 김동인은 소설은 '재미있는 이야기'가 아니요, '대중적 흥미를 아주 무시한 생경하고 까다롭고 싱거운 것'을 써야 한다고 주장한 것은 그의 문학적 자각을 의미하며, 소설은 인생의 총화요 플롯은 인생의 단순화라는 것은 그의 기법적 자각을 의미한다. 그것은, 소설다운 소설이라고 스스로 말한 〈약한 자의 슬픔〉에서 보여 준 불완전한 대로의 플롯의 통일과 인물 창조를 비롯하여, 〈마음이 옅은 자여〉의 서간과 일기의 삽입에 의한 소설 장르의 확대, 〈배따라기〉의 1인칭 관찰자 시점에 의한 액자 소설의 실험, 〈감자〉의 극적 구조와 절정 강조, 〈명문〉의 사건의 전개와 종말 강조, 〈광염 소나타〉의 내레이터의 관찰에 의한 사건 진행, 〈포플러〉의 사건의 대조적 진행 등 다양한 소설 기법을 구사하고 있는 것이 바로 김동인의 기법적 자각의 발현으로 볼 수 있다. 사실 〈소설 작법〉을 쓸 정도로 소설 기법에 관심이 많았던 것으로 보아 시종일관 평면적 구성으로 관찰자의 기록을 소설화한 염상섭과는 다르게 다양한 기법을 구사하여 단편 소설의 새로운 패턴을 확립하고 있다. 〈배따라기〉의 상징적이면서 시의 삽입과 사건의 구조는 〈광염 소나타〉나 〈광화사〉의 계열로 이어지며, 〈감자〉의 극적 구성이나 비약적인 사건의 진행은 〈명문〉이나 〈포플러〉·〈배회〉에 이어져 근대 단편의 새로운 패턴을 형성한다.

 둘째, 김동인의 단편 소설에서 사건 진행의 구성적인 매개가 되고 극적 전환이 되게 하는 트릭을 적절히 구사한다. 〈배따라기〉의 쥐를 비롯하여, 〈감자〉에서 복녀가 왕서방에게 들고 가는 낫, 〈발가락이 닮았다〉의 작품의 의미를 풍자화하는 발가락, 〈광염 소나타〉의 최후에 불지르는 불, 〈붉은 산〉의 동해물과 백두산의 노래 소리에 어리는 붉은 산, 〈광화사〉에서 생명미 원체와 같은 눈동자, 〈김연실전〉의 아버지와 애첩의 성애, 〈벗기운 대금업자〉의 손해를 상징하는 누더기, 〈배회〉의 실의에 물들게 하는 술과 여인, 〈포플러〉의 충일되는 성적 요구를 상징하는 포플러 등 많은 작품에서 사건의 전환을 가져오게 하는 트릭을 즐거이 구사하고 있다.

첫째, 김동인 단편 소설의 또 하나의 특징은 극적 구성과 빠른 템포에 의한 사건의 진행이다. 김동인은 그의 〈소설 작법〉에서 '플롯에서 가장 귀한—없지 못할 것은 단순화와 통일과 연락이다'라고 설파한다. 소설은 인생의 사진이 아니고 회화이기 때문에 인생을 정화하여 통일이 있고, 연락이 있는 사건이 소설의 제재가 될 수 있다면서 소설은 인생의 단순화임을 강조한다. 이것은 화자의 필요 없는 사건 개입을 배제하고 빠른 템포에 의한 사건의 진행, 사건의 전환, 액자소설의 기법 등의 극적 구성으로 박진감을 더해 주고 있다.

넷째의 특징으로는 간결하고도 박진한 표현을 들 수 있다. 김동인은 짧고 간결한 표현과 즉물적인 표현으로 대담한 생략법을 구사한다.

그날 밤이 깊어서야 그는 눈이 퀭해서 집으로 돌아왔다. 어디를 어떻게 다녔는지 자기도 알지 못하였다. 신이 다 헤어졌다. 옷이 다 찢어졌다. 그는 곧 자리를 쓰고 누웠다.

—〈포플러〉

발을 굴렀다. 부르짖었다. 학대받는 인종의 고통을 호소하며 울었다. 그러나…… 그뿐이었다. 남의 일로 지주에게 반항하여 제 밥자리까지 태우기를 꺼림인지 용감히 앞서 나가는 사람이 없었다.

— 〈붉은 산〉

이런 예문을 보지 않더라도 김동인은 대담한 생략과 함축 있는 대화 간결한 문체로 표현하며, 이광수에서 시작된 언문일치 운동을 적극 실천한다.

끝으로 주제의 다양을 특징으로 들 수 있다. 〈약한 자의 슬픔〉이나 〈신앙으로〉, 〈포플러〉 등에서 볼 수 있는 자의의 성취 의식을 비롯하여 〈감자〉·〈시골 황서방〉 등에 부각된 몰락과 실의에 삶을 절규하는 생의 의지, 〈붉은 산〉이나 〈태형〉·〈벗기운 대금업자〉등에 나타난 민족 의식, 그리고 〈배따라기〉·〈광화사〉·〈광염 소나타〉 등의 탐미주의의 미의식 등 주제 의식이 편향되지 않고 다양하게 형상화되고 있다. 더구나 〈배회〉나 〈벗기운 대금업자〉 등에서 학대받고 착취당하는 민족의 현실을 상징하여 표현하고 있는 강력한 저항 의식을 볼 수 있다.

3

　여기에 수록된 10편의 단편은 김동인의 많은 단편에서 다양한 경향을 나타내는 전형적인 작품들로서 한국의 근대 단편 소설의 백미라고 할 수 있다.
　이 단편들은 자아의 성취를 위한 삶의 추구와 식민지 하에서의 이탈과 추방으로 조국의 강산을 그리며 절규하는 민족의식을 나타내는 경향, 그리고 탐미적인 미의식을 추구하려는 경향의 세 가지로 나눌 수 있다.
　먼저 김동인의 문학은 결국 자아의 성취를 위한 것으로서 삶의 추구를 강조한 경향의 작품으로 〈발가락이 닮았다〉(1932)와 〈감자〉(1925), 그리고 〈신앙으로〉(1930), 〈K박사의 연구〉(1929)를 들 수 있다.

　나는 M의 마음과 노력에 눈물겨웠습니다. 커다란 의혹 가운데서, 그 의혹을 어떻게라도 해서 삭여 보려는 M의 노력은 인생의 가장 요절한 비극이었습니다. M이 보라고 내어놓은 어린아이의 발가락은 안 보고 오히려 얼굴만 한참 들여다보고 있다가 나는 마침내 이렇게 말하였습니다.

"발가락뿐 아니라, 얼굴도 닮은 데가 있네."
그리고 나의 얼굴로 날아오는(의혹과 희망이 섞인) 그의 눈을 피하면서 돌아앉았습니다.

이러한 종말로 끝나는 〈발가락이 닮았다〉는 염상섭이 자기를 모델로 했다는 오해를 받은 작품으로 강렬한 생명에의 의지를 엿볼 수 있고, 시골 처녀인 복녀가 변모해 가는 삶의 피어린 과정을 보인 〈감자〉는 왕서방의 신방에 복녀가 낫을 가지고 뛰어 들어가리만큼 질투에 불타게 한 애정의 자각을 보여 주며, 자식에 대한 부모의 사랑과 신앙과의 상응성을 그린 〈신앙으로〉는 감정에서 지성으로 변모해 가면서도 자식에 의해 신앙의 길로 귀의하는 삶의 추구를 보여 주고, 〈K박사의 연구〉는 새로운 욕구를 추구하려는 집요한 삶의 의지를 보여 준다.

다음으로 식민지 치하의 피탈과 추방에서 조국의 강산을 그리는 민족 의식을 절규한 경향으로는 〈붉은 산〉(1932), 〈배회〉(1930), 〈벗기운 대금업자〉(1930), 〈시골 황서방〉(1925)을 들 수 있다.

〈배회〉는 고무 공장이라는 조그마한 사회에서 부조리와 개인의 갈등을 심화시키고, 〈벗기운 대금업자〉는 일제에게 토지마저 수탈당하고 남의 당인 북간도로 추방당하는 생활을 상징화하여 암시하고 있으며, 〈시골 황서방〉은 변혁하는 상황에 적응하지 못하고 방황하는 인간상을 부각하고 있다.

끝으로 탐미적으로 미의식을 추구하려는 경향은 〈광염 소나타〉(1930) · 〈광화사〉(1935)를 들 수 있다. 탐미적인 욕구에 불타서 절규하다가 불을 지르고 아비규환의 처참한 상황을 보고 〈성난 파도〉를 작곡하는 미의식을 추구한 〈광염 소나타〉와 붓이 튀어서 눈 먼 소녀상이 완성되는 〈광화사〉는 끝없이 펼쳐지는 탐미적인 미의 황홀경을 추구하려는 작품이다.

이러한 김동인 소설은 한국 근대 단편 소설의 거장으로서의 면모를 과시하는 뛰어난 작품들이다.

작가 연보

1900년　평남 평양 진석동에서 부농인 김대윤 씨와 옥씨 사이에 5남매 중 차남으로 태어남. 아호는 금동. 1916년 일본에 유학, 동경-명치 학원 중학부 졸업함.

1917년　동교 졸업하고 천단 미술 학원에 입학, 화가가 될 꿈을 길렀으나 문학에 탐닉, 독서와 습작에 열중함.

1919년　2월, 순문학 운동의 봉화인 신문학 최초의 동인지 《창조》를 전영택, 주요한 등과 더불어 사재로써 발간함. 3월, 기미 만세(3·1) 운동이 일어나다.

출판법 위반죄로 투옥됨. 4개월 복역 후 출감함. 천단 미술 학원 중퇴. 처녀작 〈약한 자의 슬픔〉(중편)을 《창조》 창간호에 발표함.

1920년 단편 〈피아노의 울림〉과 중편 〈마음이 옅은 자여〉를 《창조》 2집에 발표함.

1921년 한국 근대 단편 소설의 효시인 〈배따라기〉를 《창조》 9집에 발표함. 단편 〈유성기〉를 발표. 경영난으로 《창조》 폐간.

1922년 단편 〈목숨〉·〈딸의 업을 이으려고〉·〈전제자〉를 발표함.

1923년 단편 〈눈을 겨우 뜰 때〉·〈이 잔을〉·〈태형〉 등을 발표함.

1924년 《창조》의 후신인 《영대》를 주재함. 단편집 《목숨》을 간행함. 단편 〈유서〉·〈명문〉·〈감자〉·〈눈보래〉, 중편 〈정희〉를 발표함.

1925년 단편 〈시골 황서방〉을 발표. 1월 《영대》 제5호로 폐간.

1928년 〈소설 작법〉을 《조선지광》에 집필함.

1929년 장편 〈젊은 그들〉을 《동아일보》에 연재함. 단편

〈여인〉·〈송동이〉를 발표함. 문학 평론 〈근대 소설고〉를 발표함.

1930년 단편 〈죄와 벌〉·〈배회〉·〈증거〉·〈순정〉·〈구두〉·〈포플러〉·〈벗기운 대금업자〉 등과 〈광염 소나타〉·〈신앙으로〉·〈광화사〉 등 일련의 탐미주의적인 작품을 발표함. 장편 〈여인〉을 간행함.

1931년 단편 〈발가락이 닮았다〉·〈거지〉·〈잡초〉·〈박첨지의 죽음〉, 장편 〈대수양〉을 발표함. 서울 행촌동으로 이사함.

1932년 단편 〈붉은 산〉·〈적막한 저녁〉을 《삼천리》에 발표함. 장편 〈아기네〉를 《동아일보》에 연재함.

1933년 《조선일보》 학예부장으로 취임했으나 작가의 할 일이 아니라고 일주일만에 퇴사함. 장편 〈운현궁의 봄〉을 《조선일보》에 연재함.

1934년 평론 〈춘원 연구〉를 《삼천리》지에 연재함.

1935년 중편 〈왕부의 낙조〉·〈거인은 움직인다〉를 발표함. 월간지 《야담》을 발간함.

1936년 《이광수·김동인 소설집》을 간행함.

1938년 장편 〈제성대〉를 《조광》에 발표함. 단편 〈태양지 아주머니〉·〈가신 어머님〉·〈가두〉 등을 발표함. 문학 평론 〈춘원 연구〉를 발표.

1939년   중편 〈김연실전〉을 발표함. 《김동인 단편집》을 간행함. 6월, 박영희·임학수의 '북지황군 위문'에 협력, 만주를 다녀옴. 종군기를 비롯한 친일의 글을 일제가 요구했으나 완강히 거절함.

1941년   단편 〈곰네〉를 발표함.

1942년   4월, 천황 불경죄로 서대문 형무소에 수감되어 3개월 간 옥고를 치름. 석방된 후 허탈과 실의의 생활, 마약 중독으로 한때 거의 폐인이 됨.

1945년   야사류를 집필. 《대동일보》에 좌익을 준열히 비판함.

1946년   단편 〈망국인기〉를 발표함.

1948년   《태양신문》에 재기를 다짐하고 야심작인 장편 〈을지문덕〉을 연재중 심한 뇌막염 때문에 135회로 중단한 이후 반신 불수로 기동조차 하지 못함.

1951년   6·25동란중 1·4후퇴 시 지병 때문에 서울에 남아 있다가 숨을 거둠.

| 판 권 |
| 본 사 |
| 소 유 |

〈 밀레니엄북스 35 〉

배따라기

초판 1쇄 발행 | 2004년 11월 20일
초판 2쇄 발행 | 2009년 1월 30일

지은이 | 김 동 인
펴낸이 | 신 원 영
펴낸곳 | (주)신원문화사
책임 편집 | 조 일 동

주   소 | 서울시 강서구 등촌1동 636 - 25
전   화 | 3664 - 2131~4
팩   스 | 3664 - 2130

출판등록 | 1976년 9월 16일 제5 - 68호

* 잘못된 책은 바꾸어 드립니다.

ISBN 89 - 359 - 1236 - 0   04810